La Carte des Mille Mondes

Le Soleil perdu de Dzannin

Pour Sam et Jake, qui sont restés
patiemment à nos côtés.
Nos souvenirs de vous imprègnent chaque mot.

Ouvrage initialement publié par Little, Brown and Company,
un département de Hachette Book Group,
sous le titre *Shadows of the Lost Sun, The Map To Everywhere : Book 3*

18, rue Barbès, 92128 Montrouge
ISBN : 978-2-7470-4955-9
Dépôt légal : septembre 2018
Première édition

Loi n° 49-956 du 16 juillet 1949 sur les publications destinées à la jeunesse.

Carrie Ryan & John Parke Davis

La Carte des Mille Mondes

Le Soleil perdu de Dzannin

Traduit de l'anglais (États-Unis)
par Natalie Zimmermann

bayard jeunesse

Livre de bord du Torrentier,
le *Hardi Kraken*

vaisseau d'origine et de conception particulières (privé)

Responsable du livre : Coll, capitaine du vaisseau

Rôle d'équipage

* Ardent, magicien du navire

* Remy, matelot

* Marrill, matelot

← et Finn, passager clandestin !

* Rabat-joie, quartier-maître – Marrill

* ~~Annalessa, magicienne~~ ☹

Note : le magicien du navire supporte très mal cette perte.

Excessivement dangereux ↓

Manifeste

* Une (1) Carte des mille mondes, qui renferme Serth, magicien maléfique, et le Soleil perdu de Dzannin, démolisseur du Torrent.

* Un (1) globe rempli d'eau du Torrent concentrée, capable d'accorder un souhait, à la condition de lâcher un feu vivant et maléfique ainsi qu'une marée qui transforme tout en fer sur son passage.

* Un (1) Vouivrion, souvenir vivant des premiers magiciens. Donne la chair de poule.

Remarques

<u>Calmardi, le 5 de Lentemarée</u>

Ciel clair, brise légère de S.-S.-O. Pourchassés par le Vaisseau de Fer jusqu'au fond d'un tourbillon géant, dans une ville hors du temps qui a pour nom Monerva. Détruit une machine à souhaits incontrôlable, empêché un feu vivant de conquérir le Torrent Pirate, évacué la ville à la suite d'une Marée de Fer apocalyptique. Revenus par le tourbillon douze secondes et demie après y être entrés. Sinon, journée calme.

<u>Manœuvredi, le 6 de Lentemarée</u>

Temps nuageux avec légères pluies de lézard, fort vent d'E. Aujourd'hui, cap sur le Canal cendré, première destination sur la liste fournie par Ardent, magicien du vaisseau. Magicien convaincu que la prophétie apocalyptique méressienne se poursuit, et que le marin recouvert de métal connu comme étant le Maître du Vaisseau de Fer est la clef. On pense maintenant que le Maître est l'un des magiciens de Méres, anciens compagnons du magicien du vaisseau.
Le Kraken doit rendre visite à tous les magiciens restants afin de découvrir son identité.

Note personnelle : ai décidé de nommer Remy second, lui enseigne à commander le Kraken. Impressionné par ses dispositions naturelles. A l'étoffe d'un grand capitaine.

Malicedi, le 8 de Lentemarée

Ciel de cendre, vent de cendre apportant des nuages cendrés de la côte de cendre. Arrivés au Canal cendré, porte bien son nom. Magicien du vaisseau et matelot Marrill descendus à terre et revenus sains et saufs. L'expédition rapporte avoir trouvé ancien magicien de Méres, Épine Éperdue, changé en fer. Autochtones ont raconté qu'un terrible orage a éclaté la nuit dernière. Orage avec éclairs rouges. Manifestement, le Maître a survécu à Monerva et demeure une menace. Le moral est bas.

Stabledi, le 10 de Lentemarée

Eaux cristallines, bon vent venu d'en haut. Cap sur prochaine destination de la liste des magiciens de Méres : le Grand Jeu de Margaham, quoi que cela signifie. Décidé de prendre route de traverse. Ravissantes bouffées de rêve à tribord et beau soleil. Après les évènements récents, l'équipage mérite repos.

1

Journée de repos au soleil

— Eh, tenez-moi ça, demanda Marrill en tendant son carnet à dessin à un matelot.

S'insinuant entre les tiges de pissenlits géants qui se balançaient dans la brise, un air mélodieux enveloppait le *Hardi Kraken* et plongeait Marrill dans une délicieuse rêverie. Karny sommeillait, pattes en l'air, sur ses genoux, le pelage soyeux de son ventre chauffé par le soleil qui filtrait entre les grandes sphères duveteuses. Non loin d'elle, Finn somnolait contre la rambarde, bras croisés derrière la nuque, les pieds appuyés contre le flanc du gaillard d'avant.

Sur le gaillard d'arrière, Coll laissa échapper un petit rire. Sous son regard vigilant, Remy tenait la barre et dirigeait le navire entre les tiges vertes qui poussaient dans les eaux du Torrent Pirate. Marrill sourit de voir sa baby-sitter aussi heureuse alors qu'elles se trouvaient toutes les deux si loin de chez elles.

– Quelle journée parfaite, murmura-t-elle.

Ardent lui-même était sorti de sa cabine pour profiter du tableau. Cela faisait du bien de retrouver son bon sourire de grand-père. Depuis qu'ils avaient quitté Monerva, le magicien avait la mine défaite, comme si la moindre parcelle de joie ne pouvait plus être qu'un souvenir. Et lorsqu'ils avaient découvert Épine Éperdue au Canal cendré, Marrill avait craint de ne plus jamais revoir ce sourire.

– Le Détroit soporifique, annonça Ardent à un marin derrière lui. Ou c'est du moins le nom que je donne à cet endroit. Je n'étais jamais passé par ici, mais je le ferai désormais régulièrement. C'est charmant.

Il tendit la main et fendit en douceur une boule duveteuse qui se répandit en une nuée d'aigrettes virevoltantes.

– Ce n'est pas évident de voir à travers, commenta Remy, sans que cela semblât la gêner.

Coll lui apprenait à naviguer à l'instinct, malgré tout, et l'Homme Os-de-Corde faisait avec les pirat's en sorte que les pissenlits inclinés ne se prennent pas dans le gréement. Ce monde était paisible, doux et agréable. Après les épreuves qu'ils venaient de traverser, le Détroit soporifique équivalait à un massage délassant du cerveau.

Marrill savait qu'il ne s'agissait là que d'un bref détour sur le chemin du Grand Jeu de Margaham : ils devraient très bientôt affronter de terribles dangers afin de démêler les secrets du Maître du Vaisseau de Fer. Mais, pour le moment, leur voyage pouvait bien durer une éternité, cela ne la dérangeait pas le moins du monde.

– Ils sont chouettes, vos dessins, commenta le matelot.

Il leva le carnet et montra un croquis de vieux bateaux échoués sur des rochers escarpés au milieu d'un désert. Marrill put à peine rassembler assez d'énergie pour le regarder. Petit de taille, l'homme avait les cheveux noirs et le teint olivâtre, comme Finn. Elle ne l'avait jamais vu. En fait, les marins faisaient tellement partie intégrante du bateau qu'elle ne les remarquait guère.

– Merci, marmonna-t-elle en grattouillant le cou de Karny, dont les ronronnements vibraient entre ses doigts. C'était le port du roi de Sel et de Sable très longtemps avant qu'il réduise son royaume en cendres. Ces bateaux constituaient sa flotte. Incroyable, non ?

Le matelot hocha la tête.

– C'est sûr. Je peux voir son sceau sur les coques, dit-il en désignant le dragon sous les vagues, symbole de la Machine à Souhaits, soigneusement tracé sur le flanc de chaque embarcation.

La mélodie du détroit murmurait aux oreilles de Marrill.

– Ouaip, ajouta-t-elle tout en bâillant. Et vous saviez que Finn était censé faire partie de cette armée ?

– C'est vrai ?

– Il paraît, répondit-elle avec un hochement de tête.

Cela aussi, ils l'avaient découvert à Monerva. Les origines de Finn. Pourquoi il avait cette faculté d'être oublié.

– À l'époque, le roi de Sel et de Sable désirait une armée imbattable et des espions que nul ne pourrait repérer. Eh bien Finn appartient à cette famille d'espions. Trop cool, vous ne trouvez pas ?

– Absolument, convint le matelot. Je me demande où ils sont, maintenant.

Marrill haussa les épaules.

– Aucune idée. Le roi de Sel et de Sable était coincé à Monerva et n'a jamais eu l'occasion de les voir. Mais maintenant que le vieux Salé est éliminé, on va aider Finn à retrouver sa famille.

Elle coula un regard vers le garçon. La tête rejetée en arrière dans le soleil, il ronflait légèrement. Évidemment, cela n'allait pas être facile de convaincre l'équipage d'aider Finn à retrouver les siens ; personne à part elle ne se souvenait de lui plus de quelques minutes. Et maintenant que le Maître du Vaisseau de Fer était dans les parages, Ardent était décidé à passer voir les autres magiciens de Méres. Mais elle ferait tout pour qu'ils retrouvent la maman de Finn. Quoi qu'il lui en coûte.

C'était l'une des raisons qui l'avaient poussée à rester sur le Torrent. Elle n'avait pas pu le laisser ici seul, oublié de tous.

Marrill poussa un soupir alors que le vent lui caressait les cheveux ; les aigrettes de pissenlit la frôlaient au passage. Le fait de penser à la mère de Finn lui rappelait la sienne. Elle ne parvenait pas à imaginer ce que ça devait être que de grandir sans ses parents. Et *cela* lui remémora l'autre raison pour laquelle elle était restée sur le Torrent. Chez elle, dans son monde, sa mère était malade. Il devait forcément y avoir quelque chose, dans toute la magie du Torrent Pirate, qui pourrait la soigner.

Heureusement, Marrill avait encore du temps pour chercher. Ses parents se trouvaient toujours à Boston. Ils ne remarqueraient pas son absence. Et même si cela se prolongeait encore un peu et qu'ils s'apercevaient une fois de plus de sa disparition, revenir avec le philtre qui guérirait sa mère justifierait tout.

De plus, elle avait appris à Monerva que le temps était une donnée flexible. Peut-être trouverait-elle le moyen de rentrer chez elle avant même d'être partie.

Elle ferma les yeux et laissa la mélodie la submerger, souriant au son des ronflements de Finn. Le soleil faisait naître des taches de rousseur sur sa peau et la brise dispensait une fraîcheur bienfaisante sur ses joues. Hier encore, tout lui paraissait insurmontable : retrouver la famille de Finn ; soigner sa mère ; savoir que le Maître rôdait toujours et poursuivait la mission que lui avait attribuée la prophétie méressienne, à savoir détruire le Torrent.

Mais dans la paix du Détroit soporifique, tout paraissait soudain faisable. À peine quelques aventures de plus à vivre, de nouvelles quêtes à mener à bien. Le pire était derrière eux. Fini le feu vivant. Finie la Marée de Fer les poursuivant dans des tourbillons. Plus de Serth pour débiter ses prophéties funestes et vous transformer en esclaves éplorés.

– Vous savez ce qui serait une bonne idée ? lui murmura l'un des matelots à l'oreille. On devrait tous aller vérifier quelque chose. Quelque chose à l'*intérieur*.

Marrill avait l'esprit tellement embrumé qu'elle n'aurait su dire si elle était endormie ou éveillée. Elle avait le sentiment qu'elle devait absolument vérifier quelque chose... mais sans pouvoir déterminer d'où lui venait cette pensée. Elle saisit la première idée qui lui vint :

– La Carte des mille mondes ?

– Oui, poursuivit la voix. La Carte des mille mondes... Vous devriez vraiment la consulter... *maintenant*.

Marrill se redressa avec un sursaut et jeta un coup d'œil alentour : un marin s'éloignait, juste derrière elle, pour en rejoindre d'autres qui arpentaient le pont et assuraient des cordages. Elle secoua la tête et prit conscience qu'elle s'était assoupie.

Une pensée lui vint, encore reliée à son rêve.

– Eh, Ardent, appela-t-elle en posant Karny.

De son œil valide, le chat lui jeta un regard de profond mépris et fila s'étaler dans une flaque de soleil.

– Je viens d'avoir une idée très étrange… on devrait peut-être consulter la Carte, non ?

Ardent se détourna d'un pauvre matelot à qui il débitait tout un cours, et haussa un sourcil. Il parut considérer la suggestion avec attention.

– C'est curieux que tu me dises ça. Je songeais justement que je devais consulter quelque chose…

– Moi aussi, intervint Coll depuis le gaillard d'arrière. Remy et moi en parlions tout juste avec…

Il chercha autour de lui, et Remy fit de même en se tournant dans l'autre sens.

– … quelqu'un, termina-t-elle.

– C'est très bizarre, commenta Ardent. Enfin, si nous avons tous eu la même idée… hum… Peut-être devrions-nous suivre notre intuition commune, il y *a* longtemps que nous n'avons pas interrogé la Carte.

Il fit demi-tour en écartant paresseusement l'ourlet de sa tunique violette, puis se dirigea à grandes enjambées vers sa cabine, à l'arrière du bateau. Marrill se leva pour lui emboîter le pas, et choisit de laisser Finn ronfler tranquillement pour le moment.

La cabine du magicien était un vrai capharnaüm. Des boîtes gisaient couchées sur le côté, et de l'une d'elles s'écoulait une substance rosâtre et boursouflée. Un bouclier anti-cauchemars effrayant était accroché de travers au-dessus du lit, lequel disparaissait sous des monceaux de débris divers. Il n'y avait pratiquement pas un pouce de surface qui n'était pas noyé sous des piles de livres ouverts et de vieux parchemins couverts de l'écriture alambiquée d'Ardent.

Marrill s'empara du livre le plus proche d'elle et en déchiffra distraitement le dos. *Énigmes dans l'obscurité*, lut-elle. Son regard passa au sous-titre : *Des jeux magiques et de jouer pour mettre le feu.*

– Oh, il ne faut pas prendre « mettre le feu » *au sens propre*, assura Ardent tandis que ses doigts entraient la combinaison d'un verrou qu'il était seul à voir. La plupart du temps. Quoi qu'il en soit, ce sont des informations précieuses dont nous aurons besoin si nous voulons battre Margaham à son propre jeu. Ce qui est, bien entendu, la seule façon d'avoir une conversation sensée avec le fou. Ah, nous y voilà !

Ardent se tourna vers eux et plaqua la Carte des mille mondes contre le milieu de la table. Marrill ne s'habituait pas au fait qu'elle pût paraître si anodine : un simple bout de vieux parchemin dont les coins rebiquaient. Et pourtant, elle recelait un pouvoir immense. La Carte pouvait conduire partout où l'on avait besoin d'aller. Et, avec sa Clef, on pouvait s'en servir pour trouver n'importe quoi sur le Torrent Pirate.

Mais la Carte était encore davantage que cela. C'était une prison créée par les Dzane, les premiers magiciens. Ils l'avaient conçue pour contenir le Soleil perdu de Dzannin, étoile de destruction mythique dont la prophétie prédisait qu'elle anéantirait le Torrent

Pirate. Et maintenant, Serth, l'oracle méressien qui avait prononcé cette prophétie, se trouvait lui aussi piégé à l'intérieur.

La dernière fois que Marrill avait vu la Carte, à Monerva, elle était muette. Mais à présent, des lignes d'encre affluaient à sa surface et traçaient ensemble la forme griffonnée d'un oiseau.

– Rose ! fit Marrill dans un souffle.

La Rose des Vents de la Carte des mille mondes s'anima brusquement et fit battre ses ailes dessinées comme si elle cherchait à s'arracher à la page. Son bec s'ouvrit sur un cri muet qui emplit Marrill de crainte.

– Est-ce que c'est... normal ? questionna Remy.

– Non, répondit Ardent en secouant la tête. Elle essaye de nous mettre en garde.

Il se pencha au-dessus du parchemin.

– Je n'aime pas ça, commenta Coll. Tout cela ne me plaît pas. Il y a un truc qui ne va pas.

Marrill avala sa salive. Elle avait la même impression. Quelque chose allait de travers. Un souvenir lui titillait le fond du crâne, mais il disparut dans une pirouette dès qu'elle voulut mettre le doigt dessus.

– Vous croyez que c'est la prophétie méressienne ?

Ardent haussa en la regardant un sourcil de hibou.

– Raison de plus pour nous rendre au plus vite à Margaham. Parce que si c'est le cas, il va se passer des évènements très...

À cet instant, Finn fit irruption dans la cabine, le souffle court et les yeux agrandis.

– On a été abordés !

– Trop aimable de votre part de nous l'annoncer, rugit Coll, qui s'avança en portant la main à sa dague.

Finn secoua furieusement la tête.

– Pas par *moi* ! Je suis avec Marrill.

Marrill soupira et hocha la tête pour rassurer les autres. Il était tellement impossible de se souvenir de Finn que Coll voulait le mettre aux fers au moins deux fois par jour.

– Il est avec nous, rappela-t-elle au capitaine. Finn, qu'est-ce qui se passe ?

– Chut, souffla-t-il. Regarde ! Ils sont partout ! ajouta-t-il en se plaquant contre le chambranle de la porte pour observer le pont.

Ils le rejoignirent tous d'un seul mouvement à l'entrée de la cabine. Mais Marrill eut beau scruter les bordages, elle ne vit aucun intrus. Seuls des marins bordaient des écoutes et resserraient des nœuds.

– Vous sentez-vous bien, jeune homme ? s'enquit Ardent. Il n'y a visiblement personne sur ce bateau.

Remy confirma d'un signe de tête. Par-dessus son épaule, Coll émit un ricanement moqueur. Marrill posa la main sur le bras de son ami en se disant qu'il venait peut-être de se réveiller d'un mauvais rêve.

Mais Finn les regardait comme s'ils étaient tous devenus fous.

– C'est quoi, tous ces *gens* ? chuchota-t-il tout en désignant un à un les marins.

Marrill plissa le front. Maintenant qu'elle les examinait plus attentivement, maintenant que Finn avait attiré son attention sur eux, ils se comportaient tous vraiment bizarrement. Elle prit conscience que loin de tendre les écoutes, ils les attachaient les unes aux autres de façon complètement désordonnée. Au lieu de hisser les voiles et de les raidir, ils les avaient abaissées. Certains s'étaient rassemblés en petits groupes et chuchotaient tout en se rapprochant de la cabine. L'un d'eux se pencha par-dessus le beaupré pour agiter un miroir et refléter la lumière.

Pour adresser un signal, comprit soudain Marrill.

Remy s'approcha d'elle et questionna :

– Qu'est-ce qui se passe avec les mate... lots... ?

Finn croisa le regard de Marrill. Coll s'agita, saisi d'une colère mêlée d'appréhension. Ardent se lissait furieusement la barbe. Marrill déglutit et dit tout haut ce que tous pensaient tout bas :

– Il n'y a pas de matelots sur le *Kraken*.

2

Des bras supplémentaires

Incrédule, Finn cligna des yeux. Vingt, peut-être trente marins allaient et venaient sur le pont le plus naturellement du monde. Une telle désinvolture exigeait un travail énorme. Finn était bien placé pour le savoir : il avait lui-même appliqué cette stratégie des milliers de fois.

Mais le style n'était pas la seule caractéristique qu'il partageait avec les intrus. Ils avaient tous la peau olivâtre, les cheveux noirs et un visage rond. Ces traits correspondaient aux fragments de souvenirs qui lui restaient de la nuit où on l'avait conduit aux Quais Létemank, lorsqu'il était tout petit.

C'étaient les traits de sa mère, et les mêmes que ceux qu'il voyait lorsqu'il croisait son reflet dans un miroir.

Ces gens *lui* ressemblaient.

Cette découverte fit naître au creux de son ventre un tourbillon de crainte, stupéfaction, espoir et confusion mêlés en un seul sentiment. Le cœur battant, il fit volte-face pour embrasser du regard le reste de l'équipage du *Kraken* et questionna :

– Ils sont à bord depuis combien de temps ?

Ardent fronça les sourcils.

– Depuis combien de temps qui est à bord ?

Finn se retint de lever les yeux au ciel.

– Eux ! dit-il en agitant les bras en direction des marins.

– Oh, répliqua Ardent, le front plissé. On dirait qu'on s'est fait aborder. Quand cela s'est-il passé ? demanda-t-il à Coll.

– Hum, grogna Coll.

Marrill et Remy se regardèrent. Une expression de gêne les gagnait peu à peu.

Finn haussa un sourcil inquiet.

– Vous ne savez pas ?

Remy eut un mouvement d'impuissance.

– Je me souviens d'avoir parlé avec quelqu'un tout à l'heure, mais… ça ne m'a pas paru très important.

Ardent tira sur sa barbe.

– C'est comme si une magie puissante était à l'œuvre. Auquel cas, je l'aurais sentie. Quelle que soit l'explication, elle ne saurait par conséquent être d'ordre magique.

Finn prit une grande inspiration. Ardent lui avait un jour dit à peu près la même chose pour lui expliquer son caractère oubliable. Cela confirmait donc ses doutes. Il se tourna vers Marrill, les yeux écarquillés.

– Marrill, ils sont comme moi ! C'est mon peuple !

– Un traître, je le savais ! coupa Ardent. Enfin, je ne le savais pas exactement. Je ne vous connais pas directement. Mais vous me semblez être du genre perfide, maintenant que je vous côtoie depuis un moment.

– Ça suffit, Ardent, intervint Marrill. Finn est notre ami. Il ne nous a jamais trahis.

Finn lui adressa un sourire de remerciement. Mais, aussi agréable que fût le soutien de son amie, cela ne répondait en rien aux multiples questions qui bouillonnaient dans sa tête. Ses pensées se bousculèrent jusqu'à ce que l'une d'elles émerge enfin :

– Qu'est-ce qu'ils fabriquent ici ?

– J'aimerais bien le savoir, répliqua Coll, le front creusé.

Il s'écarta du chambranle et s'avança d'un pas assuré vers le centre du pont. Le reste de l'équipage du *Kraken* lui emboîta le pas.

– Eh, vous ! aboya Coll. Expliquez-vous. Maintenant. Et surtout n'omettez pas la partie qui me donne une raison de ne pas tous vous mettre aux fers pour avoir embarqué sur mon bateau sans autorisation.

Ardent se racla la gorge puis s'avança pour prendre la direction des opérations.

– Ce que ce bon capitaine veut dire, c'est...

Il fronça les sourcils, regarda les nouveaux venus puis se retourna vers l'équipage, comme s'il faisait un effort pour se souvenir.

– ... Bienvenue à bord ?

– Ce n'est pas du tout ce que j'allais dire, corrigea Coll.

– Vraiment ? s'étonna Ardent.

– Je...

Coll garda la bouche ouverte un moment, puis il la referma, l'air renfrogné.

– Peut-être ?

– Vous leur demandiez de s'expliquer, rappela Finn.

Ardent et Coll le dévisagèrent, leur expression voilée par la brume d'oubli habituelle.

Exaspéré, Finn leva les mains en l'air.

– Toi, avec la tresse, appela-t-il en désignant le type sec comme une trique qui avait agité le miroir à la proue du navire. Oui, toi. Ne te défile pas, je te vois. Je te vois encore. Je te vois encore.

L'homme sec se redressa et croisa les bras. Mais c'est une fille qui répondit à sa place en surgissant de derrière son dos. Elle avait de longs cheveux noirs encadrant un visage fin.

Finn la reconnut instantanément.

Il n'était tombé sur elle qu'une seule fois. Ou plutôt, *elle* lui avait foncé dessus alors qu'elle fuyait des gardes dans les rues moisies et détrempées de Soudessouville. Il était pourtant certain de ne pas se tromper. C'était, avant aujourd'hui, la première personne semblable à lui qu'il croisait. Cette rencontre fugitive lui avait donné l'espoir de n'être pas isolé. Qu'il en existait d'autres comme lui, d'autres qui détenaient peut-être des réponses pour retrouver sa mère.

Cette fille était sans doute oubliable, mais lui ne pouvait en aucun cas l'oublier.

Elle le gratifia d'un grand sourire.

– Frère du Vague, dit-elle en s'avançant vers lui. C'est bien toi !

Finn plissa les yeux devant ce chaleureux accueil. Ils ne s'étaient pas à proprement parler séparés en bons termes ; elle lui avait fait porter le chapeau pour ses propres méfaits avant de quitter la ville. Puis il y avait le petit problème du bracelet en argent qu'il avait à l'époque subtilisé à son poignet. Ce dont elle ne s'était évidemment pas aperçue, Finn étant passé maître dans l'art de l'escamotage.

Cependant, sa présence sur le *Kraken* indiquait fortement qu'elle avait fini par s'en rendre compte.

Marrill se pencha vers lui.

– Tu la connais ?

– Bien sûr qu'il me connaît, lança gaiement l'intruse.

Finn croisa les bras pour feindre la nonchalance alors que son cœur battait comme un troupeau de girafalisques. Qu'elle fût là pour le bracelet ou pas, *elle était ici*. Un million de questions l'assaillaient, mais il les ravala toutes. Lui laisser deviner à quel point il attendait des réponses ne ferait que lui donner l'avantage.

– Tu me dois un aéro-leurre, lâcha-t-il. J'ai dû utiliser le dernier pour me débarrasser des gardes qui te poursuivaient.

La fille éclata de rire en rejetant la tête en arrière. Finn sentit un sourire lui chatouiller les lèvres.

– Alors, qu'est-ce qui t'amène sur le *Kraken* ? demanda-t-il. Sans avoir été invitée, je me dois d'ajouter.

Elle se rembrunit.

– Nous sommes venus chercher quelque chose, mon frère. Quelque chose de très important pour nous.

Ardent s'avança.

– Parfait ! s'exclama-t-il. Une négociation. Coll, va chercher mon chapeau de rançonnement. Marrill, prépare donc du thé de marchandage. Fais-le très fort, ajouta-t-il à mi-voix en se cachant derrière sa main.

Tous les marins s'esclaffèrent.

– Oh non, les amis, répliqua le type sec à la tresse. *Nous* ne marchandons pas.

– Des voleurs, alors, c'est ça ? conclut Ardent avec un soupir. Très bien, mettons que c'est mon chapeau de *prise* de rançon. Et on annule le thé, ajouta-t-il en plissant les yeux d'un air menaçant.

– Dites donc ? intervint Remy en tirant Coll par le bras. Il y avait du tambour dans la musique qu'on entendait par ici ?

Finn tendit l'oreille. Effectivement, un roulement de tambour régulier s'immisçait dans la mélodie du détroit. Ce rythme lui était familier. Il en eut aussitôt la bouche sèche et le ventre noué. Son cœur parut se caler sur le même rythme, avec un battement bref et rapide.

– Je crois que ça vient de par là, dit Marrill en tendant le bras vers bâbord.

Finn se retourna à l'instant où les tiges de pissenlits s'écartaient au loin. La proue d'un grand navire surgit, et fit voler les aigrettes dans son sillage. Ce vaisseau était plus grand que le *Kraken*, large, armé et gréé pour le combat. Finn ne distinguait pas le blason imprimé sur son flanc, mais il n'en avait pas besoin. Il savait déjà ce qu'il représentait.

Un dragon sous un cercle rempli d'une vague. Ce même emblème qui figurait sur le bateau de la fille, à Soudessouville. Celui qu'il avait vu à Monerva aussi. Le blason de son peuple.

Le sceau du roi de Sel et de Sable.

– On a de la visite ! cria Coll, qui, sans hésiter, se précipita vers le gaillard d'arrière. Os-de-Corde, les pirat's, hissez les voiles ! lança-t-il en faisant tourner le gouvernail afin de mettre l'autre navire derrière eux.

Drisses et cordages s'animèrent d'eux-mêmes. Mais, aussi vite qu'ils s'étaient mis en branle, les filins se figèrent brutalement. Où que Finn portât le regard, les cordages avaient été noués serrés, emmêlés et fixés aux mauvais endroits.

Voilà donc à quoi ces « marins » s'étaient occupés, comprit-il. Ils avaient immobilisé le *Kraken* pour que l'autre bateau puisse le rattraper.

Finn pivota vers l'oubliable. Elle lui adressa un sourire et haussa un sourcil narquois.

– Désolé, frère, dit-elle avec un mouvement d'impuissance. Mais on ne peut pas vous laisser filer. Pas avant qu'*ils* arrivent.

Finn darda les yeux sur les cordages noués qui se tiraillaient et se testaient les uns les autres. Les intrus n'avaient pas entravé le *Kraken* à moitié. Assez pour paralyser n'importe quel navire.

Mais le *Kraken* n'était pas *n'importe quel* navire.

– Oh, les frangins, on dirait que vous n'étiez pas très bien renseignés, remarqua Finn en riant.

Partout autour d'eux, les cordes se mirent à onduler et se dénouèrent d'une secousse. Les traits de la fille trahirent une confusion soudaine.

– Ce ne sont pas quelques nœuds qui vont arrêter le *Hardi Kraken*, ajouta Finn.

Les pirat's traversèrent le pont au galop et se précipitèrent dans le gréement pour défaire des filins et les lier autrement. Les intrus les poursuivirent et tentèrent de reprendre le contrôle du navire, mais ils n'en eurent pas le temps. Derrière Finn, Ardent hissa d'un mouvement des mains les voiles majeures.

Les aigrettes de pissenlit commencèrent à pleuvoir lorsque le *Kraken* s'anima et fendit les pousses duveteuses. Finn saisit un akène et le fit tourner entre ses doigts tout en s'avançant vers la fille oubliable. Puis il lui désigna le vaisseau menaçant qui les pourchassait et commenta :

– On dirait qu'ils ont une panne de vent. Je crois que vous allez rater votre correspondance, en fin de compte.

Le bateau ennemi perdait déjà du terrain. Il était rapide, certes, mais pas assez pour le *Kraken*. Le petit sourire de la fille vacilla. Elle ne savait visiblement plus quoi dire.

– Changement de programme. On se replie et on se regroupe ! lança le type à la tresse en esquissant de la main un mouvement circulaire.

Les faux matelots se rassemblèrent instantanément d'un côté du bateau. Deux d'entre eux jetèrent une échelle de corde par-dessus la rambarde pour accéder à un canot amarré en contrebas de la coque.

La fille recula, prête à rejoindre ses compatriotes.

– C'est le moment d'y aller, annonça-t-elle en faisant signe à Finn de la suivre. Viens, frère !

Il cilla. Elle le regardait comme si elle s'attendait à ce qu'il la rejoigne.

– Quoi ? Je ne te *connais* même pas ! Je ne vais nulle part.

Elle pencha la tête, donnant l'impression qu'elle tentait d'insérer une nouvelle information dans une énigme à élucider.

– Mais... je ne peux pas t'abandonner. On te cherche depuis si longtemps...

Il n'était pas facile de laisser Finn sans voix. Cependant, l'oubliable avait réussi une fois de plus à le priver de toute pensée cohérente. Il ouvrit la bouche et la referma avant de parvenir à émettre :

– Vous me cherchez, moi ?

Elle cligna des paupières.

– Évidemment. Tu n'as toujours pas saisi, frère ? C'est toi qu'on est venus chercher. La famille tout entière te cherche depuis des années !

Finn sentit ses jambes se dérober.

– J'ai une... famille ?

Son cœur s'emballait. Les mots de la fille résonnaient de façon étrange à ses oreilles.

– Viens, sœur du Vague, appela le dernier matelot avant de se laisser glisser par-dessus la rambarde. On trouvera un autre moyen, un autre jour.

– Une minute ! répliqua-t-elle en prenant la main de Finn. Naturellement, tu en as une ! Tu ne le savais pas ? Ta maman ne t'a pas dit qui tu étais ? Elle ne t'a pas parlé de la Source et du Vague ?

Finn put à peine secouer la tête.

– Ma mère m'a laissé aux Quais Létemank quand j'avais quatre ans. Depuis, je ne pense qu'à la retrouver.

Elle ouvrit de grands yeux déconcertés.

– Oh, frère du Vague, dit-elle en posant son autre main sur celle de Finn. Les Quais Létemank ? Tu étais donc là-bas pendant tout ce temps ?

– Il faut partir ! cria l'homme à la tresse en lui faisant signe de se dépêcher.

– Attends ! protesta Finn.

Elle ne pouvait pas s'en aller. Il y avait tant de choses qu'il voulait savoir. Tant de questions à lui poser.

– Qu'est-ce que ça signifie, « tout ce temps » ? Qui es-tu réellement ? D'où est-ce que tu... je... d'où est-ce qu'*on* vient ?

– Rentre avec nous, insista-t-elle en le tirant vers l'échelle. On t'expliquera tout ce que tu voudras.

Finn sentit son cœur bondir dans sa poitrine. Il y avait si longtemps qu'il errait dans le brouillard. Et voilà que les réponses à ses interrogations étaient là, à portée de main. Il embrassa le pont du *Kraken* du regard.

Remy et Coll se tenaient sur le gaillard d'arrière, l'une à la barre, l'autre lançant des ordres. Ardent se dressait derrière eux, la longue barbe blanche et la pointe de son chapeau battant follement au vent.

– Plus vite, plus vite ! braillait-il, tel un enfant sur un tourniquet.

Marrill riait en courant après Karny, qui bondissait pour plaquer des nuées d'aigrettes blanches contre le pont.

Maintenant que les intrus oubliables étaient déjà oubliés et que le vaisseau menaçant était distancé, ils semblaient véritablement s'amuser. Lui ne manquait à personne et pouvait aussi bien disparaître.

Il se reprit aussitôt. Lorsqu'ils avaient vaincu le roi de Sel et de Sable, Marrill avait renoncé à sa chance de rentrer chez elle et de rejoindre sa famille pour l'aider, lui, à retrouver sa mère. Et elle avait encore besoin d'aide pour guérir sa propre mère. Il ne pouvait pas l'abandonner.

– C'est impossible, dit-il d'une voix brisée.

Il ravala ses larmes, puis une pensée jaillit soudain dans son esprit.

– Mais... pourquoi ne resterais-tu pas ici, toi ?

– Moi ? Rester ici ? Je...

La fille baissa les yeux vers ses compagnons. Le petit canot, ballotté par les remous du *Kraken*, s'écrasait contre sa coque. Elle se mordilla la lèvre, le visage crispé par la concentration.

Tous les efforts de Finn pour paraître décontracté s'effondrèrent à cet instant. Il avait cherché sa mère toute sa vie. Il ne savait pas grand-chose de cette fille et des siens et il n'était pas sûr du tout de pouvoir lui faire confiance. Mais elle était la première personne qu'il eût jamais rencontrée à être comme lui. Et elle savait d'où il venait et comment il était arrivé ici ; elle était venue *le chercher*.

– S-s'il te plaît, bégaya-t-il.

– Dernière chance, sœur du Vague ! cria d'en bas l'homme à la tresse.

– Eh bien..., commença la fille, visiblement tiraillée par l'indécision. Je t'ai déjà laissé filer une fois. Quand je suis tombée sur toi à Soudessou... je n'ai pas imaginé une seconde qui tu étais avant d'être déjà loin sur le Torrent. Alors... je crois que le moins que je puisse faire est de ne pas recommencer.

Elle hocha la tête, comme pour se convaincre, puis ses lèvres s'étirèrent en un immense sourire.

– D'accord, je reste !

Elle se retourna et lança à l'adresse du canot :

– Je reste, frères ! Dites à la Source que je le garde en sécurité !

Elle décrocha immédiatement l'échelle et la laissa tomber vers le canot. Dès qu'elle toucha la magie pure que charriait le Torrent, la corde explosa en une profusion de pierres qui fusèrent en autant de ricochets.

La fille reporta son attention sur Finn. Elle affichait une mine à la fois inquiète et excitée qu'il comprenait parfaitement.

– Fais un vœu, dit Marrill en s'approchant d'eux.

Et elle tendit une grosse boule de pissenlit à son ami.

Il ne put s'empêcher de rire.

– Tu ne crois pas qu'on a eu notre dose de vœux, à Monerva ?

Elle rigola.

– Mais non, gros bêta. Là d'où je viens, c'est ce qu'on fait avec les pissenlits. On fait un vœu et on souffle sur les graines. Si on arrive à les faire toutes s'envoler, on sera exaucé.

Finn contempla la houppette blanche, puis regarda la jeune fille à côté de lui, si semblable à lui. La clef de son passé. De sa véritable identité.

Il était presque sûr que ses souhaits s'étaient déjà réalisés.

3

Notre nouvelle amie, Machine

Le *Kraken* fendait les vagues alors que le roulement de tambour en provenance du vaisseau menaçant s'estompait. Marrill prit le pissenlit entre ses mains et ferma résolument les yeux. *Je voudrais que ma maman ne soit plus malade et que mes parents puissent être sur le Torrent avec moi*, pensa-t-elle avant de souffler et de regarder les aigrettes s'envoler dans le vent.

Si l'on lui avait demandé six mois plus tôt si elle croyait qu'un tel souhait pouvait se réaliser, Marrill aurait éclaté de rire. Mais c'était avant de rencontrer Ardent et d'embarquer sur le *Hardi Kraken*. Avant d'apprendre que la magie existait. À présent, même l'impossible semblait accessible. Tout récemment encore, elle avait tenu un souhait vivant au creux de sa main, incarné dans le globe du Siphon de Monerva. Évidemment, l'utiliser ferait pleuvoir un feu vivant et surgir une Marée de Fer sur le Torrent. Mais tout de même, si elle avait pu trouver un globe qui exauçait les vœux, elle trouverait certainement autre chose de tout aussi puissant. En restant assez longtemps sur le Torrent, elle finirait par découvrir un moyen de guérir sa mère.

Marrill se laissa aller encore un instant à sa rêverie avant de reporter son attention sur Finn. La surprise lui fit cligner des yeux lorsque, à côté de lui, elle distingua une fille appuyée à la rambarde. L'inconnue devait avoir le même âge qu'eux, des cheveux noirs et le teint olivâtre.

Marrill se présenta en la saluant d'un petit signe.

– Vise-moi ça, Marrill ! lança Finn avec un grand sourire. C'est la fille dont je t'ai parlé, celle que j'ai croisée à Soudessou et qui est comme moi ! Elle va rester avec nous pour m'apprendre d'où je viens et m'aider à retrouver ma mère !

Il fallut un moment avant que les mots prennent tout leur sens. Mais dès qu'elle en comprit la portée, Marrill sauta de joie et battit des mains. Elle n'arrivait pas à y croire. La mystérieuse oubliable avait été leur seule piste, et voilà qu'elle était ici, sortie de nulle part.

– Finn, c'est prodigieux !

– Finn ? interrogea la fille en la regardant bizarrement. C'est quoi, Finn ?

– C'est son nom, bien sûr, répondit Marrill. Et toi, tu t'appelles comment ?

La fille se tortilla et pencha la tête, comme si elle ne comprenait pas.

– Je… chez moi… on n'a pas vraiment de nom. Je suis juste « sœur du Vague », comme toutes mes autres sœurs.

– Ohhhhh, s'exclama Finn, c'est pour ça que tu m'appelles frère.

Marrill agita la main. Il n'était pas question que cette fille reste avec eux sans avoir de nom.

– Bon, c'est pas possible. Laissez-moi réfléchir.

Elle porta la main à son menton et se concentra.

– Finn est Finn parce que c'est ce qui était écrit sur ton dossier de l'orphelinat, c'est ça ?

– La réserve d'orphelins, corrigea Finn. Et oui. *Fil. inc.* Filiation inconnue.

– F. In. Fin, et donc Finn, pour la prononciation. Et elle est comme toi, sauf que c'est une fille… une fille oubliable, *F*… O ? Ou on pourrait dire une fille zappable… *F*… Z ?

Marrill claqua des doigts en trouvant l'inspiration.

– J'y suis. Fiz ! On t'appellera Fiz !

– Fiz, répéta doucement la fille.

Ses lèvres se retroussèrent en un sourire, et elle détourna le regard, comme si elle était gênée.

– Je… J'aime bien. Merci. Je m'en souviendrai, même si ce ne sera pas ton cas.

– Qu'est-ce que tu racontes ? répliqua Marrill en riant.

Comment pourrait-elle oublier un truc pareil ?

C'est l'instant que choisit Ardent pour venir vers eux, une liasse de documents dans une main.

– Ah, te voilà Marrill. Maintenant que nous avons pris notre vitesse de croisière, je voudrais que nous discutions du Jeu. Nous allons devoir faire comme si l'on *parlait* à Margaham d'un sujet important, et cela implique une stratégie particulière, alors...

– Ardent ! commença Marrill en se retournant pour présenter celle qui venait d'être baptisée Fiz. C'est...

Ardent agita sa main libre.

– Je sais, c'est un peu ennuyeux, je suis d'accord. Mais j'imagine que tout magicien a droit à ses excentricités. Mieux vaut un jeu élaboré qu'une fosse pleine de dépouilleurs à franchir. Maintenant, si tu veux bien jeter un coup d'œil sur ce diagramme de la dernière fois où j'ai vu...

Il agita les papiers vers Marrill.

Celle-ci leva les yeux au ciel avec un soupir.

– Non, Ardent, écoutez... Attendez, pourquoi y a-t-il des étoiles qui dansent sur une pièce montée de mariage ?

Elle loucha sur le dessin, si l'on pouvait appeler ça ainsi. Ardent l'avait fait lui-même, et cela au moins était évident. Vu ses talents de dessinateur, c'était la seule chose qui ne laissait aucun doute.

Le magicien reprit vivement son œuvre.

– Ces étoiles, comme tu les appelles, sont des gens. Et cela n'a rien à voir avec une pièce montée de mariage, ce sont les multiples niveaux du jeu. Tu vois, ils s'empilent les uns sur les autres comme...

Il plissa le front.

– En fait, peut-être bien que ça n'est pas sans rappeler une pièce montée de mariage. Bon. Bref.

Marrill ouvrit la bouche pour dire... quelque chose. Elle fronça les sourcils. Elle s'apprêtait à lui dire un truc important. Elle en était certaine. Mais, curieusement, son propos semblait lui glisser entre les doigts.

– D'ac... cord...

Finn toussota. Marrill leva les yeux, et vit près de lui une fille qu'elle ne connaissait pas. Il la désigna d'un petit signe de tête.

– Marrill ? Tu te souviens de Fiz ?

Marrill loucha vers l'inconnue. Celle-ci lui parut vaguement familière... et pourtant elle n'avait aucune idée de qui elle était.

Finn semblait cependant attendre sa réponse avec une telle impatience qu'elle marmonna sans réfléchir :

– Mais oui. On s'est vues... euh...

Elle espérait que la fille terminerait sa phrase pour elle.

Visiblement amusée, Fiz dressa un sourcil.

– Il y a trois minutes.

Marrill écarquilla les yeux. Impossible qu'elles viennent de se rencontrer.

– Je t'avais prévenu, qu'elle ne s'en souviendrait pas, se moqua Fiz en poussant Finn du coude. C'est le fond du sujet.

– Le fond de quel sujet ? voulut savoir Ardent, s'immisçant dans la conversation.

– C'est ça, dit la fille avec un sourire.

– Comment ça ? insista Ardent.

Finn laissa échapper un soupir.

– Le fait que vous ayez déjà oublié les faux matelots qui ont envoyé un signal à ce bateau qui s'est lancé à notre poursuite. Quelqu'un se demande qui c'était ?

Ardent fourra distraitement les documents dans une poche de sa robe.

– Eh bien, étant donné l'emblème sur le flanc du navire, la nature de notre virée à Monerva et la hum… cargaison que nous transportons, je suppose qu'il s'agit de l'armée du roi de Sel et de Sable.

Marrill tourna automatiquement la tête vers lui.

– Attendez, comment ça ? s'écria-t-elle, n'arrivant pas à croire qu'il avait pu garder une telle information pour lui. L'armée du roi de Sel et de Sable nous pourchasse ? Pourquoi n'avez-vous rien dit ?

– Je ne me rappelle pas qu'on m'ait posé la question, répondit Ardent avec un mouvement d'insouciance. Et puis, il est censément impossible d'arrêter ces soldats. Ce n'est donc pas comme si nous avions pu faire *autre* chose que fuir devant eux. En outre, nous avons une mission capitale en cours. Si nous nous laissons distraire chaque fois qu'une armée décide de s'en prendre à nous…

Il écarta le sujet d'un geste de la main.

– On les appelle la Source, indiqua la nouvelle venue. Et ils sont, d'après la légende, invincibles.

On ne peut pas les blesser ; on ne peut pas les arrêter. Ils ne perdent jamais.

Marrill fronça les sourcils. Qui était cette fille ? D'où sortait-elle ? Et pourquoi la présence d'une étrangère à bord ne semblait pas déranger Finn ?

Ardent scruta l'inconnue… puis Finn.

– Je ne crois pas avoir été présenté à nos invités, regretta-t-il.

L'explication s'imposa alors à Marrill avec la force d'un ballon de foot en plein ventre. Ardent regardait Finn et la fille exactement de la même façon. Il ne se souvenait d'*aucun* d'eux. Tout comme Marrill ne se souvenait pas de la fille, alors que Finn, lui, se la rappelait visiblement sans problème.

La fille était oubliable. Marrill pressa les doigts contre ses tempes et se demanda si c'était même la première fois qu'elle connaissait cette expérience avec elle. S'étaient-elles déjà vues ? Avaient-elles déjà discuté ?

– Tu es oubliable, lâcha Marrill pour mettre au clair ses soupçons. Comme Finn. Ce qui signifie que nous nous sommes probablement déjà rencontrées, non ?

La jeune fille sourit et lui adressa un clin d'œil.

– On nous appelle le Vague, les espions qu'on ne voit pas. Et oui, nous nous sommes déjà rencontrées. D'ailleurs, tu viens même de me donner un nom. Je m'appelle Fiz.

Elle prononça le nom en s'appliquant, comme si elle devait encore s'y habituer.

– Euh.

Marrill trouvait cela déconcertant. Elle avait beau chercher le moindre détail qui pût lui paraître familier, elle ne retrouvait absolument aucun souvenir de Fiz. Mais si la jeune fille était aussi oubliable que Finn, c'était parfaitement logique. Si Marrill s'était rappelé Finn au départ, c'est parce qu'il paraissait complètement perdu, tout comme les animaux blessés qu'elle aimait tant, là-bas, dans son monde. Elle se préoccupait trop des créatures abandonnées pour ne plus penser à lui.

C'est vrai qu'il y avait eu une brève période, à Monerva, pendant laquelle elle avait commencé à l'oublier, mais cela n'avait pas duré. Et maintenant, elle se souvenait de lui parce qu'il était son ami ; elle se souvenait de *lui* en particulier.

Mais cette fille n'était pas son amie, et elle n'était de toute évidence ni perdue ni blessée. Fiz semblait pleine d'assurance, ce qui signifiait que Marrill n'arriverait pas à la fixer dans sa mémoire. Cette révélation lui parut terriblement gênante.

– On peut se rappeler la Source, c'est ça ? questionna-t-elle, afin de confirmer sa compréhension des choses.

– Ouais, répondit Fiz. Ils sont le pendant mémorable du Vague.

Ardent frappa dans ses mains.

– Excellent. Ceci explique cela. La Source est constituée de soldats invincibles dont nous *pouvons* nous souvenir ; le Vague, d'espions invisibles impossibles à mémoriser. Et maintenant, qui êtes-vous, tous les deux, déjà ? Parce que je crains que vous n'ayez pas choisi le meilleur moment pour une visite de courtoisie. Nous avons une mission capitale à accomplir, vous comprenez, et je viens d'apprendre que nous sommes poursuivis par des gens très dangereux connus sous le nom de la Source.

– Ne vous en faites pas pour ça, assura Fiz avec un clin d'œil.

Ardent croisa les bras.

– Je crains que nous ne puissions en rester là, jeune demoiselle. Je suis magicien depuis assez longtemps pour savoir que quand quelqu'un vous dit de ne pas vous en faire pour quelque chose, cela signifie qu'il y a vraiment de quoi s'inquiéter.

Il croisa les mains derrière son dos et prit son attitude de conteur.

– Je me rappelle en particulier la fois où je parcourais la Question Qu'Il Ne Faut Pas Poser – ne me la posez pas – quand le Magister Calixto m'a dit : « Écoute, il n'y a vraiment pas de quoi s'inquiéter, mais je suis à peu près sûr que j'ai autrefois fait brûler un petit village quelque part par ici. » Alors, naturellement, je lui ai demandé : « Qu'y a-t-il comme village constitué de matériaux inflammables dans les parages ? » Et il m'a répondu : « En fait, à présent, aucun... »

Tandis qu'Ardent poursuivait son récit, Marrill chercha le regard de Finn afin d'en rire avec lui.

Mais elle le vit plongé en grande conversation avec une fille qu'elle n'avait jamais vue. Aussi subtilement que possible, elle se rapprocha d'un pas en se demandant de quoi ils pouvaient discuter avec une telle intensité.

– ... la Crête de la Source, disait la fille. Elle dirige l'armée.

– Tu crois qu'elle pourrait savoir où est ma mère ? demanda Finn.

Stupéfaite, Marrill écarquilla les yeux. Ils parlaient de la mère de Finn ! Elle retint son souffle pour entendre la réponse de l'inconnue.

– En fait, commença celle-ci, peut-être...

À ce moment précis, le récit d'Ardent partit crescendo :

– Et c'est arrivé *exactement* comme on aurait pu s'y attendre ! Tu ne l'as pas vu venir, pas vrai, Marrill ? Et je peux te certifier que Calixto non plus, conclut-il en posant ses mains sur ses hanches en une attitude triomphante.

C'était bien la première fois que Marrill regrettait que l'histoire d'Ardent ne durât pas plus longtemps.

– Euh... tout à fait.

Elle se creusa les méninges pour trouver une question susceptible de le relancer.

– Alors, ce Magister Calixto, ne fait-il pas partie des magiciens de Méres ?

– Oh si, absolument, confirma Ardent.

Elle chercha désespérément quelque chose à ajouter.

– Ça pourrait être le Maître du Vaisseau de Fer, alors ?

Ardent se tapota les dents du bout des ongles tout en réfléchissant.

– Une théorie intéressante. Hmmm, ce *serait* possible, je suppose… Calixto avait un penchant pour la tyrannie. Malheureusement, il n'a pas survécu à cette nuit, à Méres, durant laquelle Serth a bu l'eau du Torrent.

Il s'interrompit.

– Malheureusement pour lui en tout cas. Il y avait sans doute bon nombre d'élèves de son magistère que ça a réjouis. Oh, cela me ramène à ce village en feu !

Marrill se détourna pour s'empresser de demander à Finn s'il tenait une nouvelle piste dans la recherche de sa mère. Mais elle vit alors une inconnue poser la main sur le bras de son ami et rire de bon cœur.

– Pardon ! intervint Marrill en saisissant Finn par l'autre bras afin de l'attirer vers elle.

Puis, en surveillant l'intruse du coin de l'œil, elle lui demanda :

– Euh, Finn ? Qui c'est ?

– C'est Fiz. On a les mêmes origines, répondit-il avant de se rembrunir. Tu ne te souviens vraiment pas d'elle ?

Marrill secoua la tête. Elle était pratiquement sûre de ne l'avoir jamais vue de sa vie.

– Je devrais ?

– En fait, comme tu te souviens de moi, j'espérais…

Mais sa voix se perdit.

Ardent frappa dans ses mains.

– Alors tu vois, clama-t-il pour achever sa démonstration, j'avais raison, comme toujours. Tout comme j'ai raison à présent, ajouta-t-il avant d'interrompre sa réflexion. Même si j'ai déjà oublié à propos de quoi j'ai raison.

Son regard tomba sur Finn et la jeune fille, et son visage s'éclaira.

– Oh, bonjour. Vous devez être des amis de Marrill. Veuillez pardonner ma grossièreté de ne pas m'être présenté plus tôt. Je suis le grand magicien Ardent, dit-il en s'inclinant brièvement. Peut-être avez-vous entendu parler de moi ?

L'explication s'imposa alors à Marrill avec la force d'un ballon de foot en plein ventre. Ardent regardait Finn et la fille exactement de la même façon. Il ne se souvenait d'*aucun* d'eux. Tout comme Marrill ne se souvenait pas de la fille, alors que Finn, oui, visiblement.

La fille était oubliable. Marrill pressa les doigts contre ses tempes et se demanda si c'était même la première fois qu'elle vivait cela avec cette fille. S'étaient-elles déjà rencontrées ? Avaient-elles déjà discuté ?

Pourquoi cette soudaine découverte lui paraissait-elle si familière ?

– Bien sûr que j'ai entendu parler de vous, répliqua la fille en gratifiant Finn d'un coup de coude et d'une œillade.

Il étouffa un rire gêné, et elle s'éclaircit la gorge avant de demander :

– Au fait, où est-ce qu'on va ? Parce qu'on pourrait toujours faire demi-tour. Retourner voir la Source et la Crête...

Marrill surprit le clin d'œil que la fille adressait à Finn, mais n'avait pas la moindre idée de ce qu'il pouvait signifier.

Ardent secoua vigoureusement la tête.

– Oh, bonté divine, non. Vous n'en avez peut-être pas conscience, mais ces gens font partie d'une armée invincible qui s'est alliée à notre tout nouveau vieil ennemi, le roi de Sel et de Sable. Et puis nous avons une mission capitale à mener à bien.

– Ah oui ? fit la fille.

– Absolument, assura Ardent. Nous devons jouer à un jeu !

Lui-même parut désarçonné par sa propre réponse.

– Il s'agit d'un jeu très sérieux, précisa-t-il. Le destin du Torrent en dépend.

– D'accord, dit la fille. Et... où donc allez-vous jouer à ce jeu ? Et dans combien de temps on est censés arriver ?

– En réalité, le jeu lui-même est un lieu, la corrigea Ardent. Une île, pour être précis. Vous le verrez lorsque nous y serons. Margaham est un maître de la transformation et de l'illusion. C'est ce qui le rend si amusant.

Le magicien se tourna vers le gaillard d'arrière.

– Coll, combien de temps mettrons-nous pour arriver au Grand Jeu ?

Coll vérifia l'endroit exact où son tatouage de corde s'enroulait autour de sa cheville nue. Marrill trouvait toujours étrange qu'en plus de se déplacer, le tatouage serve de boussole au capitaine du *Kraken* et l'aide à naviguer sur le Torrent Pirate.

– En gros, dans une journée. On prend un raccourci par le Ravingorge. C'est plein de vents bizarres et de dents acérées, ajouta-t-il en se penchant vers Remy. Tu pourras t'entraîner au raccommodage.

– Des dents ? répéta Remy d'une voix hésitante.

Coll haussa une épaule.

– En fait, ce sont plutôt des crocs.

L'inconnue jeta un coup d'œil vers le nuage d'aigrettes de pissenlit qui disparaissait à l'horizon et hocha la tête.

– Le Jeu de Margaham. Une journée. C'est bon.

Marrill fronça les sourcils.

– Comment ça, c'est bon ?

– Rien d'important, lança la fille en agitant la main avec, sur les lèvres, un petit sourire satisfait.

Puis elle passa son bras sous celui de Finn.

– Et si tu me faisais visiter mes nouveaux pénates, frère du Vague ?

Le front soucieux, Marrill regarda le nouveau matelot escorter Finn vers le pont inférieur. *Coll a dû la faire monter à Monerva*, songea-t-elle. Puis ses pensées s'évanouirent, et la fille lui sortit complètement de la tête.

4

Celui-là est un cri

Cette nuit-là, Finn fut réveillé par des hurlements. Il se redressa brusquement. Le *Kraken* roulait violemment.

Un gargouillement bouillonnant lui parvenait entre les cris, semblable à d'intenses borborygmes, qui résonnaient tout autour d'eux.

– On doit être dans le Ravingorge, marmonna le garçon.

Pourtant, personne n'avait évoqué de *cris* à propos du Ravingorge. Il se glissa hors de sa couchette, attrapa son sac de voleur et sa veste de vol plané et se dirigea vers la porte.

Avant même qu'il puisse se repérer dans la coursive obscure, la porte d'une cabine s'ouvrit à la volée juste devant lui. La tête de Marrill surgit, ses yeux blancs grands ouverts dans la pénombre. Son chat, Karnelius, grondait au creux de son bras.

– Qu'est-cc que c'est ? chuchota-t-elle.

Les cris, déjà perçants, s'intensifièrent encore.

– On dirait que ça vient d'en haut, constata Finn en s'avançant vers l'escalier. Viens.

Marrill le suivit d'un pas hésitant.

– Tu crois que c'est une bonne idée ?

Finn s'immobilisa. Ils fonçaient tout de même tête baissée dans le noir, vers la source des hurlements mystérieux.

– Non, et toi ?

Marrill poussa un soupir et installa Karny sur son épaule.

– Non. Allons-y.

Ils gravirent au pas de course l'escalier à spirale. Finn jaillit le premier par l'écoutille, aussitôt suivi par Marrill et son chat. Mais dès qu'il perçut l'air froid de la nuit, il sentit son estomac se retourner. Une puanteur digne d'un plat d'œufs pourris macérés dans de la moutarde pendant une semaine l'assaillit.

Marrill blêmit, le nez révulsé.

– Argh ! fit-elle alors que Karnelius se tortillait dans ses bras, visiblement mécontent qu'on lui fasse subir pareille infection. Qu'est-ce que c'est que cet endroit ?

Finn regarda autour de lui. Le Torrent s'était de nouveau réduit à la taille d'un fleuve, mais il ne pouvait s'agir du Ravingorge : l'absence de crocs en attestait. Des quais maçonnés bordaient chaque rive, interrompus seulement par des canaux latéraux boueux et de hauts ponts à arcades. Des édifices gothiques se dressaient sur les berges telles d'énormes araignées dont les yeux de vitrail s'illuminaient à la bougie pour guetter leurs proies dans la nuit.

Mais ce qui caractérisait surtout ce lieu, c'était le gaz. Des bulles explosaient et éructaient un peu partout, illuminant l'obscurité d'une étrange palette de nuances vacillantes et malodorantes. Le *Kraken* tanguait, agité par le Torrent qui bouillonnait presque sous l'effet de ces émanations. Finn comprit d'où venaient les gargouillements bizarres qu'il avait entendus plus tôt. La puanteur lui rappelait vaguement le port de commerce des Quais Létemank.

– On est au Passage des Lueurs de Moinpersu, dit-il d'une voix étranglée par-dessus les cris qui continuaient de trouer la nuit. C'est forcé. Il n'y a que le gaz Moinpersu pour avoir une odeur pareille.

Le nez toujours plissé de dégoût, Marrill désigna l'arrière du bateau d'où provenaient les cris. La porte de la cabine d'Ardent était ouverte, et une plainte aiguë s'en échappait en même temps qu'une coulée de matière gélatineuse.

Le magicien sortit en trébuchant, l'air hébété, des taches sombres et gluantes collant sa robe à sa peau. Il secoua la main, et une boulette de matière visqueuse vola dans les airs pour atterrir aux pieds de Finn, la plainte se muant alors en un hurlement. Finn contempla fixement le fragment gélatineux. C'était bien la matière qui criait.

C'est à cet instant que Coll et Remy les rejoignirent sur le pont.

– Ohmercimondieutuvasbien, souffla Remy en plaquant une main sur l'épaule de Marrill. Et toi aussi, Plus-Un, ajouta la baby-sitter en posant son autre main sur le bras de Finn.

Le garçon sourit. Remy ne se souvenait pas tant de lui que du fait qu'il y avait un autre enfant avec Marrill sur lequel elle devait veiller. Mais c'était toujours plus que ce qu'on s'était jamais souvenu de lui de toute sa vie, et il lui en était reconnaissant.

Coll, pendant ce temps, reculait en tirant un poignard recourbé de sa ceinture. Il fouilla le pont des yeux, prêt à en découdre.

– Qu'est-ce qui se passe ? cria-t-il pour couvrir la tornade de bruit.

Ardent remua les doigts tout en désignant la coulée visqueuse qui grésillait et se fendillait. Le hurlement devint abominable. Puis, tout d'un coup, la matière et le bruit s'évaporèrent dans un petit nuage de vapeur. Quelques filaments récalcitrants s'accrochaient encore à la robe d'Ardent et aux bottes de Coll, émettant de minuscules couinements d'angoisse.

– Mon alarme, répondit Ardent, sourcils froncés.

Il scruta les bâtiments qui les entouraient tandis que de plus en plus de bougies s'allumaient à l'intérieur des fenêtres sombres. Des formes désarticulées qui rappelaient des poupées cassées projetaient leurs silhouettes dans la nuit.

Le magicien fit demi-tour et rentra dans sa cabine, Coll sur ses talons. Marrill et Remy se précipitèrent à leur suite.

– Qu'est-ce qui se passe, frère… Finn ? questionna Fiz en surgissant derrière le garçon.

Il se retourna et la vit bâiller. Elle était de toute évidence mal réveillée et n'avait même pas eu le temps d'enfiler ses chaussures.

– Alarme de magicien, du gel hurleur, le truc classique, expliqua Finn. Où t'étais passée ?

Elle haussa les épaules.

– J'ai trouvé une belle pile de couvertures en bas, dans une cabine. Mais j'ai dû me serrer contre un monstre à quatre bras vraiment pas aimable pour en avoir un bout. Il m'a traitée de « petite larve » et a grogné je ne sais quoi à propos d'une hibernation.

Finn secoua la tête. Il se demandait ce qu'était devenu le Rabat-joie depuis tout ce temps. Même si, pour être franc, il trouvait le bateau beaucoup plus agréable sans lui. Même avec les hurlements, quand on y réfléchissait.

– Tu devrais vérifier que tu as toujours les affaires que tu avais avant de te coucher, conseilla Finn. Le Rabat-joie a un peu tendance à jouer les… pickpockets.

Fiz arqua un sourcil.

– Quel genre de Vague tu crois que je serais si je laissais quelqu'un me faire les poches ?

– Pas faux, convint Finn en riant.

Plus ils passaient de temps ensemble, plus il mesurait ce qu'ils avaient en commun. Il faisait *réellement* partie de ce Vague. Ce sentiment d'appartenance lui paraissait tellement bizarre. Il se sentit rougir à cette pensée, aussi l'écarta-t-il aussitôt pour regarder vers l'arrière du bateau.

– Allons voir de plus près d'où viennent ces cris.

Lorsqu'ils pénétrèrent dans la cabine d'Ardent, le magicien inspectait la scène. C'était un vrai capharnaüm, un incroyable bric-à-brac répandu absolument partout.

– Waouh, ils ont carrément tout retourné, commenta Remy en touchant du pied un vase brisé.

Le vase lança un juron, et Remy battit en retraite.

Ardent regarda autour de lui.

– Hum, non, c'est à peu près comme quand je me suis couché.

Coll rengaina son poignard et croisa les bras.

– Pourquoi l'alarme s'est-elle déclenchée alors ?

Le magicien se fendit d'un large sourire et se dirigea vers des coffres superbement sculptés entassés sous les fenêtres.

– Moi aussi, j'ai trouvé ça très malin. J'ai rempli une caisse de gel hurleur infini amélioré et ensorcelé. Excessivement sonore et toujours à deux doigts de la crise de panique. Le meilleur, c'est que c'est assez collant, ce qui facilite la tâche pour attraper le voleur. Difficile de s'enfuir et de se cacher quand on est couvert de cris.

Ardent croisa les doigts au-dessus de l'un des coffres, frappa deux fois sur le côté et émit un sifflement. Le couvercle s'ouvrit, révélant un cristal en forme d'étoile : la Clef de la Carte des mille mondes.

– Je m'en sers pour protéger mes biens les plus précieux et/ou les plus dangereux, poursuivit le magicien.

Il fit signe à un trio de cubes transparents, soigneusement disposés sur de petits coussins de velours juste derrière la Clef. Le premier contenait une collection de menus objets que Finn n'avait jamais vus auparavant : une pierre qui paraissait constituée d'orage bouillonnant, une sorte de balle portant l'inscription ÂME D'IMALUPHUS KHAN – NE PAS LANCER, et une figurine de verre qui salua chacun d'eux d'un signe de tête. Finn lui rendit automatiquement son salut.

À l'intérieur du deuxième cube flottait un objet beaucoup plus familier : le globe de souhaits, quasi rempli d'eau du Torrent Pirate concentrée, qui pouvait exaucer pratiquement n'importe quel vœu à part les plus extrêmes. Et si le Maître du Vaisseau de Fer avait réussi à le remplir totalement lorsqu'ils se trouvaient à Monerva, ces souhaits-*là* aussi seraient devenus accessibles.

Finn remercia silencieusement le destin d'être arrivé à temps avec Marrill pour l'en empêcher.

Ce fut cependant le troisième cube qui fit naître un cri dans la gorge de Marrill.

– Mon Vouivrion !

Elle lâcha Karny par terre sans prêter attention à ses miaulements de protestation, et se précipita vers le cube où la tache noire d'une petite créature se tenait recroquevillée dans un coin. On aurait dit un mélange de chauve-souris et d'araignée, ou encore une paire de mains jointes au niveau des poignets. De longues pattes-doigts grêles martelèrent la paroi de sa prison.

La jeune fille plissa les yeux et serra les poings. Finn distingua le choc et la colère qui se succédèrent sur son visage. En vérité, lui-même n'avait jamais été fou de ces créatures flippantes, mais Marrill les aimait bien, surtout celle-ci. Et cela n'avait rien d'insensé si l'on considérait que la bestiole leur avait pratiquement sauvé la vie.

– Marrill, tout va bien, commença-t-il.

Elle secoua la tête avec vigueur pour interrompre son ami :

– Non, ça ne va *pas*. Le pauvre petit est enfermé et effrayé. Comment avez-vous pu lui faire une chose pareille ? s'écria-t-elle en se tournant vers Ardent.

Surpris, Ardent agita nerveusement les doigts.

– Marrill, le Vouivrion n'est pas un animal. Ce sont les souvenirs incarnés des Dzane, les réminiscences des tout premiers magiciens, qui remontent à la naissance du Torrent. Peut-être même avant. J'ai déjà vu… des choses troublantes en le touchant du doigt. Cette sorte de connaissance, relâchée au hasard, pourrait avoir de graves conséquences.

– Mais c'est une créature vivante ! protesta Marrill. Elle n'a rien de dangereux ; elle est gentille.

– Marrill, intervint Remy. Le Vouivrion peut provoquer, euh, des comas-mémoire ou je ne sais quoi quand on le touche. Ardent a peut-être raison, non ?

Inflexible, la jeune fille croisa les bras.

– Non. Je l'ai porté contre moi pendant toute la traversée des catacombes de Monerva, et il n'a fait de mal à personne. Il m'a même aidée.

Ardent inclina la tête de côté.

– Certes, ça se discute.

Un instant de gêne s'ensuivit alors que le magicien et Marrill s'affrontaient du regard. Finn jeta un coup d'œil en direction de Fiz. Elle examinait le gros coffre en bois, la mine concentrée sur son mystérieux contenu.

Attends une seconde, se dit Finn alors que la lumière se faisait soudain dans son esprit. Le globe de souhaits était la clef qui permettait de libérer le roi de Sel et de Sable... et on avait tenté de le voler. Le jour même où l'un de ses espions avait rejoint leur équipage.

Il ne savait pas ce qui était pire : d'avoir été trompé ou de s'être laissé berner.

Finn attrapa Fiz par le bras et la tira sans ménagement dehors.

– C'était toi, hein ? Tu as essayé de piquer le globe.

Il se sentait à la fois blessé, trahi, furieux et complètement perdu.

– Quoi, frère, qu'est-ce que tu veux dire ?

Finn n'allait pas se faire avoir deux fois.

– Pas la peine de faire l'innocente, gronda-t-il. Tu voulais voler le globe de souhaits pour délivrer ton roi. Tu disais que vous étiez venus *me* chercher. Mais c'était un mensonge, non ? Tu t'es servie de moi, et en fait, depuis le début, tu es là pour le globe.

Fiz prit un air offensé. Elle était forte, Finn devait lui reconnaître ça.

– Non, c'est toi qu'on est venus chercher, frère, je t'assure ! Je ne sais même pas de quel globe tu parles...

Il l'interrompit d'un geste.

– Où sont tes chaussures ?

Elle baissa lentement les yeux sur ses pieds nus puis regarda involontairement le bord du bateau.

– Alors ? Tu les as jetées par-dessus bord ou est-ce qu'elles sont en bas, seules et abandonnées, en train de pleurer toutes les larmes de leur corps ?

Fiz écarta un cheveu de son visage en soufflant dessus avec énervement. Finn la toisait, furieux, attendant qu'elle s'effondre.

– Par-dessus bord, grommela-t-elle enfin. Il y en a une qui s'est transformée en magnifique chant d'oiseau. L'autre l'a mangé. Mais ce n'était pas un mensonge ! se défendit-elle après un silence. On est *vraiment* venus pour toi.

– Pourquoi fureter dans tout le bateau alors ? insista le garçon. Pourquoi ne vous êtes-vous pas contentés de m'emmener pendant que vous en aviez l'occasion ?

– On est le Vague. Ce n'est pas notre style. On préfère la subtilité et le subterfuge. Et puis, plus on fait de bruit, plus on risque d'être remarqués. Alors les gens mettent plus de temps à nous oublier.

– Je suis bien certain que c'est la seule et unique raison, répliqua-t-il sèchement.

– Bon, d'accord, fit-elle en levant les yeux au ciel. On s'est dit qu'on allait jeter un petit coup d'œil, au cas où on tomberait sur quelque chose qui, tu vois, quoi, pourrait se révéler *utile*. Et facile à prendre. Mais je ne connaissais pas l'existence de ce globe jusqu'à ce que ton magicien parle d'un objet que vous auriez à bord et que la Source pourrait vouloir. Et même à ce moment-là, je voulais juste voir ce que c'était.

– Et le voler, conclut Finn.

La confirmation de ses soupçons lui donnait la nausée.

Fiz détourna les yeux.

– Tu ne comprends pas, dit-elle. Ce que la Source veut, la Source le prendra. Ils sont imbattables. On ne peut pas les arrêter, frère. On ne peut que les aider ; c'est mieux ainsi, je t'assure.

Finn secoua tristement la tête.

– S'ils sont aussi imbattables que tu le prétends, comment ça se fait qu'on ait pu leur échapper ?

– Ouais, bon, bredouilla-t-elle avec un mouvement d'impuissance. Là, je ne sais pas trop ce qui s'est passé. C'est la raison pour laquelle on a été aussi déroutés quand votre bateau a commencé à distancer le nôtre… ça ne s'était jamais vraiment produit avant.

Finn émit un ricanement méprisant. On ne pouvait manifestement pas faire confiance à cette fille. Cependant, son discours n'était pas dépourvu d'une certaine logique. Et il devait bien admettre, si ce qu'elle prétendait était vrai, que pénétrer dans la cabine d'Ardent « au cas où » était exactement le genre de chose qu'*il* aurait pu faire.

– Ce n'est pas de la trahison, assura Fiz. Tu es l'un de nous, Finn. Tu fais partie du Vague. Tu devrais être de notre côté. Tu devrais *vouloir* aider la Source à récupérer ce globe.

Ensemble, ils regardèrent dans la cabine, derrière Ardent et Marrill qui discutaient encore du destin du Vouivrion. À côté du petit volatile, le globe brillait telle une étoile filante posée sur un oreiller. Un vœu, songea Finn, et la voie de Monerva serait rouverte, ce qui permettrait au roi de Sel et de Sable d'enflammer tous les mondes qu'il toucherait, et libérerait *aussi* la Marée de Fer qu'ils avaient arrêtée *in extremis* juste avant de s'enfuir. Voilà pourquoi personne ne pouvait utiliser ce globe ; voilà pourquoi il fallait continuer de taire ses vœux les plus chers. Un écart, et ce serait une course apocalyptique sans merci, le feu et le fer s'opposant pour déterminer qui détruirait le Torrent le plus vite. Après cela, ils pourraient même *vouloir* que le Soleil perdu de Dzannin s'évade de la Carte des mille mondes, juste pour faire place nette.

Il se demanda ce que Fiz penserait de tout cela. Mais il n'avait pas du tout l'intention de la mettre au courant. Pour l'instant, moins elle en savait, mieux c'était.

– Je crois que je vais devoir te livrer, dit-il en regardant les arches et les angles du Passage des Lueurs de Moinpersu.

Il vit dans le rot d'une bulle de Moinpersu bouger quelque chose de long et disgracieux.

– Dommage que tu ne nous aies pas doublés en territoire plus amical.

Fiz agita les mains.

– Attends, frère ! Je sais que je suis allée trop loin. Je m'excuse. J'ai un peu tendance à foncer, lâcha-t-elle avec un sourire espiègle. Mais on peut encore arriver à obtenir ce qu'on veut, toi et moi. La Source trouvera son bonheur si je t'aide à retrouver ta mère et vous ramène tous les deux au bercail. Et en échange, je te promets de ne pas chercher à prendre ce globe.

Finn ricana. Mais il hésitait encore. Il en avait appris plus sur qui il était et d'où il venait en un seul jour que pendant tout le reste de sa vie. Même s'il n'était pas certain de *vouloir* appartenir au Vague, Fiz lui laissait entrevoir qu'il y avait sur le Torrent un endroit fait pour lui. Et elle était sa seule piste pour rechercher sa mère. Comment pourrait-il rejeter cette possibilité ?

Et puis, de toute façon, le système de sécurité d'Ardent était visiblement excellent. Le meilleur voleur du Torrent aurait bien du mal à dérober le globe au magicien. Et comme Finn était le meilleur voleur du Torrent, ils n'avaient pas à s'inquiéter de ça.

Le garçon laissa échapper un long soupir en se demandant s'il n'allait pas regretter sa décision. Mais il ne voyait pas vraiment d'autre solution.

– Marché conclu, lâcha-t-il enfin. Mais un autre coup fourré et tu dégages. Et je me fiche de *là* où on sera.

Fiz masqua son étonnement par un sourire, mais celui-ci fut moins éclatant que d'habitude.

– Merci, frère du Vague.

Elle paraissait presque sincère.

Cette trêve délicate conclue, Finn et Fiz retournèrent dans la cabine à l'instant où Ardent capitulait, son visage s'éclairant d'une expression de gentillesse familière.

– Bien sûr, Marrill, tu as raison ; une créature vivante a droit aux meilleurs soins que nous pouvons lui prodiguer. En même temps, tu dois avoir conscience des dangers qu'elle présente. Peut-être qu'ensemble, nous pourrions trouver un meilleur logement pour le Vouivrion.

– Merci ! s'exclama Marrill en se jetant dans les bras du magicien.

Finn sentit sa gorge se serrer. Quand il les voyait tous les deux, c'était comme s'il voyait un grand-père et sa petite-fille. Ce n'était pas très digne d'un voleur, mais il ne pouvait s'empêcher de se sentir ému.

Puis Marrill recula, et Ardent posa la main sur le troisième cube. Au lieu de s'ouvrir, celui-ci parut se dissoudre sous ses doigts. Une fois libéré, le Vouivrion battit furieusement des ailes, sa blessure lui rendant le vol difficile.

Cependant, il arrivait presque à l'épaule de Marrill quand un grondement sourd se fit entendre, provenant du bureau d'Ardent. Karnelius franchit la surface de bois dans un grand désordre de feuilles de papier, et renversa des coupes de pierre de toutes les couleurs en se ruant sur la petite créature.

– Karny, non ! cria la jeune fille, qui tendit la main vers le Vouivrion.

Finn comprit ce qui allait se passer et bondit juste à temps pour la rattraper. Parce qu'à l'instant où Marrill effleura le Vouivrion, la peau de sa paume se plissa telle la surface d'un plan d'eau, et elle s'évanouit.

Un coma-mémoire. Les Vouivrions faisaient cet effet : ils remplissaient la tête de ceux qui les touchaient de souvenirs étrangers et les laissaient hébétés.

– Marrill ! appela Remy en la prenant des bras de Finn. Coll, aide-moi à la redresser !

– Je savais que c'était une mauvaise idée, grommela Ardent en s'approchant du Vouivrion sur la pointe des pieds.

La créature ne fut pas dupe. Elle s'envola vers la porte et gagna la rambarde située à bâbord. Karnelius bondit derrière elle.

La suite parut se dérouler au ralenti.

– Le chat ! hurla Fiz.

Finn se retourna, juste à temps pour voir Karnelius prendre son élan sur les marches du gaillard d'arrière. Puis

le chat

sauta.

Le Vouivrion fit battre son aile brisée et parvint à s'élever d'un ou deux centimètres au-dessus de la rambarde.

– Rattrapez-les ! cria Marrill, qui se releva en reprenant brusquement connaissance.

Finn s'élança pour intervenir. Mais il arriva trop tard. Le chat et la créature se heurtèrent. Pattes et griffes se débattirent contre la rambarde. Et, tout à coup,

ils n'étaient plus là.

5

À la baille

– Karny, non ! cria Marrill.

Elle s'étrangla alors que son chat décollait, se heurtait au Vouivrion et tentait désespérément de se raccrocher à la rambarde avant que son élan ne les précipitât par-dessus bord.

Avec un miaulement d'indignation et de surprise, Karny plongea vers les eaux rutilantes du Torrent Pirate. Les poulies couinèrent au-dessus de sa tête, et des filins jaillirent du gréement pour tenter d'intercepter les deux bestioles dans leur chute.

Pendant un instant, Marrill sentit son pouls battre au ralenti.

Os-de-Corde est intervenu à temps, se dit-elle.

Ça allait. Karny était sauvé.

C'est à cet instant qu'elle entendit le *plouf*. Un étau lui comprima la poitrine.

– Noooon ! vagit-elle en fonçant vers la rambarde, Finn sur les talons.

Par les fenêtres bordant le Passage des Lueurs de Moinpersu, des formes tordues s'agitaient en une parodie cruelle de l'angoisse qui l'étreignait.

On est encore dans le passage. Pas au large du Torrent. C'est de l'eau saumâtre, se raisonna-t-elle. *Karny va bien*. Mais elle se rendait compte que le courant les avait déjà entraînés. Le gaz de Moinpersu bouillonnait déjà moins, et les eaux du Torrent reprenaient l'éclat doré de la magie pure.

D'une magie mortelle.

– Bête à la mer ! hurla Coll, qui jaillit de la cabine d'Ardent et se jeta sur la barre. On met à la cape !

Malgré leur peu d'affection pour le chat en question, les pirat's s'éparpillèrent le long des vergues afin de border la grand-voile et orienter le reste des voiles à contre pendant que Coll plaçait le navire vent de travers.

Marrill se pencha par-dessus la rambarde, beaucoup plus loin qu'elle l'eût osé en temps normal. Elle scruta frénétiquement la surface de l'eau, en quête du moindre signe de Karny ou du Vouivrion. D'une main, elle essuya les larmes qui brouillaient sa vision.

Mais que cherchait-elle, en fait ? En quoi Karny était-il transformé à présent ? *Unvoldechouettes-unpoteautéléphonique-unjetdejaune*. Son cœur cognait dans sa poitrine. Elle voyait défiler à toute vitesse dans sa tête les plus horribles possibilités. *Ungoûtdechamallow-unairdopéra-lesentimentdêtreperduetloindechezvous-etdavoirabandonnélaseulechosequivousaime*.

Puis, comme par miracle, soudain, elle l'entendit. Un miaulement étouffé.

Tout en bas, au ras de l'eau, quelque chose s'accrochait au filet tendu contre la coque du *Kraken*. La lueur qui émanait du Torrent ne perçait pas suffisamment l'obscurité pour que Marrill pût distinguer quoi que ce soit. Le miaulement lui indiquait avec certitude que c'était Karnelius. Mais s'agissait-il *encore* réellement de lui ?

-unpoissonchat-unhommechat-unchatcorne-unchatonpieuvre-unchathuantjustelehuantriendautrequelehuant-

– Je crois que je le vois ! s'exclama Finn, qui passa une jambe par-dessus la rambarde, prêt à descendre.

Marrill l'imitait déjà quand deux mains fermes les ramenèrent ensemble sur le bateau.

– La petite bête est beaucoup trop près de l'eau, décréta Ardent. Laissez-moi faire.

Le magicien pinça l'air et leva le bras. Karnelius s'éleva vers le pont, comme arraché au Torrent par une poigne invisible.

L'instant d'après, un Karnelius tout mou passait par-dessus la rambarde, suspendu par la peau du cou. Il était trempé, et son pelage collé contre son corps efflanqué lui donnait l'air beaucoup plus petit et plus vulnérable que d'habitude. L'eau qui dégoulinait de son poil formait une flaque luisante sur le pont.

– Bonne nouvelle ! C'est encore un chat ! annonça joyeusement Ardent. Mais c'est étrange, ajouta-t-il, sourcils froncés.

– Karny ! appela Marrill, qui se précipita vers le malheureux félin mouillé et se jeta à quatre pattes devant lui.

Mais à l'instant où elle allait le toucher, sa tête se cogna contre un mur invisible. Levant les yeux, elle découvrit Ardent, debout, paume dressée devant elle pour l'arrêter.

– Attention, prévint-il en désignant la flaque de pure magie qui s'élargissait rapidement. Le pont est en boismorne, mais pas toi. La magie ne va pas tarder à se dissiper au contact de l'air et ne sera bientôt plus mortelle. Mais pas encore.

Marrill respira profondément et pressa les mains contre sa poitrine pour s'empêcher de saisir son chat.

– Est-ce... est-ce qu'il va bien ? s'enquit-elle d'une voix tremblante.

Comme pour lui répondre, Karnelius se débattit contre la poigne invisible qui le retenait en l'air et cracha avec colère. Puis il donna un coup de griffe dans le vide. Ardent poussa un « Aïe ! » soudain, et le chat atterrit gracieusement sur le pont.

Marrill tendit les bras vers lui.

– C'est bon, Karny, souffla-t-elle d'une voix apaisante. Tu ne risques plus rien.

L'œil unique du chat lança des éclairs. Chaque coup de queue envoya des gouttes d'eau s'écraser sur le plancher. Un grondement sourd faisait vibrer son poitrail.

C'est alors qu'il se mit à parler.

Moi, magicien de l'Aube, étant impénétrable d'esprit et inexplicable de corps, lègue par la présente ce qui suit à ceux qui suivront :

Marrill se figea. Elle était certaine qu'elle ne pouvait pas voir – ni entendre – une chose pareille. Mais un regard vers les autres lui indiqua qu'elle n'était pas la seule. Tous avaient visiblement entendu parler Karny aussi. Remy ouvrait de grands yeux, et Finn restait bouche bée.

– Qu'est-ce qui vient de se pass..., commença-t-il.

Ardent le coupa d'un geste.

– Laissez terminer le chat, jeune homme que je ne reconnais pas.

D'abord et avant tout, à ceux qui joueraient au jeu de prophétie, je laisse un stratagème. Vous le découvrirez enfoui dans les lignes de ces dernières volontés, pourvu que vous trouviez la volonté de le chercher.

Ils retenaient leur souffle en regardant Karnelius, dans l'attente qu'il en dise davantage. Le chat secoua la tête et renifla. Puis il éternua si fort qu'il en eut le poil tout hérissé, un poil parfaitement sec, remarqua Marrill, comme si la puissance de l'éternuement avait chassé la moindre gouttelette de son pelage.

Alors il s'assit, leva une patte et entreprit de se lécher. Il se nettoya comme si rien ne s'était passé.

Marrill tendit ses doigts tremblants vers son chat et le prit dans ses bras. Elle se moquait des résidus de magie susceptibles de s'accrocher encore à lui, se moquait de l'effet qu'ils pourraient produire sur elle. Seul comptait qu'elle puisse serrer Karny contre elle et le protéger. Il se cala contre l'épaule de sa maîtresse et se frotta le front contre son menton. Redevenu parfaitement normal. Ou du moins aussi normal qu'il l'avait jamais été.

Ce fut Finn qui brisa le silence hébété.

– Eh bien, c'était vraiment un drôle de truc, commenta-t-il en se grattant la tête. Quelqu'un a une idée de ce qui s'est passé ?

Ardent examinait le chat d'un air perplexe.

– Extraordinaire, souffla-t-il. Je n'ai jamais rien vu de tel.

– Le fait de survivre à un bain dans le Torrent ou le passage du chat qui parle ? demanda Finn.

Le magicien secoua la tête.

– Les deux, répondit-il en continuant d'étudier l'animal tout en tirant sur sa barbe.

Soudain, Marrill se redressa. Elle s'était tellement angoissée pour Karny qu'elle en avait oublié son compagnon d'infortune.

– Où est le Vouivrion ? questionna-t-elle en pivotant sur elle-même pour scruter le pont. Que lui est-il arrivé ?

Finn, Remy et un matelot se précipitèrent vers

la rambarde et regardèrent en bas. Ardent resta de marbre, le front plissé.

Marrill se sentit au bord de la nausée. S'il était arrivé quelque chose au Vouivrion, c'était entièrement de sa faute. C'est elle qui avait insisté pour qu'on le libère. Et c'était son chat qui lui avait sauté dessus.

– Je ne le vois pas ! lança Finn, en regardant le long de la coque jusqu'à l'arrière du bateau.

– Rien par ici, annonça la personne qui était allée voir à l'avant.

Marrill croisa le regard de Remy. La baby-sitter secoua tristement la tête.

– O-o-où est-il ? bredouilla Marrill. Il doit être encore ici. C'est forcé !

Coll abattit sa main puissante sur son épaule.

– Je suis désolé, Marrill.

Mais Ardent leva l'index.

– Attends pour être désolé, j'ai une théorie.

Il mâchonna distraitement un poil égaré de sa longue barbe.

– Oh oui. Hmmm. Oui. Oh, ça donne... oui... je pense... Je crois... que le Vouivrion *est* toujours ici, en fin de compte !

Marrill ne fut pas la seule à ne pas comprendre. Elle avait, à l'instar des autres membres de l'équipage, les sourcils froncés par la perplexité.

– Vraiment ? Où ça ?

– Tu le tiens dans tes bras.

Marrill baissa les yeux sur son chat. Celui-ci la regarda en retour. Il ne paraissait pas amusé du tout.

– Karny ?

– Les Vouivrions ont été créés par le magicien de l'Aube, l'un des Dzane les plus puissants, expliqua Ardent. Et comme nous l'avons déjà établi par le passé, ce que le Dzane a créé ne peut être détruit que par le pouvoir du Dzane. Un plongeon dans le Torrent Pirate ne suffirait certainement pas à *détruire* un Vouivrion. Mais cela pourrait... affecter certains de ses aspects.

Il se mit à faire furieusement les cent pas, habitude qu'il adoptait souvent lorsqu'il réfléchissait.

– Le Vouivrion était l'incarnation d'un souvenir, cela, nous le savons. Et le Torrent Pirate n'a pas pu changer cet aspect-là de sa nature, non. Mais il a pu changer sa forme. La rendre plus... pure. Après tout, qu'est-ce qu'un souvenir sans un endroit où vivre, un corps pour le garder en mémoire ? En fait, ce pouvoir pourrait même être alimenté par la magie, et rendre son propriétaire insensible à...

Coll s'éclaircit la gorge.

– Humain, Ardent. On parle humain sur ce bateau. Pas magicien.

– Ah, oui. Mille excuses.

Il fit volte-face, écartant du pied le bord de sa tunique. Puis il regarda Marrill bien en face.

– Pour énoncer les choses simplement, les souvenirs qui constituaient le Vouivrion vivent à présent à l'intérieur de ton chat.

Marrill examina de nouveau Karny. Il ronronnait légèrement. Il cligna de son bon œil, mais elle n'aurait absolument pas su déterminer s'il fallait y voir autre chose que de la chattitude ordinaire.

– Vous voulez dire que mon chat l'a mangé ?

– Eh bien, plutôt que de consommation à proprement parler, il s'agirait d'une forme d'absorption. C'est du moins ma théorie, répondit le magicien.

Ça ne paraissait pas vraiment mieux.

– Et… comment on le fait sortir ?

– Difficile de répondre. Du moins sans un examen plus approfondi, avoua Ardent avec un haussement d'épaules. Je peux ? pria-t-il en tendant les mains.

Marrill se mordilla la lèvre. Après ce qui venait de se passer, elle n'était pas prête à lâcher son chat. Mais si Ardent pouvait aider, il fallait qu'elle le laisse faire. Elle lui remit Karny à contrecœur.

L'expression impatiente d'Ardent se mua en déception lorsqu'il eut pris le chat avec précaution.

– Les souvenirs du Vouivrion ne se transmettent donc plus au contact de la créature, constata-t-il avant de serrer les lèvres en élevant le chat au niveau de ses yeux pour l'examiner de plus près. Cela ne va pas nous faciliter la tâche pour découvrir l'identité du Maître du Vaisseau de Fer.

Remy croisa les bras, son front plissé trahissant son incompréhension.

– Comment ça ?

– Le Vouivrion portait les souvenirs du magicien de l'Aube. J'en ai parcouru certains depuis notre retour de Monerva : à peine de quoi effleurer la surface, mais j'ai quand même pu voir des choses très intéressantes. Il semblerait que le magicien de l'Aube ait croisé la route du Maître à plusieurs reprises.

Ardent esquissa une grimace quand Karny lui donna un coup de griffe sur le poignet. Marrill tendit les bras, et il lui rendit son chat avec reconnaissance.

– Mais..., objecta la jeune fille en réfléchissant. Si le Maître est l'un de vos vieux amis...

– Comment aurait-il pu connaître aussi le magicien de l'Aube, qui est censé avoir disparu longtemps avant ma naissance ? Excellente question ! commenta Ardent en se frottant la barbe. Je n'en ai aucune idée. Et c'est justement le problème. Il y a encore beaucoup de trous dans ma représentation des faits, et j'espérais que le Vouivrion pourrait les combler. Le tour qu'ont pris les évènements rend cela un brin compliqué. Cependant, si ce que nous avons entendu provient bien du testament du magicien de l'Aube, il reste peut-être encore un moyen d'y arriver.

Il frappa dans ses mains avec excitation.

– Sans parler des champs de recherches incroyables que cela ouvre ! Imagine la consternation de Zambfant le Grand quand il apprendra que c'est *moi* qui ai découvert le tout premier exemple de legs par voie féline du Torrent ! Oh, comme j'aimerais raconter ça à Annalessa...

L'enchanteur détourna les yeux, et Marrill eut le cœur serré en percevant la tristesse dans sa voix. Il se força malgré tout à sourire et retourna vers sa cabine, déjà perdu dans ses pensées alors qu'il marmonnait des propos sur les recherches qu'il entendait mener sur le sujet.

– Ça va ? demanda Finn en s'approchant d'elle.

Elle lui adressa un pauvre sourire.

– Oui, je crois. On peut sans doute considérer que Karny et le Vouivrion s'en sont sortis tous les deux. Mais...

Elle serra plus fort le chat contre elle.

– Qu'est-ce qui va se passer si j'ai gâché toutes nos chances de trouver l'identité du Maître ?

– Eh, c'est pas de ta faute si ces deux bestioles ont décidé de faire la course à qui plongera la première, la rassura Finn.

Elle aurait bien voulu le croire.

– Si je n'avais pas forcé Ardent à libérer le Vouivrion...

– Depuis quand quelqu'un pourrait obliger Ardent à faire quoi que ce soit ? l'interrompit Finn en riant.

Il inclina son épaule contre celle de son amie.

– Et puis c'est la partie de toi qui se soucie tant de ce Vouivrion qui fait que tu te souviens de moi.

Elle leva les yeux au ciel pour détourner l'attention du rouge qui lui montait aux joues.

– Je me souviens de toi parce que tu es mon ami.

– Alors, en tant qu'ami, je te prie de ne pas t'inquiéter. Ardent a l'air à peu près sûr que le Maître est l'un des magiciens de Méres. Il nous suffira donc de parcourir toute la liste jusqu'à ce qu'on trouve qui c'est. Fastoche.

– Dents en vue ! lança une fille depuis la proue.

Marrill leva la tête. Devant eux, le Torrent s'engouffrait dans ce qui ressemblait à la mâchoire inférieure d'une bête gigantesque. Des crocs énormes et pointus jaillissaient de l'eau, bordés de part et d'autre par des parois rouges et lisses qui évoquaient l'intérieur d'une bouche.

Mais il n'y avait pas de mâchoire supérieure ; Marrill en était sûre car elle distinguait les étoiles qui brillaient à perte de vue au-dessus d'eux. Et, aussi acérées et meurtrières qu'elles pussent paraître, les dents étaient beaucoup trop grandes pour présenter un réel danger ; le *Kraken* n'aurait aucun mal à les contourner.

– Avis à tous : c'est le Ravingorge, annonça Coll d'une voix calme. Remy, prends la barre, et ne t'en fais pas : si tu te plantes, le mouvement d'ingurgitation nous gardera dans le courant. Marrill, tu devrais descendre avec ton chat. Ça peut devenir un peu... répugnant par ici.

– Au moins, après le Passage des Lueurs de Moinpersu, on ne sera pas trop dérangés par l'odeur, plaisanta Finn, qui donna un coup de coude à Marrill en se dirigeant vers l'écoutille.

Il regarda autour de lui.

– Euuuurk, des parois d'estomac couvertes de salive, dit-il avec un frisson avant de s'enfoncer dans le navire.

Marrill s'apprêta à le suivre, mais se figea sur le seuil. Quelqu'un bougeait dans un coin sombre du pont, sur sa droite. Une silhouette mince – celle d'une fille de l'équipage, nota Marrill avec soulagement – traversa une flaque de lumière et tira une sorte de créature de sa poche. Elle la porta à ses lèvres, comme pour lui murmurer un message, puis la lança haut dans l'air nocturne.

La créature tourbillonna et déploya de longues ailes irisées. Alors, avec un bourdonnement léger, les ailes se mirent à battre, presque aussi vite que celles d'un colibri. La chose plana un instant au-dessus du bateau, puis fila à travers les ténèbres et disparut instantanément.

Marrill franchit l'écoutille et se dit qu'il faudrait penser à se présenter à cette fille dès le lendemain matin. Peut-être aurait-elle alors la chance de voir la superbe créature ailée de près.

– Bonne nuit à tous ! cria Ardent depuis la porte de sa cabine. Quand nous arriverons au bout de la gorge, le Grand Jeu de Margaham aura déjà commencé.

Là-dessus, toute pensée concernant le nouveau matelot et son oiseau fut complètement oubliée. Marrill serra son chat nouvellement enchanté contre elle, l'esprit débordant de curiosité quant aux sortes de jeux que le Torrent leur gardait en réserve.

6
Le Jeu de Margaham

Le lendemain matin, lorsque Finn monta sur le pont, Coll désignait l'endroit où les rouges et furieuses murailles du Ravingorge descendaient en pente douce vers la tranquillité d'une vaste baie peuplée de vaguelettes.

– Sortie devant, annonça le capitaine.

Une brume basse noyait le paysage ; tout ce que Finn parvint à distinguer se résuma à des triangles de montagnes, le vert de forêts profondes et les tours esquissées d'une ville mystérieuse.

– Oh, Dieu merci, souffla Remy.

Elle avait les cheveux en bataille, collés par endroits par des plaques de ce qui ressemblait à de la salive séchée. Le Ravingorge n'avait visiblement pas été tendre avec l'apprentie timonière du *Kraken*.

Alors que la brume se dissipait, Finn examina la côte. Il y avait quelque chose de bizarre. Rien ne bougeait. Rien du tout. Le *Kraken* avançait, ce qui impliquait que même si le paysage avait été complètement figé, la perspective aurait dû changer. Mais ce n'était pas le cas. C'était comme s'ils se dirigeaient vers un tableau en deux dimensions.

Maintenant qu'il y réfléchissait, le panorama tout entier semblait avoir été peint. Les contours n'avaient aucune profondeur, les taches de couleurs n'étaient *que* des taches. Il plongea le regard dans les eaux de la baie. Elles n'étaient pas seulement calmes, elles étaient pétrifiées. Les vaguelettes elles-mêmes restaient figées.

Finn prit alors conscience qu'il ne s'agissait que de lignes dessinées pour évoquer de petites vagues. Le *Kraken* allait s'aventurer sur des eaux factices !

– Coll ! hurla Finn en direction de la dunette. Arrête tout ! Arrête tout !

Mais il était déjà trop tard. Un crissement déchirant retentit alors que le *Kraken* s'écrasait contre l'eau peinte de la fausse baie. Le pont trembla, projetant Finn à genoux. Il sentit ses dents s'entrechoquer. Remy poussa un cri, et Coll brailla en dévalant l'escalier.

Le *Kraken* pencha de côté, emporté par son élan, puis finit par s'immobiliser dans un grincement sinistre. La porte de la cabine d'Ardent s'ouvrit à la volée.

– Au nom des Trente-Quatre et Sept Tonnerres ! s'exclama le magicien.

Il s'avança sur le pont entravé, son bonnet violet pendant d'un côté de son visage.

– Oh, dit-il en s'arrêtant. On est là. Cela aurait été bien de le savoir quarante-cinq secondes plus tôt.

Coll roula sur lui-même et émit un grognement.

– Tu *savais* que ça allait arriver.

Ardent renifla et redressa son couvre-chef.

– En fait, je *croyais* que nous avions un capitaine compétent capable de ranger son bateau sur du carton. Alors non, je ne pensais pas que cela arriverait.

– Eh ! protesta Remy. J'en suis encore à apprendre comment barrer ce truc, alors ça suffit !

Et elle reprit sa place en saisissant le gouvernail d'une main ferme.

Finn tituba jusqu'à la rambarde inclinée. Là où des vagues dorées auraient dû affluer, il n'y avait que des sillons de carton brun déchiqueté. Il voyait clairement à présent que la « terre » qui se dressait devant eux n'était qu'un décor. Derrière eux, l'eau qui se déversait du Ravingorge se mêlait sans la moindre démarcation à l'étendue peinte : liquide une seconde, panneau solide la seconde suivante.

Il ne put s'empêcher de rire.

– Le Jeu de Margaham est donc un jeu au sens propre, remarqua-t-il, stupéfait.

– Évidemment, répliqua Ardent. Enfin, tout est…

– Dans le nom, termina Remy.

– Précisément. Parce que le Torrent…

– Touche l'ensemble des eaux. Même celles qui n'en sont pas à proprement parler, poursuivit-elle, manifestement épuisée. Je déteste cet endroit.

Je déteste ce que je commence à comprendre de cet endroit.

L'écoutille s'ouvrit, et Marrill s'en extirpa, Karny dans ses bras.

– Qu'est-ce qui...

Finn secoua la tête.

– Je t'expliquerai plus tard.

Elle s'immobilisa et regarda autour d'elle.

– Oh, c'est un jeu *au sens propre*...

– Ça y est, tu as tout compris.

Et Finn devait reconnaître qu'il y avait là une sorte de logique stupide.

Remy examina leur destination.

– Vous êtes sûr qu'on n'a pas d'autre moyen de parler à Margaham pour découvrir ce qu'il sait sur le Maître ? Il faut vraiment disputer une partie ?

– Ça peut être terriblement énervant quand on veut juste passer prendre une tasse de thé, reconnut Ardent en hochant la tête. Mais Margaham tient à ce que la seule façon d'accéder à son château se fasse par son jeu. Je crois, reprit-il en baissant la voix, qu'il aurait du mal à trouver des adversaires, autrement.

– Ces magiciens sont bizarres, marmonna Finn.

Mais il n'allait pas se laisser décourager pour si peu. Il attendait de jouer depuis un moment déjà.

– Bon, quelles sont les règles ?

Ardent battit des mains.

– Excellente question, cher garçon des rues ! Jetons donc un coup d'œil.

Il se dirigea d'un pas vif vers l'avant du bateau, où un plateau circulaire et des pièces d'étain avaient été posés sur une petite table de bois. Finn n'avait vu ni le jeu ni la table auparavant. En fait, il était même certain qu'ils ne se trouvaient pas là un instant plus tôt.

– Alors, fit Ardent en se penchant au-dessus du plateau.

Il s'agissait d'une série d'anneaux concentriques, nichés les uns dans les autres. Chacun avait sa spécificité : l'un était divisé en cases d'échiquier ; sur un autre, vacillaient des symboles mystérieux ; un autre encore revêtait l'aspect d'un rempart de forteresse. Le cercle du milieu était sculpté en forme de château miniature, son centre parfaitement plat et lisse.

– C'est ça, le jeu ? demanda Marrill. Je vois en quoi il ressemble à votre dessin de gâteau de mariage. Enfin, un peu, ajouta-t-elle en inclinant la tête de côté.

Ardent s'éclaircit la gorge.

– Oui, bon. Voyons quelles pièces nous avons cette fois... chevalier, crapule... ooh, dompteur !

Fiz surgit aux côtés de Finn en se frottant le bras.

– Les réveils sont toujours aussi... brusques, chez vous ? demanda-t-elle en étouffant un bâillement.

– Salut, roupilleuse, lui dit-il. Merci de ne pas avoir piqué la barre du bateau pendant la nuit. Tu as de la veine. On vient apparemment d'arriver au Jeu de Margaham, et tu arrives juste à temps pour apprendre à jouer.

– Oh, répliqua-t-elle. Chouette.

Elle fit mine de s'éclipser. Finn eut un sourire narquois et la tira en avant afin qu'elle puisse regarder.

Une expression étonnée passa sur le visage d'Ardent lorsqu'il les remarqua, mais il se contenta de hausser les épaules.

– Ah, plus on est de fous, plus on rit, remarqua-t-il en claquant des doigts pour faire apparaître une chaise.

Le magicien s'assit en écartant du pied le bas de sa robe, puis il fit craquer ses jointures.

– Bon, la règle du jeu est simple, expliqua-t-il. Un joueur, qui est toujours Margaham, est le défenseur. Son magicien sera placé ici, dit-il en tapotant le centre du château. Tous les autres joueurs sont des attaquants, qui se battent les uns contre les autres en plus de jouer contre le défenseur. Cette fois, nous sommes le seul attaquant, aussi notre but est-il simplement de faire avancer nos pièces d'un cercle à un autre jusqu'au centre et de capturer le magicien du défenseur.

Il saisit l'une des figurines d'étain et la brandit.

– Bien entendu, chaque pièce est unique et dispose d'un mode de déplacement et de capacités propres. Le dompteur se déplace ainsi...

Il fit claquer rapidement la pièce sur le plateau en esquissant la forme d'un Z.

– Et le chevalier, comme ça.

Cette fois, il fit suivre à la pièce la forme d'un L renversé autour de l'anneau extérieur, puis dans le sens opposé. Ardent se tourna ensuite vers ses compagnons avec une expression concentrée.

– Alors, reprit-il, le chevalier peut détruire tous les obstacles qui se dressent devant lui et protéger n'importe quel autre joueur. Mais il n'a le droit de se déplacer qu'*autour* d'un cercle et ne peut passer au suivant que si une autre pièce l'y aide. Le dompteur, lui, a la capacité d'envoyer ses lions trouver des passages secrets entre les anneaux, qu'il pourra utiliser pour avancer, revenir en arrière ou récupérer le chevalier.

Finn sourit. Il n'avait jamais vraiment participé à aucun jeu. Du moins, jamais avec d'autres gens. La difficulté était de voir son tour sauter systématiquement parce que personne ne se souvenait de son existence. Il se demanda si Fiz avait vécu la même chose, ou s'il arrivait au Vague d'organiser des jeux.

Il prit la dernière figurine et l'examina. Elle se présentait sous la forme d'un personnage sombre, ramassé et masqué. Le genre *voleur*, remarqua-t-il avec un sourire.

– Et celui-ci ? questionna le garçon. Comment bouge-t-il et qu'est-ce qu'il fait ?

Ardent lui prit la pièce des mains et la fit tourner entre ses doigts.

– Le déplacement de la crapule *est* son pouvoir. Il a le droit d'aller dans tous les sens et de suivre tous les chemins qu'il trouve, pourvu qu'on ne le voie pas bouger.

Ingénieux, pensa Finn. Cette pièce était faite pour lui.

– Cette pièce est faite pour moi, souffla Fiz à mi-voix.

Finn n'en revint pas.

– Je croyais que tu ne voulais pas jouer.

– Je le ferai peut-être si c'est un truc cool.

– *Humpf*, grogna Finn en croisant les bras.

– Maintenant, il y a une chose que nous devons tous avoir à l'esprit avant de commencer, poursuivit Ardent. Margaham a créé ce jeu dans le but de satisfaire quiconque viendrait disputer une partie. Les amateurs de sensations fortes ont vraiment connu le frisson en y jouant ; des rois s'en sont servis pour combattre jusqu'à la mort. À cause de cela, il n'y a qu'une seule règle centrale et on ne doit jamais l'oublier : plus on prend la partie au sérieux, plus elle devient dangereuse.

Cette déclaration fut accueillie par un moment de silence que Fiz fut la première à briser :

– Qu'est-ce qu'on remporte si on gagne ?

– Ce qu'on cherche ! répondit Ardent avec une œillade. Il faut le spécifier avant de commencer, et si votre adversaire est en mesure de l'accorder, la partie peut commencer.

– Et notre adversaire, il veut quoi, lui ? demanda Marrill.

– Nous n'en savons rien. Seulement que c'est quelque chose que nous avons.

Finn croisa le regard de Marrill, dont l'expression faisait écho à son propre malaise. Ils gardaient des choses plutôt précieuses à bord. Il jeta ensuite un coup d'œil vers Fiz et se dit qu'il valait mieux que la Source ne participe pas.

– Vous êtes sûr que c'est une bonne idée ? demanda Marrill à Ardent.

Il balaya la question d'un geste.

– J'ai joué contre Margaham plus de fois que je ne peux m'en souvenir, et sa mise est toujours la même. S'il remporte la partie – ce qui n'arrivera pas –, il voudra que j'admette qu'il avait raison au sujet de la transposition intertemps disproportionnée, ce qui n'était évidemment pas le cas. Donc, aucun risque. Et puis, s'il faut vraiment en arriver là pour découvrir l'identité du Maître, j'accepte volontiers ce sacrifice.

Finn éprouva le besoin d'énoncer l'évidence :

– Mais si on pense que Margaham pourrait être le Maître, vous ne craignez pas qu'il demande plus ?

Ardent haussa un sourcil en direction de Finn.

– Comme vous êtes manifestement nouveau sur ce bateau, je ne vous tiendrai pas rigueur de votre ignorance. Mais vous devez comprendre que je suis l'un des plus puissants magiciens du Torrent, beaucoup plus puissant que Margaham. Je n'ai aucunement l'intention de perdre.

L'enchanteur griffonna quelques mots sur une carte sortie de nulle part.

– Notre mise, annonça-t-il en la glissant dans une enveloppe blanche immaculée avant que Finn puisse lire ce qu'il avait écrit. Et maintenant, commençons, d'accord ?

D'un mouvement preste, Ardent frappa l'espace plat au centre du château. Finn eut à peine le temps de battre des cils qu'une pièce métallique ronde apparut. Aucun doute, elle figurait un magicien ; sa robe le trahissait, même si son bonnet ressemblait davantage à celui d'un bouffon qu'au chapeau pointu d'Ardent.

– Bienvenue, chers joueurs ! fit une voix haut perchée qui émanait de la pièce d'étain, aussi figée qu'elle pût paraître. Bienvenue dans mon Grand Jeu. Je suis l'Inéluctable Margaham !

– Et je suis le grand magicien Ardent, répondit Ardent. Je viens disputer une partie.

Il y eut un silence avant que le magicien d'étain ne réagisse :

– Tu n'aurais pas dû venir ici, mon vieil ami.

– Il a toujours eu le sens du mélodrame, murmura Ardent derrière sa main.

– Manifestement, commenta Fiz sur le ton de la dérision en examinant les alentours.

Ardent éleva la voix :

– Margaham, écoute... nous sommes ici en mission pour découvrir l'identité du Maître du Vaisseau de Fer. Que sais-tu de lui ?

– Comme je l'ai dit à Annalessa, répondit la figurine, tu trouveras peut-être certaines réponses ici. Mais il pourrait s'agir de réponses à des questions que tu n'aurais jamais posées au départ.

– Annalessa ?

Ardent se releva brusquement et heurta le plateau du jeu, faisant trembler les pièces. Son visage avait soudain perdu toute trace d'humour, et ses yeux avaient pris une expression froide et grave.

– Elle est venue ici ? Quand ?

– Ce ne sont pas des questions que tu devrais poser, répliqua Margaham. Tu devrais faire demi-tour maintenant, ajouta-t-il d'une voix de plus en plus forte et insistante. Pars et porte-toi bien ; trouve une forme de bonheur dans l'ignorance. Fais-moi confiance…

Sa voix s'interrompit brusquement.

La colère d'Ardent ne se calma pas pour autant. Tout le plateau de jeu – toute la table en fait – semblait maintenant vibrer sous l'effet de sa fureur. Ardent saisit l'enveloppe sur le jeu et la déchira pour récupérer la carte. Puis il raya ce qu'il y avait écrit pour griffonner furieusement une nouvelle mise.

– J'obtiendrai mes réponses ! vociféra-t-il en brandissant l'enveloppe.

Finn eut soudain un mauvais pressentiment. Un silence s'ensuivit.

– Ardent le Froid, dit enfin Margaham d'une voix presque résignée, à la limite de la tristesse. Qui est incapable de renoncer au passé.

– On devrait peut-être l'écouter, suggéra Finn. Il n'a pas l'air d'être le Maître. Passons au nom suivant sur la liste.

Mais autant parler à un mur. Dès que Margaham avait mentionné Annalessa, l'enjeu avait changé. Ardent la cherchait depuis des années. S'il avait une chance de découvrir ce qui lui était arrivé, il la saisirait, et rien de ce qu'aucun d'eux pourrait lui dire n'y changerait quoi que ce soit.

Finn ne le lui reprochait pas. Il était lui-même prêt à tout, ou presque, pour retrouver sa mère. S'il y avait une chose qui les liait, lui et Ardent, c'était leur recherche inlassable d'un être cher.

– Nous allons jouer, insista Ardent en agitant l'enveloppe. Et voici ma nouvelle mise.

La figurine d'étain de Margaham poussa un soupir.

– Parfait. Bienvenue, joueur numéro un.

L'enveloppe qu'Ardent tenait à la main disparut alors dans un éclair de lumière. Le magicien se rassit devant le plateau et respira profondément. Puis il souleva l'une de ses pièces.

– La partie est commencée, annonça-t-il d'une voix tendue.

Presque instantanément, le monde parut exploser dans un tonnerre de bruits et de mouvements. L'eau peinte autour du *Kraken* changea de couleur. Devant le navire, des lignes sombres se précipitèrent à travers le décor de baie pour former les cercles du plateau de jeu.

Mais, contrairement au plateau posé sur la table devant Ardent, les anneaux de la baie commencèrent à remuer et se déformer les uns contre les autres. Le château de Margaham se dressa, aspirant le reste du plateau avec lui, de sorte qu'il se transforma en une sorte de cône pointu vertical à terrasses.

Le jeu évoquait à présent une gigantesque pièce montée dont chaque niveau était truffé d'obstacles spécifiques et tournait dans le sens contraire et à une vitesse différente de son voisin. Et, culminant devant eux telle une montagne, le château se retrouva perché à son extrême sommet. Finn dut plisser les yeux pour parvenir à distinguer la silhouette de Margaham à l'intérieur.

– D'accord, là, ça ressemble beaucoup plus à vos dessins, concéda Marrill à Ardent. Juste un peu plus...

Elle ne put terminer sa phrase car au même instant, le *Kraken* trembla, et le pont se mit à pencher. Une colossale main de pierre avait surgi de la baie, saisi le bateau et l'avait soulevé dans les airs.

Finn courut à la rambarde afin d'avoir une vue d'ensemble. Les eaux dorées du Torrent Pirate se déversaient à flots entre les doigts de la statue.

– Qu'est-ce qui se passe ? hurla Marrill.

Finn secoua la tête et se tourna en direction d'Ardent. Le magicien serrait les dents et présentait un regard terriblement concentré.

Finn comprit que l'enchanteur prenait soudain la partie très au sérieux. Son ventre se crispa. C'était justement contre cela qu'il les avait lui-même mis en garde.

– Ardent, ne prenez pas ça…

– CHEVALIER, EN AVANT ! cria Ardent en plaquant violemment une des pièces contre le plateau.

Aussitôt, Finn se retrouva sur le niveau inférieur du jeu. La main de pierre géante qui tenait le *Kraken* le surplombait.

– Merci bien pour le tour ! s'écria-t-il en s'écartant d'un bond du flot doré qui s'écoulait encore du navire.

Un pas, deux…

Et le garçon posa le pied sur du vide. Il exécuta une torsion en arrière et atterrit sur le sol avec un choc qui lui coupa le souffle. Il roula sur lui-même et contempla le néant dans lequel il avait failli tomber.

Il se trouvait allongé sur l'échiquier de l'anneau extérieur du jeu. Mais la case sur laquelle il avait reculé manquait ; en dessous, les eaux magiques du Torrent Pirate luisaient, menaçantes. S'il n'avait pas réussi à se déporter, il aurait pu être changé en une petite route de campagne venteuse ou en roitelet domestique commun.

Soudain, il comprit. *Il* était une pièce du jeu. Le jeu avait pris vie. Le plateau n'était plus un décor. Le danger existait donc bel et bien lui aussi.

Finn respira profondément et se força à se concentrer. Il ne voyait personne alentour, ce qui signifiait qu'il n'avait pas encore terminé son tour.

Il sauta sur ses pieds et s'apprêtait à s'élancer vers le gradin suivant quand il se rappela les dernières paroles d'Ardent : *Chevalier, en avant*.

Finn ferma les yeux et s'efforça de se remémorer les règles. Le chevalier se déplaçait en L. Du bout du pied, le garçon toucha précautionneusement la case qui se trouvait devant lui. Elle disparut à son contact. Il déglutit.

– D'accord, je suis bien le chevalier.

Il s'élança de côté, franchit quatre cases et s'arrêta en retenant son souffle.

– Fin du déplacement ! annonça la voix de Margaham de tout en haut.

Finn poussa un soupir de soulagement.

– DOMPTEUR, EN AVANT ! cria Ardent.

Marrill apparut sans prévenir, la boule rousse de son chat tapie dans ses bras.

– Mais qu'est-ce que... oh, salut Karny, fit-elle.

– Marrill, appela Finn en lui prenant le bras. Fais attention. On est les pièces ! On doit bouger comme les pièces !

Elle fronça les sourcils.

– Qu'est-ce que tu entends par « on est les pièces » ?

Elle regarda à ses pieds, puis en l'air, et leurs yeux se croisèrent.

– On est sur le jeu, dit-elle. On est les pièces !

– C'est ça, confirma Finn. Je suis le chevalier. Et je suis quasi certain que tu es le dompteur, ce qui signifie que tu dois te déplacer en Z...

À cet instant, il aperçut Fiz, qui franchissait furtivement une case voisine. À la seconde où il la repéra, la case sur laquelle elle s'apprêtait à passer disparut, sombrant dans le Torrent en dessous.

– Fiz, attention !

Elle se figea et se tourna vers lui, la bouche tordue par la fureur.

– Frère ! Je suis la crapule ! Je ne peux pas bouger si tu me vois !

Évidemment, c'était elle qui incarnait la crapule.

– Pardon. Je ne voulais pas pourrir tes déplacements.

– Fin du tour du joueur numéro un ! annonça Margaham.

Finn poussa un long soupir. Ils n'avaient pas eu trop de difficultés à passer le premier tour. Tout n'allait peut-être pas si mal en fin de compte. Il se frotta les mains et examina le jeu pour préparer le coup suivant.

– Bon, ça va être de nouveau mon tour. Je crois que cette fois, on devrait essayer de...

La voix tonitruante de Margaham l'interrompit :

– Bienvenue, nouveau joueur.

– Nouveau joueur ? répéta Finn en se tournant vers Marrill. Je croyais qu'on jouait contre Margaham seulement.

Marrill se mordit la lèvre.

– Ardent a dit qu'il pouvait y avoir plus d'un attaquant...

– Peut-être qu'un autre participant va mettre un peu d'animation ? proposa Finn. Mettre du sel dans la partie ?

Même lui trouva que cela sonnait comme un vœu pieux.

– Je ne sais pas pourquoi, mais je n'y crois pas, répliqua Marrill en montrant quelque chose au loin.

Au-delà du bras géant, derrière la pluie d'eau magique qui s'écoulait encore du *Kraken*, un navire parcourait la dernière portion du Torrent en provenance du Ravingorge. Finn le reconnut instantanément. La large proue, les voiles carrées. Il n'avait même pas besoin de regarder le flanc du bateau pour savoir qu'il porterait le sceau du roi de Sel et de Sable.

Les siens arrivaient. L'armée invincible qui n'existait que dans un seul but : conquérir la totalité du Torrent Pirate.

La Source venait d'entrer dans le Grand Jeu.

7

Une lutte (in)amicale

Pendant que le navire de guerre fonçait sur eux, Marrill distingua les marins entraînés qui œuvraient avec une précision d'horlogerie dans le gréement. À l'avant du bateau, des rangs de guerriers endurcis se tenaient au garde-à-vous. À l'éclat de leurs armes, on devinait qu'ils ne venaient pas simplement prendre le thé.

Dès que le bateau se fut suffisamment approché, une nouvelle main de pierre géante jaillit du Torrent et souleva le navire dans les airs, de la même façon que sa jumelle l'avait fait avec le *Kraken*. Puis les deux bras de pierre s'écartèrent afin de placer chacun des navires de part et d'autre du jeu, comme deux adversaires s'affrontant au-dessus d'un échiquier.

– Bienvenue dans mon Grand Jeu ! tonna la voix de Margaham.

Une silhouette solitaire s'avança avec assurance vers l'avant du navire de guerre, mais, avec l'angle et la distance, Marrill parvint à peine à la distinguer. Au contour, elle devina qu'il devait s'agir d'une femme ; à la contenance, elle conclut que c'était une combattante.

– Je suis la Crête de la Source. Je parle au nom de mon peuple, résonna la voix de la femme, haute, claire et tranquille, même à cette distance. Voici notre mise, annonça-t-elle en brandissant une enveloppe blanche immaculée. Nous allons jouer, et nous ne connaîtrons pas la défaite.

Il y eut un bourdonnement léger et un éclair lumineux. L'enveloppe disparut de la main de la femme, et trois silhouettes surgirent de l'autre côté des gradins du jeu. Elles étaient trop loin pour que Marrill pût bien les voir, mais elles semblaient avancer avec une confiance qu'elle-même était loin d'éprouver.

– On dirait que la Source a choisi ses pièces, remarqua-t-elle d'une voix étranglée. Mais pourquoi sont-ils ici ? Comment ont-ils pu nous retrouver ?

Finn ne répondit pas. Il se retourna brusquement et fusilla du regard une jeune fille qui se tenait à quelques cases d'eux.

– Oui, *Fiz*, comment ont-ils fait pour nous retrouver ?

Marrill fut surprise par le ton véhément de son ami, surtout à l'encontre d'une complète étrangère.

La fille leva les mains dans une attitude défensive.

– Attends... ce n'est pas ce que tu crois.

Finn croisa les bras.

– Je crois que tu t'es arrangée pour informer la Source de notre destination afin qu'ils puissent nous tendre un piège ici.

La fille avala sa salive avec difficulté.

– Bon, en fait, c'est peut-être un peu ce que tu crois.

Il secoua tristement la tête.

– Tu leur as parlé du globe de souhaits aussi, et ils sont ici pour s'en emparer, je suppose ?

La fille ouvrit la bouche pour protester, mais Finn l'interrompit d'un geste de la main.

– Et tu as le sentiment d'avoir tenu la promesse que tu m'as faite dans la mesure où tu n'as pas essayé de voler *toi-même* le globe ?

– Bon, d'accord, admit la fille d'un air penaud. C'est peut-être *exactement* ce que tu crois.

– Holà, holà, holà, intervint Marrill. Qu'est-ce que ça veut dire ?

– Le globe de souhaits, Marrill, expliqua Finn. La Source connaît maintenant son existence. Fiz les a informés, et ils sont venus le prendre pour libérer le roi de Sel et de Sable.

Marrill prit une brève inspiration. Bien sûr ! Qu'est-ce qu'une armée sans chef pouvait vouloir d'autre que libérer son roi ?

– On ne peut pas laisser une chose pareille se produire.

– Tu as raison, convint Finn. C'est pour ça qu'il faut absolument qu'on gagne.

Cette idée le fit sourire malgré lui.

– Non, Finn, protesta Marrill en lui prenant le bras. C'est grave. On ne *doit* pas jouer contre eux si l'enjeu est le globe ! On doit laisser tomber la partie.

Elle allait crier qu'ils abandonnaient, quand Finn lui plaqua une main sur la bouche.

– Impossible d'abandonner, assura-t-il. Ils sont déjà entrés dans la partie. Le globe est *déjà* en jeu... ça reviendrait à renoncer à notre chance de le sauver.

Il marquait un point. Marrill se tordit la bouche en essayant de réfléchir à un moyen de se sortir de cette situation périlleuse. Ils étaient coincés dans un jeu magique et démesuré dont ils comprenaient à peine les règles et en sachant que, littéralement, le moindre faux pas leur vaudrait un plongeon dans le Torrent. De plus, ils se retrouvaient face à un adversaire invincible, selon sa propre définition.

Le jeu lui parut soudain plus dangereux que jamais.

– Il faut juste qu'on gagne, énonça Finn d'un ton désinvolte.

– Merci, capitaine Lapalissade, grommela Marrill.

– Je préférerais colonel Lapalissade, répliqua Finn en tricotant des sourcils.

– Dompteur, en avant ! s'écria Ardent de la proue du *Kraken*, loin au-dessus de leur tête.

– Super, marmonna Marrill. Carrément génial.

Elle n'avait pas le choix. D'un rapide va-et-vient du doigt, elle esquissa une trajectoire qui la mènerait à la muraille de plus de trois mètres à franchir pour atteindre le niveau supérieur du jeu. Mais lorsqu'elle y arriva, la surface lisse qui se dressait devant elle n'offrait aucune prise, aucun moyen de grimper. Elle appuya une paume contre la paroi. La pierre était froide et dure, formant un contraste saisissant avec le pelage chaud et touffu de Karny contre son autre paume.

Une pensée lui traversa l'esprit. *Karny*. Si elle était le dompteur, son chat était le lion. Son pouvoir ne consistait-il pas à lui faire trouver les passages secrets entre les anneaux ?

Marrill souleva le félin devant elle, à la manière d'une poupée de chiffon, et le regarda droit dans son œil valide.

– C'est bon, Karn. À toi de jouer. Fais ce que tu as à faire.

Elle le posa par terre, à ses pieds. Il s'avança paresseusement sur la case voisine, et passa instantanément à travers.

– Karny ! hurla Marrill.

L'animal heurta la surface du Torrent avec un grand *plouf*, puis rebondit dans les airs comme une fusée jusqu'en haut du deuxième gradin. Ses pattes laissèrent une traînée de feu zigzaguant sur la surface verticale. Une fois en haut de la muraille, il s'assit et baissa les yeux vers sa maîtresse, comme s'il était le chat du Cheshire dans *Alice au Pays des merveilles*.

Au roi de Sel et de Sable, je lègue un souhait non accordé, une ambition inassouvie, une armée sans chef et un globe d'or aux eaux aussi pures et authentiques que les sources du Torrent lui-même.

– Merci bien, lança Finn derrière elle. Karny est toujours à l'épreuve du Torrent ! Est-ce qu'on va avoir une réplique du magicien de l'Aube chaque fois qu'il va faire trempette ?

Marrill secoua la tête. Elle n'avait pas l'intention de laisser à nouveau son chat prendre un bain dans le Torrent. Mais elle devait avouer qu'elle était curieuse.

C'était stupéfiant, mais une fois éteinte, la traînée de feu laissée par Karny avait creusé dans la muraille des prises parfaites dont Marrill put se servir pour rejoindre son chat. Une fois en haut, elle trouva Karnelius en train de se lécher tranquillement, visiblement revenu à son état normal de chat.

– C'est bon, se dit Marrill à mi-voix. Ça fait un anneau de passé. Encore...

Elle se tut et se mit à compter. Il semblait y avoir nettement plus de gradins au-dessus d'elle qu'il y avait eu d'anneaux sur le plateau du jeu.

– ... pas mal d'autres à franchir, murmura-t-elle.

Elle pivota sur elle-même et examina ce qui l'entourait. Son ventre se serra. Sur ce gradin, les cases s'ornaient de représentations des éléments : flammes, éclairs, eau et vent. Au-delà de ce labyrinthe, l'anneau suivant était suspendu dans les airs au-dessus d'elle et tournait lentement, soutenu de chaque côté par un escalier de verre.

Le point positif était l'absence de paroi à escalader. Mais le point négatif était que la Source avait déjà presque atteint son escalier. L'autre équipe était en train de gagner, et pas qu'un peu.

– Eh, appela Finn d'en bas. Un petit coup de main ?

Avec un soupir vaincu, Marrill baissa les yeux. Finn essayait d'escalader la paroi, mais glissait et dérapait chaque fois qu'il tentait de se servir des prises. Elle ne comprit pas tout de suite. Finn était aussi agile qu'un singe. Peut-être même plus. Comment se faisait-il qu'elle ait réussi à grimper et pas lui ?

Puis elle se rappela les règles du jeu. Le chevalier ne pouvait passer d'un niveau à un autre sans aide.

– Oh, d'accord.

Marrill se mit à plat ventre et tendit la main aussi loin que possible. Finn s'étira vers elle et, à l'instant où leurs doigts se touchèrent, il s'envola pratiquement jusqu'en haut de la muraille et atterrit près d'elle.

– C'était géant, s'écria-t-il avec un sourire qui vacilla dès qu'il vit l'avance qu'avait prise la Source. Ils sont en train de nous mettre la raclée, constata-t-il, incrédule.

– Merci encore, *colonel* Lapalissade, grogna Marrill.

Finn serra le poing.

– C'est ce qu'on va voir. J'ai pas encore fini mon tour.

Il posa le pied sur la case suivante, dont les flammes peintes se muèrent instantanément en brasier bien réel.

Finn recula d'un bond, en plein sur une case où figurait un éclair. Marrill le rattrapa et le tira à l'instant où un véritable éclair fendait l'air pour le foudroyer.

– Ce doit être à ça que pensait Ardent quand il nous a dit que plus on prenait le jeu au sérieux, plus il devenait dangereux, fit-elle remarquer.

Finn leva les bras au ciel.

– Mais comment ne pas prendre ça au sérieux quand ce jeu menace de nous tuer à toutes les secondes ? se lamenta-t-il, soudain voûté, une expression dégoûtée sur le visage. C'est le pire jeu qui existe. Je préfère encore « Jette des trucs dans le Torrent Pirate » et « Devine en quoi ça va se transformer ». C'est beaucoup moins risqué de changer une poivrière en kraken, et c'est beaucoup plus marrant. Au moins, si on abandonne la partie, on pourra jouer à ça en attendant que le roi de Sel et de Sable crame le monde entier.

Abandonner… s'amuser… une ampoule s'alluma dans la tête de Marrill.

– J'y suis ! s'écria la jeune fille. Voilà ce qu'il faut faire : abandonner et s'amuser !

Finn haussa un sourcil.

– Pour de vrai ?

Elle fit des bonds.

– Complètement ! Finn, on a pris cette partie super au sérieux, et au bout du compte on va perdre parce que la Source est invincible, c'est ça ?

– On dirait bien, convint-il avec un hochement de tête.

– Donc, puisqu'on doit perdre de toute façon, autant passer un bon moment ! reprit Marrill en lui donnant une tape sur le bras. On s'est déjà retrouvés dans des coins plus dingues, et on a fini par rigoler. Là, nous sommes dans un *jeu* ! Alors jouons !

Elle prit Karnelius dans ses bras et sauta sur une case où figurait de l'eau.

– Le premier qui arrive à l'escalier ! lança-t-elle alors qu'une vague la soulevait et l'emportait par-dessus les cases.

– C'est parti ! s'exclama Finn en sautant dans une case de vent et déployant ses ailes de toile pour suivre en piqué la forme d'un L. La chaleur pousse le vent ! hurla-t-il en touchant du bout du pied une case de feu.

Les flammes s'élevèrent et le propulsèrent au point de doubler Marrill.

– Oh-ho-ho-ho, non ! vociféra la jeune fille en se précipitant sur une case éclair.

La décharge la projeta à travers le jeu, et elle ne s'arrêta que lorsqu'elle tomba sur une case d'eau. Elle fut alors transpercée par le courant électrique, ses dents s'entrechoquèrent et les poils de son chat se hérissèrent.

– Mauvaise pioche, murmura-t-elle pour elle-même. Très mauvaise pioche.

Quelque part, tout près, elle entendit une fille rigoler.

– Vous alors ! lança la fille. Ça picote, les éclairs !

Ils zigzaguèrent, tracèrent des L et glissèrent sur le gradin sans cesser de plaisanter et de s'envoyer des piques. Enfin, Marrill arriva au pied de l'escalier, Finn à quelques cases d'elle. Elle s'apprêtait à se précipiter en haut quand elle se rappela qu'il ne pouvait passer d'un anneau à l'autre sans aide.

– La Jacasseraie ! cria-t-elle.

Elle n'eut pas besoin d'en dire plus pour qu'il comprenne. Il sauta sur son dos, et elle monta l'escalier au pas de course en riant (et soufflant) jusqu'en haut.

Elle percuta alors une fille qui se trouvait au sommet des marches, et, bien qu'elle ne la connût pas, tous s'écroulèrent les uns sur les autres en se tordant de rire.

– Ce jeu est tellement plus drôle quand on s'amuse ! gloussa Marrill en s'efforçant de contrôler son fou rire tandis que Karny sautait de ses bras avec un regard sévère.

Elle se releva d'un bond et mit un moment à trouver son équilibre alors que le gradin tournait sous leurs pieds. Ils se trouvaient à présent presque au niveau des bateaux, et le vaisseau de la Source se rapprochait rapidement. Elle regarda autour d'elle et s'aperçut que quelque chose, ou plutôt *quelqu'un*, manquait. Elle eut un rire incrédule.

– Tu ne vas pas le croire, Finn, mais on est en train de battre la Source ! Ils sont encore au deuxième niveau !

Comme le garçon ne répondait pas, elle se retourna.

– Tu as entendu ? On gagne...

Mais les mots s'étranglèrent dans sa gorge. Finn se tenait derrière elle, cloué sur place, les yeux exorbités.

L'inquiétude envahit la poitrine de Marrill.

– Finn ? appela-t-elle. Ça va ?

Lentement, il leva une main et fit mine de saisir le vide. Comme s'il essayait d'atteindre le vaisseau de la Source qui se rapprochait alors que leur gradin tournait.

Marrill suivit son regard. Pour la première fois, elle distingua clairement la Crête de la Source. Une femme aux yeux noirs et au teint olivâtre se tenait, droite comme un I, un pied sur la base de l'étrave de son navire comme si elle écrasait la nuque de ses ennemis. Elle touchait du bout des doigts le plateau de jeu à côté d'elle. Aucune trace de passion ni de compassion ne traversait son visage. Elle s'empara prestement de l'une de ses pièces.

Finn tourna la tête vers Marrill. La crainte, la timidité et le désespoir se mêlaient dans son regard. Sa main tendue se figea.

– Marrill, souffla-t-il, c'est ma mère.

8
On te présente la famille

Ses yeux sombres étaient moins doux que dans son souvenir. Sa voix était plus sèche aussi, mais maintenant qu'il était en sa présence, il la reconnaissait. Comment aurait-il pu en être autrement ? Il l'avait entendue prononcer des milliers de fois les mêmes mots :

Quoi qu'il arrive, tant que cette étoile brillera, tu sauras que quelqu'un la regarde aussi et pense à toi.

Finn sentit son cœur se serrer si fort qu'il craignit un instant qu'il n'implose dans sa poitrine. Il n'aurait jamais cru que ce jour viendrait.

Tant d'années passées à chercher et à s'interroger.

Tant de fois à être sur le point de renoncer.

Tant de nuits à souffrir de ne pas pouvoir se réfugier dans ses bras.

Sa mère était enfin venue le chercher.

Dans son dos, Marrill laissa échapper un souffle bref.

– *Cette* femme est ta mère ?

– Je me souviens d'elle, Marrill ! s'écria Finn avec un hochement de tête. Je l'ai vue quand je me suis servi de la Carte des mille mondes, la première fois qu'on a battu Serth, avant que tu rentres chez toi.

Le garçon avait alors pris la Carte à l'insu de tous, quand tout le monde croyait qu'il avait détruit la Clef.

– Elle se tenait à la proue d'un bateau exactement semblable à celui-ci.

Si Marrill lui répondit quelque chose, il ne l'entendit pas. Il était trop occupé à scruter le visage de sa mère, à en suivre chaque trait alors que la rotation du jeu les rapprochait l'un de l'autre. Il s'était imaginé des milliers de fois ce qu'il allait lui dire. Mais à présent, les mots s'emmêlaient dans sa tête et sa langue se figeait contre son palais. À la fin, il ne parvint qu'à couiner :

– Maman ?

Elle posa sur lui un regard froid, de ces mêmes yeux qui avaient brillé sous le ciel des Quais Létemank dans l'unique souvenir qu'il conservait d'elle. Il attendit qu'elle lui réponde quelque chose, n'importe quoi. Mais le regard glissa sur lui comme s'il n'était personne.

Finn recula en vacillant, le cœur en miettes. Elle ne l'avait même pas vu. Non, pire encore. Il avait l'habitude qu'on ne le remarque pas. Elle le voyait. Elle savait qui il était. Mais elle n'en avait visiblement rien à faire.

Une main saisit celle du garçon et l'empêcha de bouger.

– Laisse-moi, grogna-t-il en essayant de se libérer.

Il avait envie de fuir. Il voulait être seul. Il voulait rentrer chez lui mais ne savait même plus ce que « chez lui » signifiait. Le grenier des Parsnickle, où on le prenait pour un fantôme ? Sa cabine sur le *Kraken*, où on ne cessait de l'oublier ?

Marrill resserra son étreinte.

– Ce n'est pas ton tour de jouer, lui rappela-t-elle. Ça pourrait être mortel de bouger maintenant.

– Je m'en fiche, protesta-t-il en se débattant.

Elle plaqua ses mains sur les épaules du garçon.

– Eh bien, pas moi. On est embarqués là-dedans tous les deux, Finn, du début jusqu'à la fin.

Leur gradin continuait de tourner, les éloignant de plus en plus du vaisseau de la Source. Sa mère était presque hors de vue quand elle plaqua la pièce suivante contre le plateau du jeu en lançant d'une voix sèche :

– Vell, vas-y !

Le plus petit des trois joueurs de la Source s'élança dans le jeu. Il ne se préoccupa nullement de zigzags, de L ni de quoi que ce fût de ce genre. Les obstacles surgissaient devant lui : feu, éclairs, eau, vent. Mais ils ne le ralentissaient pas. En fait, ils ne paraissaient même pas le toucher.

Il fonçait simplement droit devant lui, se dirigeant directement vers l'autre escalier qui l'amènerait au niveau de Finn, Marrill et Fiz. Finn n'avait jamais rien vu de tel.

– Comment il fait ça ? souffla Marrill.

– Il est la Source, répondit Fiz, derrière eux. C'est une armée invincible. Les lames ne coupent pas ses membres, la magie ne les atteint pas.

– Mais…

Marrill se tut quand le joueur de la Source franchit les marches d'un bond. En haut, une statue de pierre à trois jambes l'attendait avec une faux à trois lames. Le garçon ne s'arrêta pas, n'hésita même pas ; il se propulsa simplement sur le dos de la statue et passa par-dessus en effectuant un saut périlleux dans leur direction pour atterrir en boule juste devant Finn et se relever avec un élégant geste du bras.

Finn eut un hoquet.

C'était comme s'il se regardait dans un miroir.

Il sut que c'était le garçon qu'il avait vu sur la Carte des mille mondes, debout à côté de sa mère. Il avait pensé, à l'époque, qu'il pouvait s'agir de son frère. Mais là, devant lui, c'était plus que ça. Le garçon ne *ressemblait* pas simplement à Finn. C'était Finn, *trait pour trait*. S'ils étaient frères, ils ne pouvaient être que jumeaux.

Il y avait quelques différences, bien sûr. Finn avait les cheveux plus emmêlés, la figure plus sale, et il était un peu plus maigre. Aussi, ils se tenaient différemment. Si Finn était du genre chat de gouttière, toujours prêt à fanfaronner et à fuir en même temps, cet *autre* Finn avait l'air d'un jeune chat élancé, tout en puissance naturelle, et n'avait pas besoin d'en rajouter pour attirer les regards.

Les yeux du garçon s'attardèrent sur Finn.

– Mon Vague. Ça fait un moment qu'on te cherche.

– Qu-qui..., commença Finn, la voix brisée. Qui es-tu ?

– Et surtout, intervint Marrill en s'avançant, pourquoi ressembles-tu exactement à Finn ?

– Je m'appelle Vell, lança le garçon en relevant le menton. Ta Source, ajouta-t-il à la seule adresse de Finn. Et *je* ne *te* ressemble pas. C'est *toi* qui *me* ressembles. Parce que tu *es* moi, pour autant que tu sois quelque chose.

– Comment ça ? demanda Finn en fronçant les sourcils.

– La Source est le pouvoir, la force, la résolution, répondit le garçon, dont le visage prit soudain une expression dédaigneuse. À la naissance, nous nous débarrassons de notre faiblesse afin que ne subsiste plus que l'essence de notre vraie personnalité. Cette faiblesse prend alors la forme de cela même qui lui avait donné un but et un sens.

Il tapota Finn du bout de son index.

– Tu es la partie de moi dont je me suis débarrassé, mon Vague. Je suis le *véritable* toi. La part dont on se souvient. Celle qu'on remarque. Celle qui retient l'attention. Tu échappes à la mémoire, tu échappes à l'attention des autres parce qu'en fait, tu n'es *personne*.

Finn eut l'impression de s'être pris un mur. Il regarda Fiz avec l'espoir qu'elle lui dirait qu'il s'agissait d'une plaisanterie cruelle. Mais elle se contenta d'acquiescer tristement.

C'était donc vrai.

Il sentit ses poumons devenir trop lourds, et ses jambes trop faibles. En vérité, il *n*'était personne. Littéralement, pas une personne. Pire encore, il n'était constitué que de déchets. Les bouts de nerfs et de gras qu'on jette aux chiens quand le boucher a découpé sa viande. Une nausée soudaine surgit au creux de son estomac et il eut le vertige.

Marrill posa les poings sur ses hanches.

– On ne parle pas comme ça à mon ami ! cria-t-elle. C'est quelqu'un, Finn ! C'est une vraie personne ! Et *moi*, je me souviens de lui.

Karny, à ses pieds, cracha pour la soutenir.

– Il arrive que le Vague fasse cet effet à ceux qui s'attachent à une certaine forme de faiblesse. Une faiblesse qui attire une autre faiblesse, si tu veux.

Marrill se figea, le doigt levé pour commencer à répondre.

– Je... c'était une insulte ou un compliment ?

Le garçon balaya le propos d'un geste de la main.

– L'exposé d'un fait. Mais tu te prêtes à sa faiblesse alors qu'il faudrait l'*utiliser*.

– On n'est pas censés utiliser les gens, rétorqua Marrill d'une voix sifflante.

Le sourire de Vell se fit dur et cinglant.

– Le Vague, ce ne sont pas des gens.

Le visage cramoisi de rage, Marrill reprit sa respiration, mais avant qu'elle puisse répliquer, Fiz l'arrêta en se raclant la gorge.

– À toi de jouer, Finn, murmura-t-elle.

Vell pivota vers elle.

– Tu l'appelles Finn, maintenant ? Le Vague mériterait donc des noms ?

Il ricana, comme si cette idée même était ridicule.

Fiz se recroquevilla instantanément. Ses épaules s'affaissèrent tandis qu'elle bafouillait une excuse et baissait les yeux. Disparus l'inclinaison effrontée du menton, le sourire conquérant et les sourcils perpétuellement relevés. Face au courroux de Vell, elle s'était métamorphosée.

En quelqu'un qui était persuadé de compter pour du beurre. Finn connaissait parfaitement ce sentiment : il l'avait éprouvé pratiquement toute sa vie.

– Vell ! appela la Crête. Cesse de jouer avec eux et finis la partie. Le roi de Sel et de Sable attend !

Vell hocha froidement la tête. Puis il se tourna et repoussa Fiz d'un geste.

– Tu es avec eux pour la durée de cette partie, sœur du Vague. Dépêche-toi d'arriver en haut et essaye de ne pas mourir, conseilla-t-il en pivotant vivement sur ses talons. Ça ferait trop de mal à ta Source de devoir se débarrasser à nouveau de toi.

Là-dessus, il s'élança vers les deux autres joueurs de la Source qui avançaient vers le gradin suivant. L'équipe de Finn n'était déjà plus en tête.

– Chevalier, en avant ! entendit-il Ardent crier au loin.

Chamboulé par tant de révélations, Finn regarda Fiz et Marrill en se demandant quoi faire. Marrill serra Karny contre elle et lui rendit son regard, les yeux soucieux, en se mâchonnant la lèvre inférieure. Fiz gardait tête baissée.

Tout à coup, Finn décida que plus rien n'avait d'importance. Rien ne l'obligeait à s'appesantir maintenant sur ce qu'il éprouvait ou sur les pensées qui lui traversaient l'esprit. Il lui suffisait de remettre tout ça à plus tard et de se concentrer sur *le jeu*.

Il se força à sourire.

– Vous n'avez pas l'air de vous amuser beaucoup, toutes les deux.

Marrill voulut protester, mais il posa une main sur son épaule. Et il claqua l'autre sur l'épaule de Fiz pour l'inclure dans leur petit groupe. Marrill se présenta rapidement.

– Écoutez, dit Finn. On n'est encore que des gosses. Alors, pour une fois, conduisons-nous comme des gosses. Parce que, vous savez quoi ? Le truc qui me tente le plus, c'est de m'amuser avec mes deux amies. Qui est avec moi ?

Les filles semblèrent un long moment indécises. Puis, lentement, Marrill sourit.

– Chiche, dit-elle. Essaye donc de me rattraper !

Elle démarra, zigzagua à travers l'anneau et lança Karny en l'air. Le chat atterrit sur ses pattes, courut un instant puis s'assit tranquillement sur une dalle. La dalle se souleva dans les airs, traînant des cordes après elle.

– Ma balançoire est avancée ! annonça Fiz. Personne ne regarde !

Durant les vingt minutes qui suivirent, ils s'esclaffèrent, crièrent, s'amusèrent et caracolèrent à travers le Grand Jeu. Finn dut affronter un chevalier patibulaire géant. Il esquiva, plongea, et bondit pour lui tordre le nez. Marrill applaudit lorsque Karnelius découvrit un tunnel-toboggan dans lequel ils s'engouffrèrent tous. Ils furent alors entraînés en riant dans une spirale qui les fit monter au lieu de les précipiter en bas.

Ils finirent par s'écrouler sur l'avant-dernier gradin, le château en surplomb loin au-dessus d'eux. Ils se trouvaient dans une forêt de grands arbres dont les feuilles formaient une cacophonie de couleurs criardes. Karny se précipita dans les branches, faisant pleuvoir des fruits à goût de bonbons sur Marrill, qui slalomait entre les fourrés de sucre filé.

Finn s'arrêta pour échanger quelques mots avec une selkie, mais fut interrompu par Fiz qui clamait :

– Je suis la reeiiiiine !

Elle s'accrochait en rigolant au flanc du château, en plein cœur des bois.

Elle était arrivée au but !

Marrill posa les poings sur ses hanches.

– Oh non, pas question, répliqua-t-elle avec une feinte sévérité. Attends-moi !

Elle récupéra Karny et fonça. Un zig et un zag plus tard, un carreau de verre s'élevait dans les airs et la propulsait à côté de Fiz.

Finn avança en ligne droite, la longueur du L le menant au bord de l'anneau suivant. Mais il ne pouvait monter seul : il devrait attendre le prochain déplacement de Marrill ou de Fiz.

Il regarda par-dessus le vide au centre du gradin. De l'autre côté, Vell et ses camarades avançaient, la mine sombre, à travers leur côté de la forêt, et ne rencontraient qu'une suite de pièges et d'adversaires. Aussi invincibles qu'ils fussent, ils s'enlisaient et ne progressaient qu'avec peine.

Finn comprit que même si la Source prenait la partie bien trop au sérieux, et que le jeu le leur faisait payer, ils ne manqueraient pas d'arriver au château au coup suivant. Il fallait donc à tout prix qu'il rejoigne ses équipières maintenant, ou il serait trop tard.

Il respira à fond.

– Tenez-vous prêtes ! leur lança-t-il.

Lors de sa dernière manœuvre, l'angle de son L, Finn s'élança. Fiz se tendit le plus loin possible pour l'atteindre, mais le manqua de peu. Il tira de toutes ses forces sur les cordelettes des ailes de son manteau. Celles-ci se gonflèrent d'un coup et le soutinrent juste assez longtemps pour que la main de Fiz puisse toucher la sienne.

À peine l'eut-elle effleurée qu'une bourrasque emporta le garçon par-dessus le mur, lui permettant d'atterrir sur le rebord du château de Margaham.

Marrill le serra dans ses bras.

– On a réussi ! On l'a vraiment fait ! cria-t-elle en sautant de joie. Tu sais ce que ça veut dire ? Le globe de souhaits est sauvé !

– Je n'arrive pas à y croire, avoua Fiz, incrédule. On a gagné. Contre la Source. Pourtant, on ne peut pas gagner contre la Source. La Source est invincible.

Finn se fendit d'un grand sourire.

– Eh bien, visiblement pas tant que ça ! dit-il en regardant en bas les pièces de la Source, qui, à l'instar de Fiz, demeuraient bouche bée et semblaient incapables d'en croire leurs yeux.

Il devait reconnaître que ça faisait du bien d'être du côté des vainqueurs.

À cet instant, la voix de Margaham tonna et pulvérisa d'un coup ce bien-être :

– La partie est terminée. VOUS AVEZ PERDU !

9

Personne n'a dit que ce jeu était juste

Marrill sentit son cœur se comprimer. Ils avaient perdu ? Comment ça ? Elle marcha d'un pas pesant vers le château et y entra.

– On est arrivés les premiers !

Margaham les attendait dans une petite salle, silhouette sombre contre le soleil qui brillait dehors. Il se tenait près d'un piédestal sur lequel reposaient trois enveloppes blanches.

– Les règles ont été modifiées. Maintenant, c'est le défenseur qui gagne quand l'équipe du premier joueur arrive au château.

– Mais c'est ce qu'on était censés faire pour remporter la partie ! protesta Marrill.

– Les conditions de la victoire ont changé, fit la voix du magicien, se répercutant contre les tuyaux de bronze qui couraient au plafond.

Marrill n'en croyait pas ses oreilles.

– Quoi ? Mais c'est de la triche ! Comment vouliez-vous qu'on le sache ? Ce n'est pas juste !

– Personne n'a dit que mon jeu était juste.

Elle s'apprêtait à poursuivre ses protestations quand Finn la tira par la manche.

– Regarde, chuchota-t-il en désignant l'endroit d'où partaient les tuyaux qui charriaient la voix de Margaham.

Mais ce n'était pas Margaham qui parlait dans les tuyaux. C'était une grenouille marron et jaune, assise sur un tabouret.

Marrill écarquilla les yeux.

– Un parlogrenouille, murmura-t-elle.

Les parlogrenouilles étaient les magnétophones du Torrent Pirate. Ils retenaient des messages et les répétaient avec la voix de celui qui les leur avait dictés.

La colère de Marrill se mua en malaise lorsque l'animal ouvrit la bouche et que la voix de Margaham en jaillit :

– Voilà. C'est tout ce que tu voulais que je dise. Félicitations. Tu as complètement truqué la partie.

Marrill se tourna pour affronter le vrai Margaham, qui était resté tapi dans l'ombre, près de la fenêtre. Mais son cœur manqua un battement quand elle s'en approcha. Quand elle fut assez près pour distinguer les contours solidifiés. Assez près pour comprendre que les ténèbres qui l'enveloppaient ne provenaient pas seulement de l'ombre. Assez près pour découvrir que l'homme qui se dressait devant elle n'était pas fait de chair et de sang. Du moins, ne l'était plus.

L'Inéluctable Margaham avait été changé en fer. Exactement comme Épine Éperdue au Canal cendré, il avait été figé sur place, pétrifié. Comme s'il avait été surpris par la Marée de Fer.

Comme le serait le Torrent Pirate tout entier si le Maître du Vaisseau de Fer parvenait à ses fins.

– Vent de bulle ! souffla Finn à côté d'elle.

La grenouille reprit la parole, continuant de débiter ce qu'elle avait enregistré.

– Je doute même qu'ils aient ce que tu veux. C'est terminé maintenant ? Que vas-tu... Attends, que fais-tu ? Que se passe-t-il ? J'ai les jambes glacées. Je ne peux plus bouger ! Atteeeen...

L'écho de la voix de Margaham résonna un long moment. Puis la grenouille poussa un coassement et bâilla.

Le Grand Jeu de Margaham était terminé.

Marrill sentit ses entrailles se liquéfier.

– Si on ne jouait pas contre Margaham, on jouait contre qui ? fit-elle d'une voix étranglée. Qui a gagné ?

Mais alors même qu'elle posait la question, elle n'eut pas besoin de voir l'ombre surgir dans l'encadrement de la porte pour avoir la réponse. Elle n'eut pas besoin de voir le visage inexpressif, le métal noir, la barbe épaisse et les yeux bleus qui étaient les seuls signes extérieurs d'humanité. Le Maître du Vaisseau de Fer serrait et desserrait sa main, fendant l'air de ses doigts recouverts de métal.

Marrill se figea. Malgré tout ce qui venait de se passer, y compris Margaham changé en statue de fer, elle avait douté que cela puisse être vrai. À Monerva, ils avaient tout de même dardé les rayons du Soleil perdu de Dzannin sur le Maître, et celui-ci était tombé dans le bassin d'eau du Torrent qui se trouvait sous la Machine à Souhaits. Il aurait dû être mort.

Mais il était bien là, froid et cruel, debout devant eux.

Dehors, un éclair rouge déchira le ciel qui venait de virer au noir. Le Maître tendit un doigt acéré vers le piédestal sur lequel reposaient les trois enveloppes blanches immaculées, une pour chacun des joueurs.

La poitrine de Marrill se serra. Elle saisit celle qui portait la mention *Défenseur* griffonnée à la main, passa le pouce sous le rabat et en extirpa un carton.

Ses yeux s'agrandirent et elle blêmit. C'était encore pire que ce qu'elle avait imaginé.

– Oh, non, gémit-elle.

– Quoi ? la pressa Finn. Qu'est-ce que le Maître remporte ?

Elle retourna le carton pour le montrer aux autres.

– La Carte des mille mondes, annonça-t-elle d'une voix brisée. Avec sa Clef.

À peine eut-elle prononcé ces paroles qu'un petit bruit sec retentit et que les deux autres enveloppes disparurent du piédestal. Un parchemin roulé et un soleil en cristal taillé les remplaçaient.

La Carte des mille mondes, et sa Clef.

Marrill sentit la peur l'étreindre. À Monerva, le Maître s'était présenté comme étant le lieutenant de Serth. Ce qui signifiait qu'il était certainement ici pour achever la mission de Serth, à savoir détruire le Torrent. Ce qui signifiait...

– Il va ouvrir le Portail ! cria-t-elle.

Et, sans réfléchir, elle se précipita pour tenter de s'emparer des objets avant lui. Mais une sorte de champ de force les entourait. Une décharge de fourmillements brûlants lui cingla les doigts et la projeta en arrière.

Le Maître la regarda tel un mur aveugle et sans pitié. À travers la fente étroite de son masque, ses yeux bleu acier étaient aussi glacés que le métal qui les encadrait.

Marrill frissonna par tous les muscles de son corps.

– Qui êtes-vous ? souffla-t-elle.

Comme toujours, il demeura silencieux. Il leva une main noire en direction de la porte, juste à temps pour intercepter une explosion d'énergie lancée vers lui.

– Tu es fort, je te l'accorde, déclara Ardent.

Les filins de l'Homme Os-de-Corde se dénouèrent autour de ses chevilles et se retirèrent.

– Je croyais avoir une longueur d'avance sur toi, poursuivit-il en pénétrant avec désinvolture dans la salle, des flammes s'élevant autour de ses jointures. Tu peux retirer ton masque, maintenant, Margaham. Je suis surpris que tu sois le Maître, je l'avoue, même si je suppose que cette découverte était inévitable. Tu as dû passer le siècle dernier à t'entraîner dur pour arriver à mon niveau.

Marrill s'éclaircit la gorge.

– Hum, Ardent ?

Elle désigna la statue métallique dissimulée dans le coin. Le magicien y coula un rapide regard et reconnut son ami changé en métal. Le regret se peignit sur ses traits, et il soupira.

Il reporta alors son attention sur le Maître.

– Ah, ce n'est pas Margaham alors. Ça explique au moins le niveau de force. Parfait, dit-il en plissant les paupières pour étudier son adversaire. Garde tes secrets. Mais on se rapproche, non ? Une fois Serth, Annalessa, Épine, Calixto et maintenant Margaham éliminés... il ne reste plus que deux magiciens de Méres possibles.

Marrill les suivait alternativement des yeux. Lentement, ils commencèrent à se tourner autour. Un duel de magiciens pouvait débuter à tout moment, et elle était bien certaine que ce petit château ne suffirait pas à en contenir les ravages.

– Tanéa Sang-Creux ? proposa Ardent en examinant attentivement son rival. Tu n'es pas vraiment bâti comme une femme, c'est vrai, mais Tanéa *avait* une barbe magnifique.

Il claqua des doigts.

– Alexter Recto ! Bien sûr !

Le Maître s'immobilisa, et Ardent fit de même, un sourire satisfait aux lèvres. Ils avaient opéré un tour à 180 degrés, de sorte qu'Ardent était à présent le plus proche de la Carte.

– J'aurais dû m'en douter. Tu as toujours été le troisième d'entre nous par ordre de puissance. Derrière moi et Serth, bien entendu. Dans un mouchoir de poche avec Annalessa.

Un sourire rusé apparut sur les traits d'Ardent.

– C'était quoi, déjà, cette petite comptine ?

Soudain, la voix de Margaham retentit de nouveau, émise par le parlogrenouille :

Des huit, des huit maudits qui le destin défièrent,
Serth était le premier, les autres suivaient derrière.
Ardent le Froid était son intrépide agent,
Alexter avec lui concentra le Torrent.
Calixto, Margaham et Tanéa remplirent
La fontaine par Épine créée, et par Annalessa,
la coupe.

Marrill secoua la tête. *Ardent le Froid ?* C'était déjà ainsi que Margaham – ou sa grenouille – l'avait appelé avant même que la partie commence. De toute évidence, ils ne le connaissaient pas tant que ça. Froid était bien le dernier qualificatif qu'elle aurait employé à son sujet.

Tout à coup, le Maître s'élança en avant. Ardent l'esquiva sans peine et envoya une décharge d'énergie. Le Maître vacilla. Mais ce n'était pas Ardent qu'il avait visé. C'était une jeune fille, qui s'apprêtait à prendre la Carte.

Sur un simple mouvement de bras du Maître, elle s'envola et s'écrasa contre le mur.

– Fiz ! cria Finn.

Et avant qu'il puisse bouger, avant que Marrill puisse lui demander comment il connaissait cette fille, avant que quiconque puisse l'arrêter, le Maître saisit la Carte et la Clef sur le piédestal.

Il les brandit dans ses mains gantées de métal.

– Non ! hurla Marrill.

– Alexter, Shétiva, qui que tu sois, écoute la raison ! supplia Ardent. Tu ne dois pas ouvrir le Portail !

Mais le Maître n'hésita pas un instant. Il porta la Clef à la Carte. La magie crépita dans toute la salle.

Marrill sentit ses cheveux se hérisser sur sa nuque. Elle vit par les fenêtres et la porte des nuages noirs occulter le ciel. Des éclairs rouges les traversaient tels les arcs électriques d'une bobine de tesla. L'énergie de la fin du monde.

C'était trop tard. Ils avaient échoué.

Après tout ce qu'ils avaient traversé.

Après toutes leurs victoires sur Serth.

Plus rien ne comptait.

Le Maître avait gagné.

Un âpre goût de fer emplit la bouche de Marrill alors que les éclairs rouges crépitaient autour d'eux. Les bras levés au-dessus de sa tête, le Maître posa la Clef contre la Carte. Le Soleil perdu de Dzannin se leva.

10

Pas celui qu'on attendait

Lorsque le Maître du Vaisseau de Fer porta la Clef à la Carte, Finn eut l'impression que des lames de rasoir lui cisaillaient le ventre. Derrière le heaume d'acier, les yeux du Maître n'exprimaient qu'une implacable détermination.

– Arrête ça ! tonna Ardent.

Il lâcha alors un assaut de magie retentissant de cris d'agonie. Du feu, des éclairs, des énergies obscures dont Finn ne connaissait même pas le nom se déchaînèrent. Mais cela ne suffit pas à arrêter le Maître.

Puis Finn prit conscience que les cris ne provenaient pas de la magie d'Ardent. Ils devenaient de plus en plus stridents, à la limite du supportable. La surface de la Carte gauchit et se tordit sous la Clef plaquée contre elle. Puis elle s'ouvrit, se repliant sur elle-même tout en s'étirant en hauteur et en largeur jusqu'à prendre la forme d'une porte, la Clef réduite à la taille d'une poignée collée en son milieu.

De l'encre dégoulinait sur le parchemin pour tracer les barreaux d'une cage à travers lesquels Finn distingua l'esquisse sombre d'une silhouette et le furieux battement d'ailes d'un oiseau affolé.

Bien que la Carte fût encore plate et en deux dimensions, la silhouette tendit la main. Le parchemin se plissa et se tordit. L'air même parut chauffer et siffler. De longs doigts dessinés surgirent en trois dimensions, saisirent la poignée et la tirèrent depuis l'intérieur.

Le portail du Soleil perdu de Dzannin s'ouvrit si violemment qu'il envoya des ondes de choc tout autour. Le souffle heurta Finn avec une force qui le projeta en arrière. Un rayonnement jaillit par l'encadrement du Portail. Le temps parut ralentir, la lumière gagna en intensité et en chaleur, et Finn fut contraint de fermer les yeux.

Lorsqu'il les rouvrit, une ombre se découpait contre l'éclat aveuglant. Finn sentit ses entrailles se nouer.

Près de lui, Marrill se raidit.

– Serth, s'étrangla-t-elle.

– Qu-qu'est-ce qui se passe ? bégaya Fiz.

La silhouette s'avança alors que la lumière éclatante palpitait et se fondait autour d'elle et en elle. Son manteau commença à prendre couleur, l'étoffe autrefois noire devenue d'un argenté rutilant, les étoiles blanches qui la parsemaient muées en trous noirs qui paraissaient engloutir la lumière. Son visage semblait d'albâtre poli, incrusté de traits d'obsidienne là où avaient figuré les traces de ses larmes.

La forme lumineuse de Serth ouvrit les bras en un geste de sacrifice désintéressé. L'énergie ne semblait pas tant émaner de lui qu'être lui. On aurait dit que le sol vibrait sous ses pieds, que les atomes des dalles tournaient plus vite et avec plus de force.

– **Je me suis levé**, dit Serth d'une voix qui ne ressemblait en rien à son ancienne voix.

À chacune de leurs rencontres, l'oracle méressien se tenait voûté et s'exprimait d'une voix brisée et tremblante. Celle-ci était à présent ferme, autoritaire et assurée.

Un cri perçant se fit entendre, déchirant le bourdonnement d'énergie. Un mouvement de plumes griffonnées s'échappa du Portail. Il dépassa la forme rutilante de Serth dans une frénésie d'ailes à l'encre et s'éleva rapidement, virant et tournoyant dans la petite salle.

– Rose ? s'exclama Finn alors qu'elle passait comme une fusée tout près de lui.

La Rose des Vents de la Carte des mille mondes rasa le plafond. Serth tourna lentement la tête pour l'observer. Il leva une main, et une lumière glacée déchira l'air, ouvrant une brèche dans la muraille du château.

– Rose ! hurla Marrill.

L'oiseau piqua et esquiva adroitement la mort éclatante qui le poursuivait. Il fit une fois le tour de la pièce, poussa un cri sonore et plongea.

Finn s'écarta maladroitement pour le laisser foncer vers la sortie. Fiz fit un bond de côté et Ardent se baissa. Rose atteignit la sortie ; plus rien ne la séparait de la liberté.

Mais à cet instant, le Maître lui bloqua brusquement le passage et une cage de fer se referma d'un coup sec entre ses mains. Rose battit des ailes contre les barreaux, piailla et hurla. Le Maître leva la cage et contempla l'oiseau d'un regard impassible à travers son masque de métal inexpressif. Puis il pivota et s'éloigna.

Finn se tourna vers Ardent, s'attendant à ce qu'il agisse. Mais le magicien ne semblait plus s'intéresser au Maître. Il restait concentré sur la silhouette qui se tenait au seuil du Portail.

– Serth ! appela-t-il en s'avançant au-devant de la forme vêtue d'argent, les mains levées en signe de paix. C'est moi, Ardent. Ton ami. Je t'en prie, reviens à la raison. Il n'est pas trop tard.

L'oracle radieux s'avança. Derrière lui, la lumière déclina. La Carte redevint encre et parchemin puis retomba, vide sur le sol. L'éclat qui illuminait la salle provenait maintenant uniquement de l'homme lui-même.

– **C'est accompli.**

La nouvelle voix de l'oracle était calme, mais puissante. Finn perçut son bourdonnement jusque dans ses dents, et en fut ébranlé au plus profond de son âme.

– J'ai pris un nouveau vaisseau. Je me suis levé.

Ardent s'arrêta net et expira très lentement. Ses épaules se voûtèrent. Il paraissait encore plus frêle qu'avant.

– Tu n'es pas Serth, murmura-t-il.

La chose qui occupait le corps de Serth leur accorda à peine un regard. Son visage était un masque vide, dénué de tristesse, dénué de joie. Il n'y avait là ni compassion, ni rien que l'on eût pu qualifier d'humain. Autant fixer un soleil cruel, éblouissant, implacable et nu.

– Je suis le dernier enfant à qui les premiers magiciens ont donné forme et vie, dit-il. **Je suis la fin du possible, et la possibilité de la fin. Je suis le prisonnier de la Carte des mille mondes, l'horrible vérité que le Torrent était censé cacher.**

Finn déglutit. Il se rappelait ce qu'Ardent leur avait raconté de la prophétie méressienne et de sa terrible origine. Au cours des jours précédant la création du Torrent, alors que tout n'était encore que de la matière brute, les Dzane avaient fabriqué des mondes nouveaux à l'envi, et tout était possible. Même la fin du possible.

Une centaine de milliers d'étoiles brillaient sur cent mille créations différentes. Mais une seule étoile projetait une lumière destructrice.

Cette étoile avait été confinée dans la Carte des mille mondes, entravée par la puissance illimitée du

Torrent Pirate. Mais l'astre avait rompu ses liens et s'était levé à nouveau.

– Vous êtes le Soleil perdu de Dzannin ? souffla Marrill.

Finn ferma les yeux. Était-ce possible ? L'homme qui avait été Serth pouvait-il être devenu le Soleil perdu ?

– **C'est le nom que m'ont donné les premiers magiciens car je suis l'enfant qu'ils jugeaient incontrôlable**, répondit le corps de Serth.

Des lézardes apparaissaient dans la pierre, sous ses pieds.

L'expression d'Ardent se durcit alors qu'il recouvrait un peu de sa bravade habituelle.

– Prends le nom que tu veux, sois un homme, une étoile ou les deux à la fois, cela m'est égal. Mais je ne te laisserai pas détruire le Torrent.

Le Soleil perdu pencha la tête de côté pour examiner l'homme qui avait été, longtemps auparavant, le meilleur ami de Serth. Son regard n'exprimait aucune pitié, ne montrait aucun signe du lien qui les avait unis.

– **Tu n'as pas ton mot à dire.**

Puis il ouvrit grandes les mains. L'énergie ployait et s'arquait dans tout son corps. Pendant un instant sa forme humaine ne parut pas assez solide pour contenir une telle puissance. De minuscules fissures surgirent sur sa peau, laissant filtrer d'infimes rais de lumière. Il leva les bras.

– *La fin commence.*

– Serth ! appela Ardent en plongeant vers lui.

Mais il ne fut pas assez rapide. La créature qui avait été Serth laissa retomber ses mains. Les dalles se soulevèrent sous ses pieds. Finn attrapa Marrill et recula tant bien que mal tandis que le sol du château cédait.

Sauf qu'il y avait quelque chose de bizarre dans la façon dont la pierre s'éboulait. Finn avait grandi dans une ville délabrée sur les flancs abrupts de la montagne de Létemank ; il avait eu son compte de bâtiments décrépits qui finissaient par s'écrouler. Le plus souvent, ils s'affaissaient sur eux-mêmes, et il ne subsistait plus alors que des tas de gravats.

Ici, dans le château de Margaham, le sol ne s'effondrait pas, il se désintégrait. Il cessait purement et simplement d'exister. Et en dessous, il n'y avait rien. Rien qu'un gouffre immense et béant.

Mais ce n'était pas exactement cela non plus. Parce qu'un gouffre avait un fond. Il avait des parois. Alors que là, il n'y avait rien de tout cela. Il n'y avait rien du tout.

Ce n'était rien.

Et l'abîme s'élargissait sous leurs yeux, attirant tout ce qui se trouvait à proximité dans son néant.

Ardent ne bougea pas et plaça ses mains l'une contre l'autre, paumes face au vide. Son visage était crispé par la concentration tandis que l'énergie rayonnait autour de lui.

– Le Torrent est infini, lança-t-il à son ancien ami. Tu n'espères quand même pas le détruire en entier !

Le Soleil perdu s'avança lentement, le monde se désagrégeant dans le sillage de chacun de ses pas.

– Je ne suis pas l'espoir. Je suis la certitude. Et même si je dois traverser un fleuve infini, je sais où il prend naissance. La source pure du Torrent me fait signe. Mon essence même se déversera en elle et touchera d'un seul coup tous les possibles. Et alors seulement, ce chaos prendra fin. Ces possibles prendront fin. Tous et à tout jamais.

Ardent secoua farouchement la tête.

– Nous ne sommes pas obligés de nous conformer à des rôles assignés, répliqua-t-il. Tu peux choisir d'arrêter tout ça. Ta prophétie est une possibilité dans un océan d'autres possibles.

– Tu n'as pas compris, lui répondit le magicien rutilant. Je suis l'accomplissement de ta prophétie. Je suis l'incarnation de cette possibilité. Je suis la fin du choix. Je suis la finalité. Je ne peux pas m'arrêter, et nul ne peut m'arrêter non plus.

Il poursuivait sa progression, le monde autour de lui se dissolvant en un vide de plus en plus grand.

– Ce n'est pas de la malveillance, assura le Soleil perdu alors qu'il approchait d'Ardent. C'est une simple nécessité. Tout a une fin. Toi aussi, tu as ton rôle à jouer dans mon dessein.

Pendant un long moment, Ardent refusa de céder. Finn retint son souffle en attendant la suite. Puis le vieil homme recula lentement d'un pas.

– Qu'est-ce qu'on fait ? couina Marrill à l'oreille de Finn.

Le garçon baissa la tête. Il aurait voulu sourire, trouver une répartie spirituelle, lui donner un espoir auquel se raccrocher. Mais là, pour une fois, il ne voyait pas d'issue possible. Serth était déjà très puissant auparavant. Mais avec le pouvoir du Soleil perdu – maintenant qu'il était le Soleil perdu – il paraissait invincible. Si même Ardent ne pouvait s'opposer à lui, Finn ne savait plus trop ce qu'ils pouvaient encore espérer, sinon, peut-être, survivre à l'instant d'après.

– On court ? proposa-t-il enfin.

– Tope là, répliqua Marrill en secouant vigoureusement la tête.

Ensemble, ils se ruèrent vers la porte. Finn s'arrêta pour relever vivement Fiz et la pousser en avant. Marrill parvint à sortir du château et fonça à travers le jeu pour sauter, sans même hésiter, vers le niveau inférieur. Fiz la suivit de près.

Finn fermait la marche. Mais il venait à peine d'atterrir sur le gradin inférieur qu'une main le saisit par le poignet et le tira violemment de côté. C'était Vell, le visage déformé par la colère.

Malgré tout ce qui venait de se passer, Finn ne put résister au plaisir de lui rappeler la défaite de la Source.

– Quel dommage que tu n'aies pas pu nous rejoindre sur la case d'arrivée. Tu as failli rater la fin du monde.

– Le globe, demanda Vell. Où est-il ?

Finn se tapota la poche de sa main libre.

– Désolé, mais je ne l'ai pas sur moi.

– Vell, prends ton Vague et reviens ici ! appela leur mère par-dessus le vacarme. On lève les voiles !

– Finn, dépêche-toi ! cria Marrill depuis l'autre bout du jeu.

– La Crête nous appelle, dit Vell en entraînant Finn dans la direction du navire de guerre de la Source.

Finn regarda sa mère, qui attendait, toujours postée à la proue du vaisseau. Elle lui était tellement familière. Et en même temps, rien de ce qu'elle dégageait ne lui était familier.

À cet instant, l'évidence s'imposa avec une telle force qu'il en fut étourdi. Cette femme ressemblait à sa mère comme lui-même ressemblait à Vell. Parce qu'elle était la Source. Alors que la femme dont Finn se souvenait était comme lui. Le Vague.

La Crête n'était pas la mère de Finn. Sa sœur de *Vague* l'était.

Finn freina brusquement et se libéra de l'étreinte de Vell.

– Je ne crois pas, non. C'est pas le moment idéal pour une réunion de famille. Surtout quand vous n'êtes *pas* ma famille.

Il n'attendit pas la réaction de Vell et se précipita de l'autre côté du jeu pour s'élancer sans hésiter en bas du gradin, où l'attendait Marrill.

– Il faut qu'on parte d'ici ! cria-t-elle en lui prenant la main.

Et ils coururent vers le *Kraken*.

Finn risqua un dernier regard par-dessus son épaule. Ardent affrontait toujours le Soleil perdu et le bombardait d'une énergie et d'une force qui faisaient grésiller l'air. Mais le vieux magicien n'était pas de taille à affronter l'incarnation d'un astre. Le Soleil perdu avançait sans ralentir, forçant Ardent à battre en retraite vers le *Kraken*.

À l'autre bout du jeu, Vell avait atteint le vaisseau de la Source et se tenait à l'avant, fusillant Finn du regard.

– On peut freiner la Source, vociféra-t-il. Mais *jamais* la vaincre ! Nous ne renoncerons pas tant que nous ne vous aurons pas récupérés, toi et le globe !

Finn secoua la tête en se demandant pourquoi ils tenaient encore autant au globe. Il y avait tellement d'autres sujets d'inquiétude maintenant que le Soleil perdu s'était levé.

Le *Kraken* s'ébranla lorsque la main de pierre qui le retenait vibra et s'effondra. Finn se prépara à l'amerrissage pendant que, derrière eux, le Jeu de Margaham se désagrégeait.

Et le Soleil perdu continuait sa progression, comme si tout le Torrent l'attendait.

11
Fin de la partie

Alors qu'ils fuyaient le Jeu de Margaham, Marrill s'était postée avec le reste de l'équipage à l'arrière du *Kraken* pour regarder le Soleil perdu poursuivre sa lente et implacable avancée. Quand il arriva au bord du plateau géant, il ne marqua même pas une pause avant de passer sur le Torrent et de marcher à sa surface comme sur un plan solide.

La destruction se répandait dans son sillage, et le monde continuait de s'écrouler derrière lui à chacun de ses pas. Quoique, pensa Marrill, *s'écrouler* n'était pas le terme exact. On aurait plutôt dit que le Torrent se déversait dans le vide créé par le Soleil perdu, formant une chute d'eau gigantesque vers l'oubli.

Le néant s'élargissait sous leurs yeux et s'étirait dans toutes les directions, dévorant lentement le Torrent. C'était le pire scénario envisagé. Et c'était exactement ce que l'équipage du *Kraken* avait essayé d'empêcher depuis la première fois qu'ils avaient croisé le chemin de Serth, il y avait si longtemps, dans la Jacasseraie. L'avènement du Soleil perdu. La destruction du Torrent Pirate. Et cela dépassait encore ce que Marrill avait redouté de pire.

– Qu'est-ce que ça devient, tout ça ? demanda-t-elle d'une toute petite voix, incapable de se détourner de ce vide envahissant.

Ardent, assis à une table, derrière elle, étudiait attentivement la Carte des mille mondes. Il ne leva même pas les yeux pour répondre :

– C'est détruit. Intégralement.

À l'arrière du bateau, les lianes à rumeurs répétèrent doucement ses paroles, comme si elles comprenaient la solennité de la situation.

détruitintégralementdétruittoutestdétruit

L'idée même de la destruction de tant de mondes – de tant de possibles – sema la terreur dans le cœur de Marrill. Elle ne comprenait pas comment on pouvait désirer un tel désastre.

– Mais pourquoi le Maître a-t-il voulu une chose pareille ? Pourquoi relâcher le Soleil perdu pour détruire le Torrent ?

Ardent haussa une épaule.

– Pour terminer ce que Serth avait commencé, je suppose. Il semble que le Maître ait été son bras droit, après tout.

Il n'y avait pas de quoi rassurer Marrill.

– Est-ce qu'il y aura un moyen de réparer ça ? Enfin, quand on aura trouvé comment l'arrêter ?

Ardent prit une profonde inspiration qu'il exhala lentement, tout en étudiant la question.

– Non, répondit-il enfin. J'ai bien peur que tout ce que le Soleil perdu aura touché ne soit parti pour toujours.

Une voix bourrue grommela alors :

– Je sais pas si vous avez remarqué, mais tous les mondes que vous visitez finissent en miettes ou carrément anéantis. Je dis ça, je dis rien, mais je suis d'avis que les gens devraient vous rayer de leurs listes d'invités.

Le Rabat-joie se dirigea d'un pas lourd vers ses lignes de pêche et vérifia chacune d'elles, au cas où il y aurait eu une prise, avant de retourner s'asseoir dans son fauteuil. Karny lui sauta aussitôt sur les genoux et se nicha au creux d'un de ses bras en ronronnant de satisfaction.

Marrill se refusa à envisager que le Rabat-joie pouvait avoir raison.

– Mais on peut l'arrêter, non, le Soleil perdu ? Avant qu'il arrive à Méres et ne détruise tout ?

Cette fois, Ardent releva la tête et s'affaissa contre le dossier de son siège.

– Je ne sais pas.

Les lianes à rumeurs reprirent son aveu d'impuissance :

saispasjesaispasjesais

Marrill cilla. Depuis quand le magicien ne connaissait-il pas la réponse à une question ?

– Bon, il nous suffit de trouver comment faire pour remettre le Soleil perdu dans la Carte, non ? insista-t-elle en désignant la table. Les Dzane l'ont déjà enfermé une fois, alors il y a forcément un moyen...

– Et cela pourrait éventuellement fonctionner s'il n'y avait pas un problème avec la Carte, répliqua Ardent en soulevant le parchemin.

Marrill découvrit le trou en son centre.

Les lianes à rumeurs continuèrent de répercuter ce qui était maintenant évident :

carteaproblèmefonctionnerproblèmecarte

Marrill se rembrunit et croisa le regard de Finn. Il paraissait aussi surpris qu'elle. Elle se dirigea vers la table pour examiner la Carte de plus près.

– Ce n'est pas là que se trouvait le Jeu de Margaham ? demanda-t-elle en suivant du doigt le contour du trou.

– Effectivement, répondit Ardent, qui se leva et se mit à arpenter le pont. La Carte est l'incarnation du Torrent. L'abîme créé par le Soleil perdu s'étend, et celui-ci l'ouvre un peu plus à chaque pas. Si je devais avancer une hypothèse, et il me semble que je le dois, ce serait que la détérioration de la Carte reflète exactement la destruction perpétrée par le Soleil perdu.

– Donc, intervint Remy, plus le Soleil perdu détruit le Torrent, plus la Carte sera détruite ?

– On peut dire ça comme ça, grommela Ardent. Quand on n'aime pas la précision. Ou le verbiage sans réel rapport avec le sujet.

Les lianes à rumeurs tentèrent sans succès de rapporter ces derniers propos.

Marrill examina la Carte, suivant des yeux tous les mondes qui défilaient à sa surface. Tous ces endroits qu'elle ne pourrait jamais visiter. Tous ces endroits condamnés à disparaître, y compris, au bout du compte, son propre monde, à moins d'arrêter le Soleil perdu.

– Mais peut-être que la Carte fonctionne encore, avança-t-elle. Peut-être que le trou n'a pas d'importance.

Ardent poussa un soupir.

– J'ai déjà essayé.

Et pour prouver ses dires, il prit la Clef de cristal et la posa contre la Carte. Rien ne se passa.

– Et pourquoi ne pas utiliser le globe de souhaits ? suggéra un matelot que Marrill ne connaissait pas. Ne pourriez-vous pas juste souhaiter que tout ça soit réglé ?

– Ce serait mon souhait le plus cher.

Comme personne ne riait à son mauvais jeu de mots, il se racla la gorge.

– Le globe de souhaits est puissant. Il contient sans doute l'eau la plus pure et la plus concentrée du Torrent, à part à la Fontaine de Monerva, bien sûr.

Il tapota la rambarde du bout des doigts tout en réfléchissant.

– D'après moi, cela fonctionnerait à moitié : le globe pourrait sans doute contenir le pouvoir du Soleil perdu pendant un petit moment, mais pas l'arrêter. Pas longtemps en tout cas. Et le simple fait de se servir du globe de souhaits déchaînerait le roi de Sel et de Sable et la Marée de Fer, ce qui, bien évidemment, ne ferait qu'aggraver la situation. On se retrouverait avec trois entités décidées à détruire le Torrent au lieu d'une seule.

– Donc, intervint Finn en foudroyant le matelot du regard, pas question d'utiliser le globe de souhaits. En fait, on devrait même le garder dans un endroit très, *très* sûr.

– D'accord, dit Remy, on fait une croix sur la Carte et le globe de souhait. Mais combien de temps on a pour trouver une autre solution ?

– Jusqu'à ce que le Soleil perdu arrive à Méres et déverse son pouvoir dans la Fontaine, j'imagine, répondit Ardent.

– Oui, ça je le sais, fit Remy en levant les yeux au ciel. Mais combien de temps ça va prendre ? insista-t-elle en se tournant vers Coll.

– Ça dépend de la vitesse à laquelle il avance, répondit le capitaine.

– La vitesse de la marche, dit Ardent en regardant l'horizon.

– Sérieux ? se moqua Remy. Le mec est l'entité la plus puissante du monde et il va marcher au pas jusqu'à Méres ? On pourrait penser qu'il ferait au moins apparaître un bateau.

– Le Soleil perdu ne crée rien, expliqua Ardent. De plus, je pense que s'il n'est pas pressé c'est justement parce qu'il est l'entité la plus puissante du Torrent. Il est certain de ne rencontrer aucun obstacle. Et puis, ajouta-t-il avec un gloussement, il ne serait pas très facile de faire naviguer un bateau quand chacun de vos pas détruit le monde. Le vaisseau n'arrêterait pas de couler. À moins que...

– Bon, moins d'une semaine, l'interrompit Coll.

Il se tenait près de la table, les doigts étirés sur la Carte pour faire la jonction entre Méres et le trou.

– C'est le temps qu'on a devant nous, précisa-t-il.

Chacun se tut, perdu dans ses pensées. Marrill s'appuya contre un mât et leva les yeux vers le ciel en espérant y trouver l'inspiration. Au-dessus d'elle, dans le gréement, un trio de pirat's trottinait sur la vergue. Ils bavardaient en couinant. Deux d'entre eux maintenaient une pièce de toile contre une déchirure dans la voile et le troisième, suspendu par ses pattes de derrière, la fixait avec une aiguille et du fil.

Pendant un instant, Marrill regretta de ne pouvoir échanger sa place avec ces petites créatures dont le seul souci était, pour l'instant, de réparer la voile plutôt que de réparer le monde.

Elle cligna des yeux. Mais oui ! Puis elle se redressa avec excitation.

– Et si on réparait la Carte ? lança-t-elle. Si on rebouchait le trou du parchemin, on pourrait s'en servir pour ré-enfermer le Soleil perdu, de la même façon que les Dzane l'ont fait au départ, non ?

– Oui, certainement, convint Ardent avec un petit ricanement. Mais on ne peut pas *réparer* la Carte des mille mondes aussi facilement.

– Et pourquoi pas ? insista Marrill, les poings sur les hanches.

– Eh bien, parce qu'elle a été créée par les *Dzane*. Ce n'est pas comme s'il suffisait de coudre une pièce dessus !

– Pourquoi pas ? répéta Marrill.

Ardent frappa l'air des deux mains avec emportement.

– Parce que... eh bien... parce que c'est impossible ! Enfin, il faudrait une telle puissance pour réussir...

– Le grand Ardent ne serait donc pas assez puissant pour réparer la Carte ? le provoqua Finn.

Marrill lui sourit.

Le magicien ouvrit la bouche, puis la referma.

– Je ne dis pas...

Coll s'éclaircit la gorge, un sourire malicieux aux lèvres.

– Allons, Ardent. Je t'ai vu faire des choses qu'aucun autre magicien ne pourrait réussir. Tu es *vraiment* en train de nous dire que tu n'es pas assez fort pour réparer un trou dans une Carte ?

Ardent tortilla le nez et haussa un sourcil. Marrill devinait derrière les yeux du vieil enchanteur la lutte entre son orgueil et sa réflexion.

– En fait, si, je crois que je pourrais éventuellement y arriver.

Marrill rayonna. Elle se sentit presque étourdie par le soulagement.

– MAIS ! ajouta Ardent en brandissant l'index. Il nous faudrait les mêmes ingrédients que ceux utilisés au départ par le magicien de l'Aube pour créer la Carte. Quelqu'un saurait où les trouver ?

Coll baissa les yeux vers le pont. Finn regarda autour de lui, comme s'il ne savait pas à qui s'adressait le magicien.

Le sourire de Marrill se fit plus hésitant, mais elle ne perdit pas espoir. Tant qu'il restait une chance, elle n'abandonnerait pas.

– On a besoin de quoi ?

Ardent s'approcha avec son bon sourire de grand-père. Il faisait de son mieux pour paraître sérieux, mais Marrill voyait bien qu'il cherchait simplement à lui faire plaisir.

– D'abord, il nous faut évidemment le bon parchemin. Et de l'encre. Ensuite, il faudra porter tout ça à la Fontaine de Méres avant que le Soleil perdu n'y arrive, et utiliser les sources pour redessiner les secrets du Torrent sur notre nouvelle Carte.

Finn se frotta les mains.

– Qu'est-ce qu'on attend ? Passons par les Quais Létemank pour dégotter les fournitures. Il y a tout ce qu'il faut là-bas, pourvu qu'on sache où chercher. Après, on file à Méres et *hop* – catastrophe évitée.

Il prit la Carte des mains de Marrill et l'examina afin de trouver le chemin le plus court vers les Quais Létemank.

– Pas si vite, mon cher passager clandestin, l'interrompit Ardent. Il ne s'agit pas de prendre n'importe quel morceau de papier et un peu de liquide coloré. On a besoin de parchemin susceptible de se distendre, de rétrécir, se tordre, pousser et contenir toutes les possibilités du Torrent, lesquelles sont infinies. Et, franchement, je n'ai jamais entendu parler de quoi que ce soit d'approchant, sinon le matériau dont est constituée la Carte elle-même.

Marrill réfléchit. La situation ne pouvait pas être aussi désespérée que ça. Pas maintenant qu'ils avaient trouvé une solution.

– Si j'avais encore accès aux souvenirs du magicien de l'Aube, peut-être me serait-il possible d'y trouver les réponses que nous cherchons. Mais depuis que le Vouivrion a été assimilé par ton chat, ce savoir est perdu.

Ardent agita la main en direction de Karnelius, qui bâilla avec ostentation avant de se rendormir.

– Non, sûrement pas, assura Finn.

– Et vous êtes… ? s'enquit le magicien en le dévisageant.

– Un ami qui a une bonne idée, répondit Finn.

– Permettez-moi d'en juger, répliqua Ardent en haussant un sourcil. Enfin, je parle de l'idée censément bonne. Il n'est pas de ma compétence de juger du genre d'ami que vous pourriez être dans la mesure où chacun pose des critères différents quand il s'agit de choisir les personnes avec lesquelles il désire se lier…

Coll l'interrompit d'un raclement de gorge.

– Tu disais ? demanda-t-il à Finn avec un regard soupçonneux.

– Le savoir du magicien de l'Aube n'est pas perdu. Il se présente juste sous une forme différente. Nous avons toujours son testament. Et si l'information que nous cherchons se trouvait dedans ?

Marrill reprit son chat au Rabat-joie sans prêter attention aux protestations de l'un et de l'autre.

– Tu crois que Karnelius saurait sauver le Torrent Pirate ?

– Je crois que le magicien de l'Aube savait où acheter les ingrédients nécessaires à la fabrication de sa Carte, expliqua Finn. Et je pense que ton chat est notre meilleur accès aux souvenirs du magicien de l'Aube.

Ardent applaudit.

– Coll, ton nouveau matelot ne manque pas d'intelligence. Pirat's ! appela-t-il en dressant un doigt en l'air. Apportez-moi mon seau de boismorne. On a un chat à faire tremper.

Des exclamations fusèrent dans le gréement. Les nombreux rongeurs multipattes couinèrent avec excitation, manifestement ravis à la perspective d'assister à la trempette de Karnelius.

Marrill poussa un soupir. Elle savait qu'Ardent et Finn avaient raison, mais cela ne lui plaisait pas pour autant. Quand les pirat's apportèrent le seau rempli d'eau du Torrent, elle pressa son visage contre le cou de son chat et murmura :

– Pardon Karny.

Mais Karnelius ne voulut rien savoir. Dès qu'elle fit mine de l'abaisser vers l'eau, il adopta la même tactique qu'il utilisait pour ne pas entrer dans sa cage de transport. Il se raidit en écartant les pattes tel une étoile de mer contre les bords du seau. La bataille s'engagea.

Marrill eut beau pousser de toutes ses forces, et les autres eurent beau s'échiner à tenter de lui replier les membres, personne n'arriva à lui faire toucher une goutte. Le chat lutta et se débattit au point de se muer en un tourbillon démoniaque de griffes et de poils, qui se tortilla tant et si bien qu'il finit par renverser le seau. Tout le monde recula précipitamment loin de la flaque d'eau magique, sauf Ardent, distrait, comme toujours.

Karny retomba sur ses pattes en mode tout hérissé, oreilles couchées et babines retroussées. Les lianes à rumeurs reprirent ses protestations, l'écho s'amplifiant au point que tout l'arrière du navire parut attaqué par des hordes de serpents déchaînés.

Lentement, Marrill s'accroupit et tendit les bras vers son chat. Mais à l'instant où elle allait le saisir, l'animal s'enfuit. Il fonça vers l'écoutille, puis vira lorsque Finn se dressa devant lui. Il voulut alors s'élancer sur un mât, mais les couinements que lui adressèrent les pirat's le firent battre en retraite.

– Ah, mais visez-moi ce que vous avez fait, grommela le Rabat-joie. Il est en panique main'nant. Viens là, mon p'tiot. Tonton Ronchon va te défendre.

Karny enfonça ses griffes dans le pont afin d'exécuter un virage serré pour se précipiter dans les bras de son protecteur. Mais au moment où il sautait vers les mains tendues du lézard violacé, Remy surgit de derrière une cloison et lui vida un plein seau d'eau du Torrent Pirate dessus.

Impossible d'échapper à cette attaque surprise. Le jet doré atteignit Karnelius en plein vol. Le chat resta un instant en suspens avant d'atterrir sur le pont avec un grand *splatch*.

Tout le monde tourna de grands yeux vers Remy. Elle haussa les épaules.

– Quand on a sept frères et sœurs plus jeunes qui ont tous fait la comédie pour prendre leur bain, on apprend quelques tours.

Aux pieds de la baby-sitter, le chat dégoulinant plissa les yeux, remua la queue avec colère et se mit à parler :

Au Conseil des Murmures, je laisse la face de la Carte des mille mondes. Je conseillerais à ses membres de la partager équitablement et de l'utiliser avec prudence, faute de quoi la méfiance et la jalousie s'enracineraient dans leur cœur.

– La Carte des mille mondes ! s'exclama Remy.

La mine satisfaite, Finn gonfla la poitrine en faisant remarquer :

– Karny sait donc des trucs sur la Carte.

Marrill lui saisit le bras. Il y avait dans ce testament quelque chose qui ne lui plaisait pas. Et puis, cela n'avait pas vraiment bien tourné pour le Conseil des Murmures. Ses membres avaient passé tellement de temps à observer la Carte pour espionner les autres et propager des rumeurs qu'ils avaient fini par prendre racine, littéralement, au point de devenir le centre d'une jungle bavarde connue sous le nom de Jacasseraie.

– Je ne sais pas, dit-elle. Est-ce qu'on est sûrs de pouvoir s'y fier ?

– Est-ce qu'on a le choix ? rétorqua le garçon.

– Bon, fit Remy avec un sourire narquois, en tout cas, on sait que le magicien de l'Aube aura des informations au sujet de la Carte. Alors à moins que vous n'ayez d'autres pistes pour la réparer...

Elle souleva son seau de boismorne.

Marrill fit une moue de défaite. *Pauvre Karny*.

– C'est reparti pour une douche féline alors, capitula-t-elle avec un soupir.

*

* *

Un bon moment plus tard, Marrill se tenait assise au bord du gaillard d'avant. Jambes pendantes, elle passait le pouce sur les bords déchiquetés du trou toujours plus grand de la Carte des mille mondes. À côté d'elle, un Karnelius trempé et pas ravi du tout débitait la liste interminable des legs étranges du magicien de l'Aube. Jusqu'à présent, ils n'avaient rien obtenu de plus concernant la Carte, mais elle n'était pas encore décidée à renoncer.

À Feuille-de-Thé, la Fée Cuisante que j'ai offensée en omettant de la mentionner dans le Livre des créatures merveilleuses, je lègue un doigt d'excuses distillées à partir de la toute première excuse jamais formulée, par mon frère, Kab-qui-Rêve, à une toute petite pierre sur laquelle il avait trébuché au temps d'avant la naissance du Torrent.

Karny renifla puis émit un énorme éternuement autoséchant. Un de plus. La litanie s'interrompit, et le chat recommença à se lécher. Marrill gémit.

– À qui le tour ? demanda-t-elle.

Remy était allongée à proximité, dans un hamac, et feuilletait négligemment un livre sur les tactiques militaires de la marine à voiles.

– Pas à moi, dit-elle en posant un doigt sur son nez sans même lever les yeux.

Coll, appuyé contre un mât, avait lui aussi un doigt posé sur son nez. Ardent lui-même, qui prenait des notes dans un vieux cahier, pressait un doigt contre sa narine.

Marrill s'empressa de toucher son nez et se tourna vers Finn. Couché sur le dos à côté d'elle, les yeux clos, il prenait un bain de soleil. Marrill plissa les yeux. Se faisait-elle des idées ou bien feignait-il de dormir ?

Elle le poussa du coude.

– C'est moi qui l'ai fait en dernier. C'est ton tour.

Finn grogna et se redressa.

– Ton chat me déteste.

– En ce moment, il nous déteste *tous* !

À l'arrière, le Rabat-joie se racla la gorge d'un *hum hum* guttural et mouillé.

– Parle pour toi.

parlepourtoiparlepourtoiparlepourtoi

Marrill leva les yeux au ciel.

– Bon, vous êtes son préféré pour le moment. Je suis sûre qu'il sera très content de se pelotonner contre vous quand le *Kraken* sera entraîné dans l'abîme qu'a si aimablement ouvert le Soleil perdu.

Le Rabat-joie cessa un instant de s'occuper de ses lianes à rumeurs pour la fusiller du regard.

– Pas la peine d'être grossière.

Marrill savait que la situation était grave quand le Rabat-joie lui faisait la leçon sur son comportement. Elle soupira et lança le pistolet à eau en boismorne à Finn. Au moins, ce nouvel outil créé par Ardent leur donnait-il un peu plus de portée que le seau.

– Tu veux sauver le Torrent ? Arrose le chat, et fais vite.

– D'accord, dit le garçon en se redressant. Mais il faudrait que tu interviennes quand Ardent refuse de me soigner et décide de me mettre aux fers comme passager clandestin. Encore.

Marrill se retint de sourire. Cela n'aurait pas été aussi drôle si Finn ne s'était pas mis au défi de forcer la nouvelle serrure chantante de la geôle en un temps record.

– Marché conclu, accepta-t-elle aussitôt.

À côté de Finn, un matelot éclata de rire.

– C'est tout ce que tu gagnes à être mémorable, frère du Vague : on se souvient que c'est ton tour.

Il foudroya sa voisine du regard, ce qui redoubla son hilarité.

Aussi gentiment que possible, Finn émit de petits bruits de baisers pour appeler Karny. Mais le chat n'était plus dupe et partait déjà de l'autre côté du navire. Ils avaient au moins appris à fermer l'écoutille qui menait aux ponts inférieurs. La première fois que l'animal s'était enfui, ils avaient dû le chercher pendant une bonne heure.

Marrill se replongea dans l'étude du trou qui perçait la Carte des mille mondes sans prêter attention aux sifflements de son chat ou aux grognements étouffés de Finn, qui pourchassait l'animal.

Dix minutes plus tard, elle entendit le garçon crier :

– Je l'ai eu !

Puis la voix familière du chat emplit l'air :

Aux Tisseurs-Coques d'Oneira, je lègue un rouleau de ruban tissé à partir de l'étoffe des rêves. Prenez-en grand soin car c'est avec cette étoffe que j'ai conçu la grande Carte des mille mondes.

Depuis quand la voix de son chat lui était-elle devenue familière ? Marrill secoua la tête en s'émerveillant de la facilité avec laquelle elle s'était habituée à la folie du Torrent Pirate.

Puis elle prit soudain conscience de ce que Karny venait de prononcer, et se releva d'un bond.

– J'ai bien entendu ? lança-t-elle.

Finn acquiesça avec un grand sourire.

Triomphante, Marrill se retourna vers Ardent. Le magicien fixait le chat du regard. Il laissa échapper un rire.

– Les Tisseurs-Coques d'Oneira ! Formidable ! Et cela nous donnera l'occasion de rayer un autre magicien de Méres de notre liste. Il se trouve que le Jardin de Rêve de Tanéa Sang-Creux est directement relié aux Bancs de Coques.

Il se mit debout et tendit l'index.

– Coll, dis à ton second là-haut de mettre le cap sur Oneira.

Marrill leva les bras avec enthousiasme. Elle savait bien qu'à force de persévérer, ils finiraient par trouver un moyen.

– On va chez les Tisseurs-Coques ! s'écria-t-elle. Même si je ne vois pas du tout qui ils sont.

– On ferait mieux de se dépêcher alors, coupa Coll d'une voix grave.

Il avait pris la Carte des mains de Marrill et la brandissait en désignant un point dessus, afin que tous puissent voir.

Contre le bord du trou en expansion, à deux doigts d'être englouti par la force destructrice du Soleil perdu, apparaissait un petit point rond. Juste à côté, en lettres qui se froissaient déjà, figuraient les mots BANCS DE COQUES D'ONEIRA.

12
Coques de rêve

Tandis que Remy mettait le cap sur les Bancs de Coques d'Oneira et que Marrill emportait son chat en bas pour lui trouver une récompense, Finn prit Fiz à part. Il avait enfin l'occasion d'avoir une conversation avec elle sans se faire remarquer.

– C'est à cause de toi que la Source nous a trouvés au Jeu de Margaham, énonça-t-il sans ménagement en croisant les bras. Tu nous espionnais.

Elle redressa le menton et ne se laissa pas impressionner.

– Je t'ai promis de t'aider à retrouver ta mère.

Finn plissa les yeux.

– Tu voulais surtout aider la Source à voler le globe.

Elle détourna les yeux et haussa les épaules.

– Si j'avais voulu le voler, ce serait fait.

– C'est exactement ce que je dirais si je voulais mettre la main dessus, commenta-t-il en secouant la tête. Je ne peux pas te faire confiance, tu le sais.

– C'est vrai, convint-elle avec une petite grimace.

Finn fut surpris de la voir capituler aussi rapidement. Il s'était attendu à des protestations. À ce qu'elle cherche à le convaincre de lui donner une autre chance.

– Je suppose que tu es revenue sur le *Kraken* pour terminer ta mission ?

Elle s'agita, visiblement mal à l'aise.

– Ce n'est pas la seule raison.

Il haussa un sourcil.

– Je suis restée dans le but de te protéger, avoua-t-elle avec un soupir. Sur ordre de Vell et de la Crête.

– Me protéger ? répéta Finn dans un éclat de rire.

Elle croyait vraiment qu'il allait avaler une excuse aussi absurde ?

– Qu'est-ce qu'ils en ont à faire, qu'il m'arrive quoi que ce soit ?

Elle le dévisagea, le front soucieux.

– Tu ne sais vraiment pas comment ça fonctionne, n'est-ce pas ?

Il garda le silence et attendit la suite. Fiz souffla l'air devant elle.

– La Source et le Vague sont... connectés.

– C'est ce que j'avais cru comprendre.

– Non, je veux dire...

Elle semblait à court de mots.

– C'est grâce à nous qu'ils sont invincibles. On est *réellement* leurs faiblesses. Du coup, eux n'en ont aucune tant que nous existons de façon autonome.

Finn fit un effort pour saisir.

– Alors s'il m'arrivait quelque chose...

– Si tu meurs, Vell devient vulnérable, expliqua-t-elle. Toutes ses faiblesses lui reviendraient. Il pourrait à ce moment-là être battu, voire tué.

– Oh.

Soudain, les émotions que Finn avait repoussées depuis qu'il connaissait l'existence de Vell et de sa mère, toute la souffrance refoulée depuis qu'il avait appris qu'il n'était personne, affluèrent d'un coup. Ses craintes les plus enfouies se vérifiaient. Il n'était réellement personne. Juste le récipient des faiblesses de quelqu'un d'autre.

Il laissa son menton s'affaisser sur sa poitrine et s'efforça de ravaler le vide qui menaçait de l'engloutir.

– Tu es donc ici pour me protéger afin d'assurer la sécurité de Vell.

Comme Fiz ne répondait rien, il prit cela pour une confirmation. Mais alors, elle soupira et s'appuya contre la rambarde, à côté de lui. Finn sentit à peine le bras de la jeune fille effleurer le sien.

– Qu'est-ce que ça fait, d'avoir un ami ?

Il cilla, surpris par la question.

– Pourquoi tu me demandes ça ?

Elle souleva une épaule.

– Parce que j'en ai jamais vraiment eu.

Finn faillit s'étrangler.

– Tu as toute une armée d'amis ! fit-il remarquer. Tu sais, ceux qui ont embarqué sur le *Kraken* avec toi ? Et qui nous ont suivis jusqu'au Jeu de Margaham ?

– C'est pas parce qu'ils se souviennent de moi que ça en fait des amis.

– Et ta Source ?

Elle émit un petit rire amer.

– Tu pourrais être ami avec Vell ?

Finn s'esclaffa.

– Bien vu, convint-il. Un truc qu'il faut savoir sur les amis : ils se serrent les coudes. Et c'est ce que j'ai l'intention de faire avec les miens, sur le *Kraken*. Même si ça implique de les protéger de toi.

Elle hocha la tête.

– Je ne peux pas arrêter la Source, répliqua-t-elle. Ils ne cesseront pas de te chercher. Il n'est plus seulement question du globe, Finn. Il s'agit maintenant de toi et de Vell. Et ce que la Source veut, la Source l'obtient.

*

* *

Deux jours plus tard, à l'instant où Finn pensait qu'ils avaient dû s'égarer, à l'instant même où il constatait qu'il n'y avait décidément rien à voir, il cligna des yeux, et les Bancs de Coques d'Oneira apparurent devant lui comme s'ils se trouvaient là depuis sa naissance et devaient y rester.

Les bancs s'étendaient devant eux dans un grand désordre de coraux. Ils s'élevaient par endroits en plateaux humides qui défiaient les flots ; ailleurs, ils subissaient les assauts de la moindre vague, et Finn n'aurait su déterminer où se trouvait la démarcation entre la terre et le fond marin.

Le *Kraken* s'engagea dans un chenal qui paraissait creusé pour eux, puis finit par s'immobiliser. Marrill rejoignit Finn pour examiner leur destination. Le corail formait autour d'eux le demi-cercle d'un atoll qui rappela un peu trop à Finn l'un des anneaux du Jeu de Margaham et le fit frissonner. Mais la comparaison s'arrêtait là ; l'eau, dans le lagon central, était bleue et transparente ; le corail lui-même semblait un labyrinthe de lisse et d'anguleux, de haut et de bas, de masse brute et de trouées.

Des cuvettes de marée s'étaient formées tout le long de la surface grêlée de l'atoll, et, du haut du *Kraken*, Finn avait vue sur nombre d'entre elles. Dans les flaques superficielles, des tritons poursuivaient de petits poissons irisés. Les cuvettes plus profondes abritaient des cathédrales de sable où prêchaient des évêques de mer tandis que des homards à pattes d'araignée s'occupaient de leurs jardins d'algues à côté. Dans l'une d'elles, un tout petit bateau inoccupé tanguait tandis qu'un gros poisson retourné jouait aux dominos avec une raie-griffon lustrée.

Le soleil de l'après-midi était chaud, et la brise saline douce et plaisante. Finn jeta un coup d'œil vers le mur de néant noir qui avançait vers eux, à l'horizon. Ce n'était là que l'extrémité du vide béant le long du sillage du Soleil perdu en route vers Méres. Finn n'osait imaginer ce qui se produirait quand le Soleil perdu aurait atteint sa destination.

Il chassa ces pensées de son esprit et s'obligea à se rappeler que la fin du monde rôdait peut-être, mais qu'elle n'était pas encore là. Il fallait profiter de ce qui existait pendant que c'était encore possible.

Le fracas de la passerelle du *Kraken* le tira de sa rêverie.

– On y va ? demanda Ardent en embrassant du geste le navire en général.

– J'en suis ! cria Remy en traversant le pont au pas de course pour se joindre à la troupe. Je mérite bien un petit séjour à la plage, ajouta-t-elle avec un clin d'œil à Finn et à Marrill. Coll peut veiller sur le bateau pour s'assurer qu'on ne soit pas engloutis par l'apocalypse pendant notre bain de soleil.

– Attends un peu, marin, l'interrompit Coll en la retenant par le col de sa chemise. Les capitaines ne quittent pas leur navire.

– Et c'est bien pour ça que *tu* dois rester, fit-elle remarquer.

Un sourire joua sur les lèvres de Coll.

– Et c'est pour ça que tu restes avec moi.

– Mais, le Jardin de Rêve..., protesta Remy.

– C'est drôle que vous mentionniez le Jardin de Rêve de Tanéa Sang-Creux, lança Ardent avec animation. Si l'entrée principale se trouve loin, très loin, chez Shétiva, le jardin est en fait relié *directement* aux Bancs de Coques. Tanéa se plaisait à repousser les limites du voyage sur le Torrent. Vous n'allez pas le croire, mais c'est elle qui, la première, a conçu l'hypothèse du vortex transmotaire !

– J'ai du mal, convint platement Remy. Il vaut peut-être mieux que je reste, en fin de compte, marmonna-t-elle en traînant des pieds pour retourner auprès de Coll sur la plage arrière du navire. Au moins, comme ça, on pourra laisser les moteurs tourner au ralenti pour être prêts à partir à tout moment.

– Les moteurs ? questionna Coll, perplexe.

Remy soupira, et Finn réprima un sourire qui s'évanouit de lui-même quand le garçon vit Fiz se diriger discrètement vers la passerelle.

– Toi aussi, enseigne, dit-il en l'attrapant par la manche. Tu restes sur le bateau.

– Mais je suis censée te protéger, objecta-t-elle.

– Le magicien est là pour ça, répliqua-t-il en désignant Ardent.

– Tu as plus confiance de me laisser sur le bateau plutôt que de me laisser t'accompagner ? s'enquit-elle, visiblement étonnée.

– Oui, répondit-il sans hésitation.

Il ne voulait pas devoir la surveiller par-dessus son épaule pendant toute l'escale. En outre, même si elle le voulait, il lui serait impossible de dérober le globe. Finn avait passé pas mal de temps à essayer de trouver les failles dans le système de sécurité d'Ardent, et il n'en avait trouvé aucune. Il était à peu près certain que si le maître-voleur des Quais Létemank ne pouvait pas subtiliser le globe de souhait, Fiz ne le pourrait pas non plus.

Elle se décomposa.

– Ce Jardin de Rêve avait l'air plutôt tentant, se lamenta-t-elle.

– Finn, on y va ! appela Marrill en lui faisant signe de se presser.

Il donna une petite tape sur l'épaule de Fiz.

– Je te raconterai tout en rentrant.

Puis il courut vers la passerelle où l'attendait Marrill.

– Prête à sauver le monde une fois de plus ? demanda-t-il en tricotant des sourcils.

Elle pouffa et passa son bras sous celui de son ami.

– Comme toujours !

Ensemble, ils dévalèrent la passerelle et rejoignirent Ardent d'un bond. À peine ses pieds touchèrent-ils le corail que Finn dut reculer précipitamment pour éviter d'écraser un homme qui, il l'aurait juré, ne s'y trouvait pas l'instant d'avant.

– Ralentis un peu, mon garçon, lui dit l'inconnu.

Finn l'examina plus attentivement. Ce personnage n'était manifestement pas humain. Il se tenait un peu trop avachi et son visage avait un peu trop la forme d'un museau. Il avait la peau ridée, et en même temps un brin trop douce.

– Bonjour, étrangers, les accueillit-il. Je m'appelle Yurl et je m'occupe de la Bibliothèque des Rêves.

– Quelle bibliothèque ? questionna Finn en regardant autour de lui.

– Oh, fit Yurl. Vous ne l'aviez pas encore vue. Désolé.

Et il désigna d'un pouce interminable le lagon désert derrière lui.

Finn ouvrit grands les yeux : il n'avait rien vu d'autre à cet endroit que de l'eau. Il fut donc extrêmement surpris de découvrir la tour de corail gigantesque qui se dressait à présent au cœur de la lagune tel un grand arbre aux branches multiples. Des oiseaux de mer tournoyaient inlassablement au-dessus. Finn était certain de ne pas avoir entendu leurs cris un instant plus tôt, mais ils étaient soudain assourdissants.

– C'est moi, ou bien les choses surgissent de nulle part ? chuchota Marrill.

Yurl répondit avant Finn.

– Oui, les choses ne cessent de surgir de nulle part. C'est exactement ça. C'est un peu comme si cet endroit se trouvait dans un rêve ou quelque chose d'approchant, poursuivit-il avec un mouvement fataliste. Je n'ai jamais vraiment suivi le raisonnement, mais en fait, je suis le produit de votre imagination collective.

– Attendez, vous n'êtes pas réel ? demanda Marrill.

Yurl émit un rire curieusement haut perché.

– Oh, *non*. Juste une projection des Tisseurs-Coques, comme la majeure partie de cet endroit. Mais dites donc, vous les gars, vous êtes une vraie nouveauté.

Finn examina Yurl, l'homme qui n'était pas vraiment là. Le personnage paraissait réel. Il ressemblait à une personne. Avait-il des pensées et des sentiments, comme lui ? Ou était-il creux à l'intérieur, simple illusion si convaincante qu'il était impossible de se douter qu'il n'y avait rien derrière ces yeux gris doré ?

– T'inquiète, Yurl, lui confia enfin Finn. Je ne suis pas réel non plus.

Une part de lui se préparait à ce que ces mots le fissent souffrir. La plus grande crainte de toute sa vie était de n'être personne, et voilà qu'il en faisait un fait établi. Cependant, curieusement, cela ne le dérangea pas. D'une certaine façon, reconnaître une vérité qu'il redoutait depuis si longtemps n'était pas si affreux que ça.

– Bien, bien, fit Yurl, qui tendit la main et tapa dans celle de Finn d'une manière qui parut très tangible. Bienvenue, frère imaginaire. La réalité est trop bête. Toi et moi le savons parfaitement.

Finn rougit malgré lui. Cela lui semblait si bizarre d'accepter de n'être personne.

Yurl se tourna vers les autres.

– Alors, vous les *réels*, commença-t-il avec un clin d'œil en direction de Finn, vous venez faire un don ou vous cherchez juste un rêve qui vous convienne ?

Ardent s'avança.

– Nous cherchons le dernier rouleau de ruban de rêves offert jadis aux Tisseurs-Coques par le magicien de l'Aube, afin de réparer la Carte des mille mondes et de sauver le Torrent Pirate du néant que ne cesse de créer le Soleil perdu de Dzannin avant qu'il n'atteigne la Fontaine de Méres et ne détruise toute la création !

Yurl le dévisagea une seconde.

– D'accord. Je vous inscris pour un simple coup d'œil alors.

Il fit un geste de la main vers la base de la grande tour de corail. Finn remarqua que les trous qui piquaient la surface de l'édifice paraissaient juste assez grands pour que des gens puissent s'y nicher confortablement.

– Qu'est-ce que vous diriez si je vous mettais dans la coque numéro trois pour y réfléchir tous ensemble ? Ça vous irait ?

Yurl les escorta à travers la plage jusqu'au pied de l'arbre de corail tout en leur servant un discours bien rodé.

– Merci de votre visite à la Bibliothèque des Rêves. La bibliothèque est l'une des plus grandes institutions du Torrent Pirate. Les Tisseurs-Coques collectent depuis des millénaires des rêves venus de tout le Torrent et même, d'après certains, d'au-delà. On ne sait jamais ce qu'on va trouver dans un rêve.

À mesure qu'ils s'approchaient, Finn distingua l'intérieur des cavités qui trouaient la surface de l'arbre de corail. Chacune constituait une petite coquille, et c'étaient ces coques agglomérées qui formaient l'ensemble plus vaste. Elles étaient toutes blanches, même si certaines luisaient tel de l'ivoire tandis que d'autres avaient le terne de la simple corne.

– Et voilà, dit Yurl en arrivant au pied de l'arbre.

L'une des coques s'ouvrit devant eux, révélant comme l'intérieur d'une petite cosse.

– Les chambres sont un peu étroites ici. Mais je pense que vous devriez tenir. J'espère que ça ne vous dérangera pas.

– Oh non, c'est parfaitement raisonnable, assura Ardent en passant devant Yurl pour pénétrer dans la chambre la plus proche.

L'intérieur, terne et jaunâtre, était semblable à de la corne. Marrill regarda Finn avec inquiétude, mais suivit le magicien. Finn haussa les épaules et se glissa derrière elle. Ils se contorsionnèrent un peu pour entrer dans l'espace exigu. Puis le garçon eut la surprise de constater que l'intérieur de la coque était en fait très confortable.

– Alors, comment ça marche ? demanda Marrill une fois qu'ils furent casés.

Yurl leur adressa un sourire amical.

– Dès que les rêveurs sont tous bien installés, la coque se referme et vous vous assoupissez sans même vous en rendre compte. À partir de ce moment, vous avez accès à la collection complète des Tisseurs-Coques. Et, bien entendu, si vous voulez avoir votre propre rêve, un Tisseur viendra vous voir directement pour le collecter et l'intégrer à la bibliothèque.

– Épatant, lâcha Finn avec un bâillement. Quand est-ce qu'on commence ?

Yurl recula, et son corps parut perdre de sa consistance. L'entrée devant laquelle il se tenait s'était refermée, une paroi striée couleur d'ivoire les retenant à l'intérieur. La voix de Yurl se perdit peu à peu, jusqu'à ne plus être qu'un écho.

– C'est déjà fait...

13

Des rêves à tisser

Marrill adorait le goût de la sauce chocolat, mais sa texture rendait la nage sur le dos très difficile.

– Vous savez, monsieur Pingouin, il va falloir manger beaucoup si on veut dégager toute cette entrée, dit-elle.

– Tout à fait, clama M. Pingouin. Tout à fait !

Et Marrill trouva cela parfaitement normal, comme on trouve normal ce qui se passe dans un rêve.

Marrill ferma les yeux et lécha ses lèvres couvertes de chocolat. C'était terriblement facile de se laisser distraire et d'oublier ce qu'on était venu chercher. Quelque chose de très important. Elle passa son esprit en revue. *Ardent*. Oui. Elle devait retrouver Ardent.

– Il faut que je trouve Ardent, énonça-t-elle à voix haute.

M. Pingouin bougonna en projetant un geyser de bulles par le fourreau de sa pipe.

– Attendez voir... Ardent... mmm, oui... un type du genre *magique*, celui-là ?

Marrill se redressa brusquement, piétinant le chocolat avec excitation.

– Oui, c'est bien lui !

D'un bond, M. Pingouin quitta sa chaise longue et pataugea dans la sauce jusqu'à une fenêtre qui était en fait un tableau. Il le décrocha du mur et le présenta à Marrill. C'était une curieuse peinture, même selon les critères des rêves : une petite anémone de mer, équipée d'un monocle et d'un haut-de-forme en équilibre sur ses vrilles, était posée devant un long tunnel qui semblait fait de papier.

– Essayez celui-ci, grommela M. Pingouin. C'est le monsieur que vous cherchez qui l'a déposé, si je ne me trompe.

Marrill le rejoignit à la brasse.

– Merci, dit-elle en savourant un reste de chocolat sur sa langue.

Elle contempla le tableau sans trop savoir quoi en faire. L'anémone déploya ses tentacules en un large éventail de couleurs éclatantes, lui indiquant l'entrée du tunnel de papier, qui s'ouvrit en trois dimensions...

... et Marrill se retrouva sur le balcon d'une haute tour, au-dessus d'une forêt de champignons. De grandes arches gothiques se dessinaient contre les montagnes enneigées en surplomb, et une douce brise lui ébouriffait les cheveux.

Elle se retourna en entendant des verres qui s'entrechoquaient. Là, elle découvrit Ardent, assis à une table sur le balcon. Il y avait devant lui tout un tas de délices étranges : des gobelets remplis de brume, des coupes de bonbons brillants tels des diamants, le jarret braisé d'une chose munie de griffes. D'un côté, une vache aux mains humaines jouait une douce mélodie à la harpe. Et, installée à l'autre bout de la table, élégamment vêtue d'une robe couleur de jade, se tenait la magicienne Annalessa.

Marrill poussa un cri de joie et se précipita pour la serrer dans ses bras.

– Vous l'avez trouvée ! lança-t-elle à Ardent. Elle est ici !

Le rire d'Annalessa était un tintement de clochettes, littéralement.

– Oh, Ardent. Tu ne lui as pas dit que tu venais me voir ? remarqua-t-elle en baissant vers Marrill des yeux pétillants de gaieté. Je ne suis qu'un rêve, ma chérie. Laissé ici il y a très longtemps par ce vieil homme.

Elle désigna le magicien d'un signe de tête.

Ardent rougit. Il leva les mains en signe de culpabilité.

– Je m'excuse de t'avoir faussé compagnie, Marrill. Ce ne devait être que pour un instant, et tu semblais captivée par ce pingouin érudit et son problème de fondue.

Marrill haussa les épaules. Ça lui avait vraiment plu de nager dans de la sauce chocolat.

– C'est quoi ici, alors ? questionna-t-elle.

– Ah, fit Ardent. Oui. C'est un rêve que j'ai fait il y a longtemps. Je ne suis venu à la bibliothèque qu'une fois, mais je leur en ai fait don et l'ai laissé ici. Ce rêve revêtait pour moi une telle signification que je devais le revoir aujourd'hui.

Il désigna la forêt de champignons en contrebas du balcon.

– Tu vois, tout ce qu'il y a ici est le symbole d'autre chose. Les champignons représentent la décrépitude des magiciens de Méres ; la tour est l'hermétisme de mon arrogance ; et, comme tu peux le voir, Annalessa m'a amené ici, au-dessus des premiers et à l'extérieur de la seconde.

Annalessa sourit avec modestie.

La harpiste bovine produisit un accord mélodieux, et Ardent la regarda en portant un doigt à ses lèvres.

– Mais je ne suis pas certain du sens de la vache.

– D'accord, dit Marrill.

L'idée de voir l'intérieur des pensées d'Ardent la mettait plus qu'un peu mal à l'aise.

– Mais on n'était pas venus chercher quelque chose ?

Ardent se leva lentement.

– Effectivement. Le ruban de rêves. Je crains que nous ne soyons obligés de nous adresser directement aux Tisseurs-Coques pour mettre la main dessus. Il nous suffit d'aller trouver Tanéa Sang-Creux et...

– Ardent, attention ! hurla Annalessa.

Marrill sursauta. Des flammes jaunes jaillirent des mains de la magicienne et enflammèrent la vache harpiste.

– Mais qu'est-ce que...

La vache enflammée tituba, debout sur ses pattes postérieures. La lueur du feu se reflétait sur la lame d'un couteau de boucher collé de façon improbable à l'un de ses sabots. Ses yeux rougeoyaient tels des charbons ardents. Avec un beuglement sonore, elle brandit son arme et chargea droit sur eux.

Marrill fit un bond de côté. Le bovin meurtrier lui passa devant en fendant l'air à l'endroit qu'elle venait de quitter. Une seconde plus tard, entraînée par son élan, la créature franchit la balustrade du balcon, suivie par un long *MEEEEEEUUUUuuuuuuuuuuh* jusqu'au sol.

Un mélange de panique et d'adrénaline parcourut les veines de Marrill.

– Et *là*, c'était quoi, le symbole ?

Troublé, Ardent plissa le front.

– Ça n'était jamais arrivé. Et cela ne faisait pas partie de mon rêve.

Il se tourna vers Annalessa, et Marrill décela une vraie peur dans ses yeux.

– Des cauchemars, répliqua la magicienne. Il se peut que toute la bibliothèque soit infectée.

Ardent prit une longue inspiration.

– Cela ne peut signifier qu'une chose, et c'est

que le néant se rapproche, déclara-t-il avec gravité. Il doit être tout près.

– Nous devons trouver ces Tisseurs-Coques pour qu'ils nous donnent le ruban de rêves, lui rappela Marrill. Avant qu'il ne soit trop tard !

Annalessa échangea un regard avec le magicien.

– Les cauchemars, insista-t-elle. Tu dois les chasser.

Il acquiesça puis s'avança d'un pas.

– Veille sur elle, dit-il à son amie tout en esquissant du bout des doigts le contour de son visage, comme s'il craignait de la faire disparaître rien qu'en la touchant. Et veille sur toi.

– Je ne suis qu'un rêve, vieux bêta, répliqua Annalessa en riant.

– Mais tu es *mon* rêve, rétorqua Ardent.

Elle lui sourit. Puis, sans un mot, elle prit une coupe pleine de soupe sur la table et se tourna vers Marrill.

– Par ici, vite, la pressa-t-elle en la lui fourrant dans les mains.

Marrill faillit protester, puis, cherchant un sens à tout cela, comprit que ce n'était pas la bonne façon de faire dans un rêve. Elle examina la coupe.

La soupe était brune, de la couleur d'un sac d'épicerie en papier kraft. Une bulle poussa au centre, puis creva. Une masse de tentacules rétractés surgit à sa place.

– Eurk, parvint à émettre Marrill.

Les tentacules se tendirent alors et déployèrent leurs couleurs vives, tout comme l'anémone serviable du tableau. La soupe tourbillonna, et Marrill eut l'impression de dévaler un long couloir de papier.

Lorsqu'elle leva les yeux, elle se retrouva suspendue tête en bas, telle une chauve-souris au plafond d'une grotte. Le sol au-dessous était un lit de fleurs, mais celles-ci n'avaient rien à voir avec les fleurs que Marrill connaissait déjà. Elles évoquaient plutôt des éventails multicolores, ce qui lui rappela encore les anémones.

– Eh ! D'où est-ce que tu viens ? demanda une voix à proximité.

Elle fit volte-face et découvrit Finn debout à côté d'elle. Ou plutôt, suspendu à côté d'elle. Il était lui aussi tête en bas.

– Finn ! s'écria Marrill en le serrant contre elle. Tu vas bien ?

Il lui rendit son étreinte.

– Ouais, mais cet endroit est très bizarre.

Elle le relâcha et examina la mer d'éventails qui s'étendait en dessous d'eux.

– Tu as une idée d'où nous sommes ?

– Pas la moindre, répondit le garçon en secouant la tête.

Marrill exécuta un pas prudent en écartant les bras pour ne pas perdre l'équilibre. Ce faisant, de petites particules se mirent à danser dans l'air autour de ses mains et à tournoyer doucement. Puis Marrill s'aperçut que l'air n'était plus de l'air, mais de l'eau. Ils étaient complètement submergés, bien que cela ne leur posât aucun problème pour parler ou respirer.

– Où est Ardent ? demanda-t-elle en cherchant un signe du chapeau violet familier.

– Je ne l'ai pas vu depuis qu'on est entrés là-dedans, dit Finn en se grattant la tête. À part si c'était lui qui portait le masque de basilézard tout à l'heure ?

– Peut-être ? répliqua Marrill avec un haussement d'épaules.

Finn avança en traînant des pieds contre le plafond, déclenchant une pluie d'atomes phosphorescents tout autour d'eux.

– Tu as pu localiser le rouleau de ruban de rêves ?

Elle secoua la tête, vaincue.

– Je n'ai même pas encore trouvé les Tisseurs-Coques.

Il se figea.

– Mais je croyais..., commença-t-il en regardant le champ d'éventails qui couvrait le fond de la mer. Ce n'est pas ça, justement ?

– Attends, fit Marrill en clignant des yeux. Les anémones *seraient* les Tisseurs-Coques ? Je croyais que les Tisseurs étaient des gens !

– J'imagine que non, répliqua Finn.

Elle pencha la tête.

– Comment tu as compris ça ?

Il ouvrit la bouche pour répondre, mais rien n'en sortit. Il fronça les sourcils.

– Logique de rêves ? Tu sais, quand il se passe des trucs dans les rêves et que tu sais ce que c'est, même si tu ne peux pas l'expliquer ?

– Comme on a deviné que cette vache était mauvaise tout à l'heure. Enfin, dit-elle en se rembrunissant, là, c'était peut-être évident, à cause du couteau.

Finn la dévisagea avec scepticisme.

– Ouais, bon. D'accord. Sûrement.

– Ça paraissait logique sur le moment.

Elle embrassa d'un geste la mer d'éventails.

– Bon, on n'a qu'à leur expliquer la situation et leur demander leur aide.

Elle ploya les genoux, prête à quitter le plafond pour se rapprocher des petites créatures.

Finn lui saisit le poignet pour l'empêcher de bouger.

– Sauf qu'ils ne te comprendront pas. J'ai essayé, tout à l'heure, et j'ai l'impression qu'ils ne parlent qu'en rêves.

Marrill ferma les yeux et prit une grande inspiration d'eau. Donc, si elle ne pouvait ni expliquer la situation aux Tisseurs-Coques ni leur demander leur aide, comment les convaincre de lui remettre le ruban ?

Elle réfléchit intensément. Marrill avait toujours eu un lien privilégié avec les animaux. Elle les connaissait et elle les aimait, plus que la plupart des *gens*. Il suffisait de percer leur langage, voilà tout, d'aller à eux en respectant leurs conditions.

Elle s'efforça de se rappeler tout ce qu'elle savait sur cet endroit et d'en établir mentalement la liste. La Bibliothèque des Rêves. Collectés de tous les coins du Torrent. Des gens venaient ici, comme

Ardent, pour y faire un dépôt... elle poussa un profond soupir, faisant tournoyer des planctons à peine visibles devant ses yeux.

C'est alors que l'idée s'imposa : le dépôt. Elle avait considéré cela comme une somme qu'on met sur un compte en banque, ou un livre à déposer à la bibliothèque nationale. Mais le terme *dépôt* avait un autre sens. Il pouvait aussi représenter des couches de matières accumulées, tels des sédiments laissés par les eaux ou du calcium laissé par les coraux. Or cet endroit n'était-il pas tout entier un récif de corail ?

– Comment j'ai pu rater ça ? marmonna-t-elle à voix haute.

– Raté quoi ? demanda Finn sans comprendre.

– Ce ne sont pas des anémones, expliqua-t-elle. Ce sont des polypes de corail. Ils construisent le récif à partir des dépôts laissés par les rêves.

Elle rit : elle n'en revenait pas que ce soit aussi évident.

– Yurl nous l'a lui-même expliqué depuis le début.

Finn était toujours perdu.

– Euh, d'accord. Admettons que je te croie sur parole.

Marrill hocha la tête.

– Et si on veut effectuer un dépôt, les Tisseurs-Coques viendront le collecter. Il nous suffit de faire un rêve personnel.

Elle se tut et se tapota le menton du bout des doigts tout en réfléchissant.

– Mais il faut que ce soit un rêve qui convienne aux Tisseurs-Coques. Quelque chose qui permette à ces pauvres petites créatures agitées de se sentir en sécurité malgré les cauchemars qui inondent le monde.

– Les cauchemars ? questionna Finn d'une voix étranglée.

– À cause du néant, expliqua Marrill. Il est très proche, maintenant, et, d'après Ardent, c'est ça qui les provoque.

– Est-ce qu'on est en sûreté, ici ? demanda Finn en regardant autour de lui.

– Ardent est censé détourner les cauchemars, répondit-elle avec fatalisme. Il nous préviendra sûrement si la situation se gâte.

– Mais…

Marrill lui prit la main et la serra.

– Ne t'inquiète pas. Contente-toi de rêver à quelque chose de sûr et de joyeux.

Elle ferma les yeux, sachant exactement à quoi elle voulait rêver.

La somnolence la gagna.

– Je vais revoir ma maman.

14

Celui où tu tombes

Finn contempla les lumières scintillantes des Quais Létemank. Une douce brise traversait la baie, charriant avec elle des parfums et des sons familiers : des pirates qui traitaient leurs affaires sur le port, une bête à beurre en train de rôtir sur le marché, le mugissement des vents en provenance du mont du Nez-qui-saigne. La petite embarcation sur laquelle il se tenait tanguait doucement, le bruit des vagues aussi apaisant qu'une berceuse.

Il poussa un soupir de satisfaction.

Marrill lui avait demandé de rêver à quelque chose de sûr et de joyeux, et sa réminiscence la plus joyeuse et la plus sûre était la nuit où sa mère l'avait amené aux Quais.

Une main familière se posa sur son épaule. Il savait ce qui allait se passer et il essaya de ralentir le cours de son souvenir, pour le savourer. Sa mère allait lui montrer le ciel nocturne et désigner l'étoile la plus brillante au firmament pour lui dire : « Quoi qu'il arrive, tant que cette étoile brillera, tu sauras que quelqu'un la regarde aussi et pense à toi. »

Il retint son souffle et attendit. Mais lorsqu'elle tendit le doigt et qu'il leva la tête, il ne découvrit que le vide. Le ciel présentait une surface épaisse et noire, presque visqueuse.

Aucune étoile ne brillait dans l'obscurité.

Il pivota pour tenter de regarder sa mère dans les yeux, mais elle le retenait solidement, d'une poigne qui lui serrait presque douloureusement l'épaule. Les vagues devenaient plus agitées et se mirent à secouer violemment le bateau.

– Où est mon étoile ? questionna-t-il d'une voix où perçait la panique.

Celle de sa mère lui parvint, froide et dure.

– Ça signifie sûrement que tu as été oublié.

Un roulement de tambour se fit entendre, calqué sur les battements de son cœur. Les percussions ne tardèrent pas à devenir plus sonores, plus puissantes. Plus familières aussi. La peur le prit au ventre.

– Maman...

La femme dans son dos éclata de rire. C'était un son cruel, coupant, corrosif. Il sut alors que celle qui l'immobilisait ainsi n'était pas sa mère. C'était la Crête de la Source.

– Je t'ai dit que je viendrais te chercher, lui souffla-t-elle à l'oreille. Parce que tu nous appartiens.

Finn se débattit, mais il était impossible de s'échapper. De grandes formes noires se soulevaient autour de lui, dans l'obscurité. Le sceau du roi de Sel et de Sable, symbolisé par un dragon sous les vagues, s'embrasa sur la coque des vaisseaux de guerre.

Ils étaient là pour lui et fonçaient sur son embarcation minuscule. Au-dessus de lui, le ciel s'ouvrit, une toile d'araignée d'éclairs rouges craquelant les nuages noirs. En tête de l'armada de la Source, un navire surgit de l'eau, sa coque métallique fendant les flots tel un morceau de verre.

La silhouette qui se dressait à la proue était revêtue de la sinistre armure, mais plus petite, plus mince. Quand elle se rapprocha, elle arracha son masque de fer, et Finn se retrouva face à lui-même.

C'était Vell. Forcément. Revêtu de l'armure du Maître, il commandait son navire. Sauf qu'il avait les cheveux en bataille, comme Finn. Ses joues étaient un peu plus rondes que celles de Vell, et il se tenait de façon moins raide. Le sac de voleur de Finn reposait contre sa hanche.

– Désolé, traînard, lança le garçon en armure, qui ordonna d'augmenter la vitesse.

L'armada – conduite par le vaisseau métallique – fondit sur le petit bateau de Finn, tout près d'être réduit en miettes.

Finn n'eut d'autre choix que de plonger, se rappelant trop tard qu'il ne savait pas nager. L'eau saumâtre l'engloutit. Il eut beau battre des mains et des pieds, il était comme englué et continua de s'enfoncer, les poumons en feu.

Respire, murmura une voix douce à son oreille. Il secoua la tête, transpercé par des éclairs de panique. *Respire*, répéta la voix, plus insistante.

Il n'avait pas de solution. Il lutta de toutes ses forces, mais sa bouche finit par s'ouvrir, et il aspira une grande goulée d'eau. Finn sentit le liquide froid et épais remplir ses poumons. Il attendit la sensation d'étouffement, la toux qui allait le submerger, mais rien ne vint.

Il respirait sous l'eau !

Vole, lui intima la même voix. Cette fois, il ne se le fit pas dire deux fois et actionna ses ailes de toile. Elles s'ouvrirent avec un bruit sec. L'instant d'après, il prenait son essor dans l'eau. Finn se mit à rire, faisant jaillir de sa bouche une multitude de bulles. Il tournoya et cabriola, tourbillonna et plongea.

En un instant, il atteignit le rivage et se hissa hors de l'eau. Il s'attendait à trouver les appontements géants des Quais Létemank au-dessus de lui, et le sable sale à ses pieds. Mais en se relevant, il découvrit qu'il était au milieu d'un jardin luxuriant, entouré par un flot de verdure et de fleurs multicolores. L'air était empreint de toutes les senteurs imaginables, et aussi de certaines impossibles à imaginer.

Finn regarda derrière lui. La baie Létemank avait disparu, mais il percevait toujours le roulement des tambours de la Source, et il sut qu'on le pourchassait toujours. Il n'était pas encore en sécurité.

Un chemin s'ouvrait devant lui. Finn s'y engagea, lentement au début, puis en pressant le pas. Il fila à travers des jardins tortueux et se sentit de plus en plus désorienté, jusqu'au moment où il suivit une courbe et prit conscience qu'il n'était plus seul. Il ralentit alors l'allure et plongea dans un fourré. Une magicienne se tenait assise sur un banc, juste en face, ses robes irisées étendues autour d'elle tels des lambeaux de nuages. Ce n'est que lorsqu'il vit sa principale caractéristique qu'il devina de qui il s'agissait : Tanéa Sang-Creux. L'une des magiciennes de Méres.

Finn se rappelait avoir entendu Ardent mentionner sa barbe magnifique. Il ne pouvait qu'abonder dans son sens.

Elle semblait parler à quelqu'un. Finn se rapprocha pour essayer de voir à qui. Une rafale de vent balaya le jardin et coucha les jeunes plants presque jusqu'au sol. Finn leva un bras alors que les feuilles le bombardaient et qu'il commençait à pleuvoir de grosses gouttes douloureuses.

– Tu ne peux pas revenir dans le temps ! cria Tanéa, sa voix portée par la bourrasque. C'est possible, oui, mais il faudrait une telle puissance pour ouvrir la voie que c'est inenvisageable ! Ça n'a jamais été fait.

Un fracas de tonnerre retentit dans le ciel, et un éclair rouge brilla à travers les paupières closes de Finn. Le ventre du garçon se crispa et son pouls s'accéléra. Il savait ce qu'un éclair rouge signifiait. Il savait avec qui Tanéa s'entretenait.

Finn hurla pour la prévenir, mais il était déjà trop tard. Le Maître du Vaisseau de Fer avançait vers Tanéa, sa barbe blanche battue par les vents, ses iris d'un bleu glacé derrière son masque métallique.

– Attends, non ! Je t'en prie ! supplia Tanéa en levant les mains.

Les doigts de fer inexorables du Maître saisirent sa robe. Tanéa Sang-Creux tourna la tête de côté. Elle aperçut le garçon à l'instant où ses pupilles se muaient en métal terne. Finn cligna des yeux, et il ne resta plus de Tanéa Sang-Creux qu'une statue de fer.

Il se plaqua la main sur sa bouche, mais pas assez vite. Le Maître savait qu'il était là et se retourna lentement pour lui faire face et brandir un poing ganté de métal. Finn trébucha en arrière et recula à quatre pattes afin de mettre le plus de distance possible entre eux.

Il heurta du dos un obstacle. Tournant la tête, il découvrit qu'une fontaine bloquait le passage. À l'instant où il la contournait, il aperçut un reflet bizarre dans l'eau du bassin. Au lieu d'y voir un jardin, des arbres, des buissons et un ciel nuageux, on aurait dit un tunnel aux parois de papier.

– Saute, fit une voix douce derrière lui.

C'était la même voix qui l'avait guidé plus tôt. Mais cette fois, elle ne venait pas de l'intérieur de son crâne. Il fit volte-face. Une femme s'interposait entre lui et le Maître de Fer.

– Bonjour, Finn, dit-elle.

– Annalessa, souffla-t-il. Attendez, vous vous souvenez de moi ?

Elle acquiesça en souriant.

– Bien sûr.

– Vous m'avez sauvé la vie, constata le garçon, soudain grave.

Elle se pencha vers lui et pressa sa joue contre la sienne.

– Veille sur mon magicien, lui glissa-t-elle.

Puis elle poussa son épaule du bout des doigts, le précipitant dans la fontaine. Le tunnel de papier enveloppa Finn et l'emporta une fois encore dans le rêve de quelqu'un d'autre.

15

Essaye de le faire bouger un peu

La plupart des gens ne comprenaient pas le Torrent Pirate, pas comme Coll en tout cas. Il n'y avait peut-être pas d'eau magique qui coulait dans ses veines, mais il avait quelque chose d'assez proche gravé dans sa chair.

Il n'était pas voué depuis sa naissance à la navigation en haut Torrent, loin de là. Il venait d'une lignée de princes et de rois, de fils assumant de grandes responsabilités et promis à de plus grandes destinées encore.

Tout cela était loin à présent. En partie de son fait, mais pas seulement. Maintenant, il travaillait pour Ardent. Ou Ardent travaillait pour lui. Ils sillonnaient le Torrent ensemble depuis si longtemps qu'il leur était difficile de se rappeler exactement quand.

Coll n'avait qu'une certitude : son bateau était son foyer. Son équipage était sa famille. Et sa loyauté envers Ardent était plus pure et plus profonde que la source de Méres.

Voilà pourquoi il se sentait aussi mal à l'aise de devoir attendre sans rien faire alors que le néant ne cessait de se rapprocher. Il arpentait son bateau en jetant régulièrement des regards vers l'horizon. À moins d'un mille de la côte s'achevaient les eaux bleues et fraîches d'Oneira. Elles ne viraient pas au doré ni ne se déversaient dans le Torrent Pirate. Elles disparaissaient purement et simplement. L'eau se précipitait vers ce qui devait être la partie supérieure d'une gigantesque cataracte et sombrait avec un bruit tonitruant dans les ténèbres.

Le néant était déjà là. Coll sentait l'attraction de son courant destructeur tirer sur la coque du *Kraken*.

– Est-ce que je dois lever l'ancre ? demanda Remy.

Elle tortillait nerveusement un nœud de corde entre ses doigts, habitude qu'elle lui avait empruntée.

– Pas encore, répondit-il en secouant la tête.

– Quand alors ? le pressa-t-elle.

– Quand j'en donnerai l'ordre.

Elle prit une expression ombrageuse et croisa les bras en s'appuyant contre l'un des mâts pour attendre.

En d'autres circonstances, Coll aurait pu sourire, sans le lui montrer, bien sûr.

Mais ces circonstances n'avaient rien d'ordinaire. En réalité, il ne se rappelait plus vraiment ce qui était ordinaire. Il poussa un soupir.

– D'accord.

Il se dirigea vers la passerelle, et Remy lui emboîta le pas.

– Eh, le bibliothécaire ! appela-t-il en arrivant sur la rive. Dans combien de temps on récupère nos amis ?

– Il s'appelle Yurl, lui rappela Remy.

Le bibliothécaire s'avança vers le grand arbre de corail et ses rangées de coquillages.

– Bon, voilà le topo, dit-il en tapant sur la coquille, qui devint translucide.

Coll distingua la silhouette osseuse d'Ardent, avec Marrill pelotonnée contre lui et un gamin tapi dans un coin.

– Ohé… regarde ! s'exclama Remy. J'ai retrouvé Plus-Un.

Coll examina la coque plus attentivement. Autour des trois occupants, de petits tubes de papier jaillissaient des murs. Des vrilles de couleurs vives partaient de leur extrémité et se soulevaient paisiblement, évoquant un champ de plumes.

– Par tous les os de Stestor ! aboya Coll. C'est quoi ces machins-là ?

Le bibliothécaire lui assena une claque dans le dos.

– Ce sont les Tisseurs-Coques, mon brave. Vos copains, là, ils communient avec eux. Et permettez-moi de vous dire que c'est une bonne chose parce que cette chute d'eau, dehors, ça n'a pas l'air terrible pour ce bon vieux banc de coquillages d'Oneira. En tout cas, poursuivit-il, on n'ouvre pas la ventouse tant que leur petite affaire n'est pas terminée. Vous pouvez toujours essayer, ça ne marchera pas.

Il tapota des doigts la surface de la cabine, et elle redevint opaque. Coll remarqua que la paroi terne avait pris un aspect luisant d'ivoire poli.

– Combien de temps ça va prendre ? demanda Remy.

Yurl frotta son menton curieusement lisse.

– Eh bien, voyons, je ne suis pas mathémagicien, mais je dirais… vu le taux des imaginofiltres… et à en juger par l'avancée de l'ombre… par le carré de l'hypoténuse…

Il compta rapidement sur ses doigts.

– Je dirais un tout petit peu plus longtemps que ce qu'il nous reste à vivre.

Coll frappa le sol.

– À quoi vous servez ?

– Qui a dit que je servais à quelque chose ?

Remy jeta un regard noir en direction de Coll.

– Bon, il y a forcément un moyen de sortir Marrill, Ardent et Plus-Un de ce coquillage avant qu'on soit tous engloutis par le néant. On pourrait peut-être presser les Tisseurs-Coques…

– Non, assura Yurl.

– Ou ralentir le néant ? proposa Remy.

– Si c'était possible, on ne serait pas dans ce pétrin, intervint Coll en croisant les bras.

Remy leva les mains en l'air.

– Mais il doit bien y avoir un moyen !

Ensemble, ils examinèrent la prison scellée dans laquelle étaient enfermés leurs amis.

Coll l'étudia avec attention et suivit les contours du coquillage qui s'enfonçait dans le mur. Il fut frappé de constater que la coquille formait une petite unité séparée des autres. Ses parois épousaient la courbe du mur de la bibliothèque mais n'étaient pas tant reliées à lui que collées. Fixées, pensa-t-il, comme une bernacle à une coque de bateau.

Et, Coll le savait par expérience, on arrivait à décoller les bernacles. Enfin, la plupart d'entre elles en tout cas.

– On emporte l'ensemble, annonça-t-il.

Au même instant, le premier souffle d'air en provenance de la monstrueuse cataracte les atteignit et souleva les cheveux de Remy. Coll regarda le vide qui se rapprochait encore derrière la baby-sitter.

Son ventre se serra à la pensée qu'elle était si près de sombrer dans l'oubli.

– Remy, tu prends le commandement du *Kraken*. Demande à Os-de-Corde de nous envoyer des filins pour essayer de dégager la coquille.

Il se détendit en la voyant hocher la tête et retourner en courant au bateau.

– Comment je peux aider ? s'enquit une toute jeune fille qui rôdait à côté.

Coll jeta un coup d'œil alentour, se demandant d'où elle sortait. Puis une nouvelle rafale lui rappela qu'ils n'avaient pas beaucoup de temps.

– Tiens, répondit-il à la nouvelle venue en lui donnant un couteau avant de s'attaquer à la base du coquillage. Il faut qu'on fasse une encoche pour la corde.

– C'est vraiment super de votre part, commenta Yurl en les regardant travailler. C'est sympa de vous voir tous œuvrer ensemble, comme une équipe et tout ça. En plus, les Tisseurs-Coques vont sûrement apprécier que vous sauviez certains d'entre eux, vous savez. Enfin, ils ne vont pas *apprécier* à proprement parler parce qu'ils ne fonctionnent pas vraiment comme ça, mais vous me comprenez.

Coll ne prêta pas attention au bibliothécaire. Il abattit son couteau de toutes ses forces, créa une entaille et tira sur les bords du coquillage pour le desceller. Il tentait de ne pas penser au néant. À ce qui allait arriver s'ils ne parvenaient pas à dégager ce coquillage à temps.

Il préféra se concentrer sur le courant qui agitait l'eau à ses pieds afin d'évaluer son attraction sur le *Kraken*. Il écouta le vent fouetter le gréement et calcula la poussée que cela leur donnerait dès qu'ils auraient déployé les voiles.

Il prit tout en compte – le poids de la cargaison, l'absence ou la présence du pont promenade, l'inclinaison des soleils et les courants propres au récif – pour déterminer avec précision le temps qui leur restait avant que toute fuite devienne impossible.

Le résultat n'était pas bon.

– Parée à recevoir ! cria Remy alors que les filins jaillissaient du *Kraken*.

Coll en saisit un et le passa dans l'encoche qu'il avait ménagée. Une fille attrapa l'autre et le fixa de même.

– Tire Os-de-Corde ! commanda Coll.

Toujours à l'amarre, le *Kraken* se mit à rouler alors que les filins se tendaient. Le coquillage branla, mais resta en place.

La fille tourna vers Coll un regard suppliant.

– Vous ne pouvez pas rapprocher le bateau ?

S'il avait été seul à courir le risque, il n'aurait pas hésité une seconde. Mais il portait la responsabilité du reste de l'équipage : Remy, les pirat's, Os-de-Corde et même le Rabat-joie. Il se refusait à les exposer davantage au danger.

Le récif vibra sous eux alors que des fissures et des crevasses lézardaient soudain le banc. Le néant arrivait juste derrière l'endroit où émergeait de l'eau. À cet instant, tout un pan de corail se détacha et disparut dans la cataracte sous les yeux de Coll.

Ils n'avaient plus de temps. Il remarqua une fille qui faisait tout pour l'aider à dégager la coquille, et il eut un sursaut.

– Va-t'en ! cria-t-il pour se faire entendre par-dessus le chaos. Va au bateau, te mettre à l'abri.

– Et vous, vous partez ?

Il leva les yeux vers le *Kraken* et vit Remy sur le gaillard d'arrière, les mains accrochées à la barre, les jambes solides et bien écartées, comme il le lui avait appris. Ses cheveux lui fouettaient le visage, ce qui rendait son expression concentrée plus farouche encore que d'habitude. Elle cria une série d'ordres, et, bien qu'il ne pût les entendre, Coll vit le navire réagir aussitôt.

Il sourit. Elle faisait un bon capitaine.

Et elle ne supporterait pas qu'il arrive quelque chose à Marrill.

Coll redoubla d'efforts, attaquant le corail autour du coquillage sans se préoccuper des aspérités qui lui blessaient les doigts. Une nouvelle partie du récif céda et ébranla tout le reste. Coll sentit le sol glisser sous ses pieds, comme aspiré par le précipice béant.

La bibliothèque tout entière s'inclina, et le grand arbre de corail s'écarta, ce qui ouvrit une voie jusqu'au *Kraken*. Coll vit avec épouvante Remy faire virer le navire dans leur direction et naviguer droit sur eux. Droit sur le vide.

Elle allait se faire tuer, et il n'y pouvait absolument rien.

De plus en plus de filins jaillissaient du navire pour enserrer le coquillage qui renfermait Ardent et Marrill. Il était presque dégagé, mais une partie, en dessous, refusait encore de céder.

Une fille surgit alors de nulle part et bondit sur la coque. Elle se mit à sauter dessus afin de faire levier avec le poids de son corps. Un gémissement puissant, semblable au râle d'un géant sur son lit de mort se fit entendre. Derrière eux, le néant béait et ne cessait d'engloutir davantage de corail.

– Quelle triste journée, se lamenta Yurl. Tous ces rêves, toute cette histoire, perdus à jamais ! Mais en fait, qu'est-ce que j'en sais ? Je ne suis qu'un simple amalgame de pensées et d'idées éparses réunies en un semblant de personne. Il y a peut-être une raison si les rêves sont oubliés. Et maintenant que vous avez quelques Tisseurs avec vous, peut-être reconstruirez-vous un jour un nouveau banc ?

Le récif s'effondra sous le bibliothécaire. Le grand arbre de corail frémit, vacilla puis s'affaissa.

– C'est parti, mes nouveaux amis ! s'écria Yurl. La Bibliothèque des Rêves succombe. Elle est tombée, elle est tombée, la grande bibliothèque !

Alors que le grand arbre basculait sous eux, Coll frappa la coquille de toutes ses forces. La fille sautait tant qu'elle pouvait en ahanant. Et, à l'instant où le récif allait les entraîner dans le vide, le coquillage se détacha brusquement.

Il fut tiré jusqu'au *Kraken* et atterrit sur le pont avec un bruit mat. Brusquement libéré de tout ancrage, le navire s'agita, et l'eau dorée passa par-dessus le bastingage. Remy tourna la barre d'une main ferme.

Alors qu'il se tenait sur le dernier fragment de corail avant la cataracte, Coll ressentit l'attraction formidable du néant. Il était maintenant assez proche pour effleurer le vide du bout des doigts.

Il se demanda un instant ce que cela ferait. D'en finir avec cette interminable succession de jours.

D'en finir avec sa malédiction. D'en finir avec ses souvenirs.

Mais alors, il sentit une corde taper contre sa main et s'y accrocha. À la seconde où il décollait, il aperçut une fille près de lui, sur le point d'être aspirée dans le vide. Il l'attrapa par le bras et, ensemble, ils s'envolèrent vers le *Kraken*.

Ils atterrirent sur le gaillard d'arrière, au milieu d'un véritable chaos. L'eau du Torrent Pirate dégoulinait du bastingage par tribord, et une petite troupe de pirat's se servait de couvercles à bocaux comme bouclier pour repousser une bande de fourchettes dotées de crocs. Juste à côté, un trio de tabourets dansait une ronde tout en chantant faux des comptines. Au milieu d'eux, le chat de Marrill faisait le gros dos, son poil dégouttant d'eau du Torrent, et il lança :

À l'homme de fer, je lègue son souhait
et le savoir que les marées du Torrent
sont patientes et régulières.

Coll jeta un coup d'œil vers Remy. Elle était accrochée à la barre et ne prêtait aucune attention au reste, entièrement appliquée à éloigner le *Kraken* du néant. Sa réactivité et son audace leur avaient sauvé la vie, et Coll ne savait pas quoi dire. Il se contenta donc de désigner le capharnaüm soulevé par le Torrent :

– C’est pour ça qu’on ne laisse jamais rien traîner sur le pont.

Elle sourit et lui donna une petite tape sur l’épaule.

– De rien.

16
Un ruban et de l'encre

Des larmes coulaient des yeux de Marrill. Elle ne savait si c'était de joie ou de tristesse. Peut-être les deux. Elle tenait la main de sa mère au bord de la falaise du haut de laquelle elles avaient sauté, des années auparavant, de cette cascade tropicale qui se déversait dans un plan d'eau bleue et cristalline. Au fond du bassin, les Tisseurs-Coques déployaient leurs vrilles multicolores, dont la bioluminescence luisait dans la pénombre.

– Tu vois ? dit sa mère. Tu n'es pas contente d'avoir sauté ?

Marrill fit oui de la tête. Ça avait été une journée de folie. Elle avait commencé en sautant à nouveau de la falaise, mais quand ses pieds avaient touché l'eau, elle s'était retrouvée dans le Torrent Pirate. Sauf qu'avec sa mère, l'eau ne présentait plus de danger.

Elle avait d'abord senti l'angoisse palpiter tout autour d'elle, le tourbillon de peur nébuleux qui envahissait les Tisseurs-Coques menaçant en permanence de se répandre pour transformer le rêve en cauchemar. Mais tant que sa mère était là, tout se passait bien. Elles avaient traversé la Jacasseraie en se balançant d'une liane à l'autre, à la façon de Tarzan, s'étaient mises mutuellement au défi de gravir les hauteurs de Monerva, avaient joué en double au Jeu de Margaham.

Enfin, Marrill pouvait partager avec sa mère tous les prodiges du Torrent Pirate. Et, avec elle, elle se sentait en sécurité. Comme dans la vraie vie, quand sa mère était là pour l'aider à surmonter ses peurs. Sa mère savait toujours quoi faire. Même quand Marrill avait bien conscience que ce n'était pas le cas, elle y arrivait quand même.

Lentement, alors que la journée s'écoulait, l'angoisse se dissipa. La peur céda la place à l'amusement, l'inquiétude vira à l'enchantement. Et maintenant, le monde entier semblait bourdonner d'une satisfaction paisible.

Cependant, le chagrin était bien là, très enfoui. Marrill agrippa les doigts de sa mère et fit de son mieux pour faire semblant qu'il n'existait pas. Elle aurait voulu que cette journée ne s'arrête jamais. Elle avait conscience que, quoi qu'elle fasse, ce n'était qu'un rêve. Quand elle se réveillerait, elle serait sur le Torrent Pirate et affronterait le Soleil perdu de Dzannin. Et sa mère serait dans un lit, à Boston, attendant que des médecins en blouse blanche lui donnent des nouvelles.

Elle plongea son regard dans celui de sa mère et renifla.

– Maman, j'ai pas envie que tu partes.

Sa mère lui caressa les cheveux.

– Oh, mon lapin, dit-elle. Je ne suis pas encore partie. Profite simplement de cet instant. Même si c'est un rêve. Parce que ici, les rêves peuvent durer éternellement.

Marrill se lova contre elle, nichée entre ses bras protecteurs. Elle sourit en regardant les murs de corne et d'ivoire se constituer en rubans qui les enveloppèrent toutes les deux.

Un instant plus tard, ses paupières s'ouvrirent brusquement. Pour de vrai, cette fois, et pas dans son rêve. La coque s'assécha autour d'elle, puis se craquela et tomba en poussière. Marrill se retrouva instantanément allongée aux côtés d'Ardent et de Finn sur le pont du *Hardi Kraken*, comme si elle ne l'avait jamais quitté.

– Ohmercimondieu ! s'écria Remy en serrant à les étouffer Marrill et Finn dans ses bras. On l'a vraiment échappé belle.

La baby-sitter se releva.

– Hissez les voiles ! lança-t-elle, et le bateau s'anima.

Dès que le vent eut gonflé la toile et que le *Kraken* eut pris de la vitesse, Marrill regarda autour d'elle. À ses pieds, les rouleaux de papier qui avaient constitué les tunnels des Tisseurs-Coques gisaient, déroulés sur le pont et rassemblés en un seul ruban très long.

Le ruban de rêves ! comprit-elle. Le matériau dont était constituée la Carte des mille mondes ! Ils l'avaient trouvé !

Elle chercha une trace des Tisseurs eux-mêmes, mais n'en trouva aucune. Ils avaient disparu. Elle prit alors conscience qu'elle tenait quelque chose dans sa main.

C'était un coquillage blanc. Une belle demi-lune arrondie comme une palourde, avec des stries d'ivoire et des creux d'un blanc jaunâtre.

Marrill serra le coquillage contre elle tout en se laissant entraîner dans l'étreinte générale. Elle percevait à l'intérieur la chaleur des Tisseurs, à l'abri pour hiberner. En attendant de pouvoir reconstruire une nouvelle bibliothèque, très loin, dans un lieu sûr.

*

* *

Plus tard ce soir-là, installée à la table qu'Ardent avait sortie sur le pont, ainsi qu'il aimait le faire par beau temps, Marrill tenait précautionneusement le ruban de rêves entre ses mains. Karny ronronnait avec bonheur sur ses genoux. Le magicien pontifiait d'une voix de stentor sur l'origine et la nature des rêves, mais elle écoutait à peine. La toile vierge de l'étoffe semblait lui suggérer des possibilités infinies.

– ... et quand on considère que personne n'avait encore fait ces rêves ! expliquait Ardent à une Remy qui s'ennuyait visiblement ferme. Je ne pouvais même pas entrevoir comment il était possible de tricoter des rêves encore à l'état de gestation. Ah, les miracles du Dzane.

– C'est dingue, ce truc, chuchota Finn à l'oreille de Marrill. Ces rêves bruts et tout ça.

Elle hocha la tête.

– J'ai bien envie de dessiner dessus.

Finn regarda d'un côté, puis de l'autre.

– C'est ce que j'ai pensé, glissa-t-il en tirant de la poche de son manteau un paquet de crayons. J'en ai chopé quelques-uns. Enfin, se hâta-t-il de corriger après une petite toux, je les ai chopés *pour* toi. J'ai pensé que tu risquais d'en manquer à un moment où tu en aurais vraiment besoin.

Les yeux de Marrill se mirent à briller lorsqu'elle prit les crayons.

– Tu es génial, assura-t-elle, et elle le pensait vraiment.

Elle en tira un et pressa la mine contre la surface vierge.

– Qu'est-ce que je pourrais dessiner ?

Finn fit une grimace de concentration.

– Pourquoi pas... moi en train de ficher un coup de pied en pleine figure du Soleil perdu ? proposa-t-il en prenant une pose de guerrier sanguinaire.

Marrill ne put s'empêcher de rire.

– Pourquoi pas... un dragon ? dit-elle.

Et elle esquissa rapidement une bête à l'air méchant, avec une tête trop grosse pour son corps, une gueule remplie de crocs démesurés et une queue épaisse enroulée autour d'un des mâts du *Kraken*.

À peine eut-elle mis la dernière touche à son dessin que l'image se mit à bouger sur la page et à cracher du feu. Des jets de flamme éclairèrent la nuit autour d'elle et jaillirent vers la table. Marrill poussa une exclamation, lâcha le ruban et fit un bond en arrière. Karny sauta de ses genoux et grimpa au mât le plus proche malgré les protestations des pirat's.

– Par les quatorze soleils, s'écria Ardent en levant les yeux. Marrill, qu'est-ce que...

Avant qu'il puisse finir sa phrase, un énorme pied couvert d'écailles et doté de griffes gigantesques s'abattit près des marches toutes proches. Marrill resta bouche bée en voyant son dragon descendre du gaillard d'avant. Il secouait de façon comique sa tête géante, donnait des coups de dents dans le vide et fouettait l'air de sa queue, bloquant le passage à la jeune fille.

Celle-ci examina son dessin. L'image du parchemin suivait exactement ce qui se produisait sur le bateau !

– Par le Dzane, un wyrm hypercéphale ! s'exclama Ardent.

– Un dragon ! hurla Remy en se précipitant vers l'écoutille principale.

Marrill roula de côté tandis qu'un autre jet de feu lui passait au-dessus de la tête.

– N'ayez crainte ! assura Ardent en se dressant devant la créature furieuse. Cet animal ne sera pas le premier que je pourfendrai. Arrière, lézard !

Des éclairs bleu vif crépitèrent au bout de ses doigts et fusèrent vers le museau démesuré du dragon.

L'attaque traversa le monstre, sortit par son dos et fracassa la cloison voisine de Marrill.

– Ardent, faites attention ! s'écria la jeune fille.

Le vieil homme regarda le dragon, puis ses mains, puis de nouveau le dragon.

– Je dois dire que cette créature est une première pour moi, avoua-t-il.

C'est alors que la gueule du dragon se referma sur lui et l'avala tout entier. Le hurlement de Marrill se mêla à cinq autres, qui retentirent dans la nuit.

La jeune fille se mit à genoux. Il y avait quelque chose d'anormal dans ces cris. En fait, Ardent criait toujours, bien qu'il eût été dévoré. Elle chercha l'endroit où s'était tenu son ami… Et où il se tenait toujours.

– AAAAAAAaaaaah… oh. Oh, je vois, marmonna Ardent. Eh bien, c'est tout à fait clair, n'est-ce pas ?

Le dragon grogna et gronda. Il se tourna sur le pont étroit, et sa queue passa à travers la rambarde.

Il n'existait pas vraiment.

– Finn, souffla Marrill en désignant le ruban de rêves déroulé d'où était sortie la créature. Efface le dessin !

Il la regarda comme si elle était folle.

– Ce dragon est une illusion ! dit-elle en lui lançant son crayon.

– Ooooooh, répliqua-t-il.

Mais il continua un instant de feinter et d'esquiver dès que le dragon faisait mine de l'attaquer, avant de s'emparer enfin du long parchemin qu'il frotta vigoureusement avec la gomme au bout du crayon. Le dragon émit une plainte sonore dans la nuit et s'effaça un peu plus à chaque coup de gomme.

Marrill poussa un soupir de soulagement en voyant la bête disparaître. C'était bien la dernière fois qu'*elle* dessinait sur le ruban de rêves, aucun doute.

– Voilà qui était excitant, commenta Coll, pince-sans-rire.

Il se dirigea vers la table, et Remy le suivit prudemment.

– N'est-ce pas ? renchérit Ardent tout en applaudissant. Ce n'est que la deuxième fois que je me fais avaler tout rond !

Puis il s'aperçut manifestement de ce qu'il venait de dire et se mordit la lèvre.

– Je préfère ne pas parler de la première fois, si ça ne vous fait rien.

Tout le monde s'empressa d'assurer que ça ne posait aucun problème.

Marrill prit délicatement le ruban à Finn. Le parchemin paraissait à présent tellement inoffensif.

Et pourtant, elle percevait encore le champ du possible qui en émanait. Une part d'elle-même la démangeait de dessiner à nouveau dessus.

– Pardon, s'excusa-t-elle à l'adresse de tous.

Ardent secoua la tête.

– Certes, ce n'était pas forcément prévisible. Mais nous devrions éviter de dessiner sur le ruban de rêves, du moins tant que nous ne sommes pas prêts à en faire notre nouvelle Carte, dit-il en lui prenant le parchemin pour le rouler avec soin. Heureusement que tu n'as pas utilisé l'encre dont nous aurons besoin. J'imagine que si cela avait été le cas, ton petit dessin aurait eu... plus de substance.

Remy, l'air hésitant, regarda par-dessus l'épaule de Coll.

– Ce qui nous amène à la question de savoir où nous devons aller. On erre au hasard depuis déjà un moment...

– Oui, certainement, admit Ardent.

Il leva la Carte. Le trou au milieu s'était substantiellement élargi. Il n'était pas plus gros qu'une pièce de cinquante centimes quand ils avaient fait escale dans les récifs d'Oneira. Il atteignait maintenant la taille d'un dollar en argent, et ce n'était pas fini.

– Quelle portion du Torrent a disparu ? chuchota Marrill. Quelle surface couvre ce trou ?

Ardent la regarda tristement.

– Ça peut sembler petit, et dans un sens, ce n'est pas faux dans la mesure où le Torrent est infini.

Mais cela représente tout de même un territoire considérable. De nombreux mondes ont déjà disparu. Maintenant, voilà Méres, poursuivit-il pour essayer de les ramener à leur sujet. Là où le Soleil perdu projette d'injecter son pouvoir dans la source du Torrent.

Il désigna un point à mi-chemin entre le contour du néant et la Bordure, ligne noire qui délimitait la Carte afin d'empêcher que ses mondes infinis se répandent à l'extérieur du parchemin. Marrill remarqua que le trou s'étendait de façon inégale, en forme de goutte dont la pointe se dirigeait vers l'endroit que venait de montrer Ardent.

– Le Soleil perdu avance plus rapidement que prévu. À ce rythme, il arrivera sans doute à Méres dans deux jours. Peut-être avant.

Cette pensée glaça Marrill.

– Alors on ferait mieux d'y aller vite fait, non ?

– Absolument, répliqua Ardent en hochant la tête. Heureusement, nous n'avons plus besoin que d'un seul ingrédient. L'encre vivante, capable de dessiner tout ce qui a été ou sera.

Marrill soupira. Elle savait de quoi il parlait. Elle scruta le gréement et finit par repérer son chat, en train de descendre maladroitement le mât de misaine. Elle détestait devoir lui faire subir encore cette épreuve, mais il n'y avait pas d'autre solution. Ils n'avaient plus qu'à espérer que le magicien de l'Aube avait aussi légué de l'encre vivante dans son testament.

– Je vais chercher le pistolet à eau, dit-elle.

Mais Ardent agita la main pour l'arrêter.

– Ce n'est pas la peine, dit-il. Nous savons précisément où trouver cette encre.

– Mais c'est génial ! s'écria Marrill, soudain revigorée. Où ça ?

Au lieu de répondre, Ardent regarda Coll.

Le capitaine porta instinctivement la main au bout de corde tatoué sur sa peau, lequel s'enroulait pour le moment autour de son avant-bras.

– Chez moi, répondit Coll d'une voix blanche.

Marrill échangea un regard perplexe avec Finn et Remy.

– Et c'est… une mauvaise chose ? devina-t-elle.

Coll hocha la tête, mais se garda de développer. Alors qu'Ardent gardait les yeux rivés sur son ami, Marrill y décela l'expression d'un profond regret, mais sans comprendre pourquoi.

– C'est le seul endroit possible, tu sais, assura le magicien. On ne trouvera l'encre nulle part ailleurs.

– Je sais, dit Coll.

Ardent lui mit la main sur l'épaule.

– On doit y aller, Coll.

Le marin acquiesça de nouveau, et une étrange tension se fit sentir entre eux.

– J'ai dit que je savais.

– Je ne te le demanderais pas…

– Mais c'est ce que tu fais.

Le magicien considéra le capitaine pendant un long moment.

– Oui, mon ami, en effet, concéda-t-il avec un raclement de gorge. Mets le cap sur le Nœud de la Corde enroulée.

Coll se redressa et tira sur sa chemise. Il fit un petit signe de tête puis se détourna et gravit sans un mot les marches de la dunette.

Ce fut Remy qui rompit enfin le silence :

– Bon. Quelqu'un pourrait m'expliquer pourquoi le fait que Coll rentre chez lui est une telle *affaire* ?

Ardent ramassa le ruban de rêves roulé et le resserra encore. Il l'examina un instant. Son regard semblait vide, perdu.

– Ce n'est pas à moi de le raconter.

17

La pénombre et l'éclat

Tard le lendemain matin, Finn se tenait sur le gaillard d'arrière et contemplait avec inquiétude le Torrent qui se refermait sur eux, l'étendue infinie de l'eau une fois de plus réduite à la taille d'une rivière. Une multitude de voiles piquetaient l'horizon. La plupart appartenaient à des bateaux civils qui fuyaient l'approche du néant. Mais d'autres surmontaient des vaisseaux de guerre à la forme familière. Et ces navires-là se dirigeaient droit sur le *Kraken*.

– C'est la Source, murmura Fiz d'un ton pressant ; ils nous ont retrouvés. On ne va pas pouvoir les éviter !

Elle avait raison, Finn le savait. Des vaisseaux de la Source arrivaient de part et d'autre pour leur couper la route pendant que d'autres tiraient de longs bords afin de les encercler. Le *Kraken* n'allait pas tarder à être immobilisé, sans retraite ni fuite en avant possibles, à moins de pouvoir briser le blocus qui se formait rapidement.

Finn jeta un regard vers Coll et essaya d'évaluer son expression. Le capitaine, mâchoire serrée, affichait un air farouche, mais Finn n'aurait su déterminer si c'était l'approche imminente de la Source qui l'inquiétait, ou celle de leur destination.

Ardent se tenait juste à côté du capitaine, penché en avant, une lueur dure dans le regard. Seuls les sursauts de sa barbe et la façon dont son chapeau dansait comme une manche à air tempéraient la sévérité de son visage.

– Tu es sûr que c'est ce que tu veux faire ? demanda Coll.

– Aussi sûr que du fait que tu ne le veux pas, répondit Ardent.

– Tu te rends compte de ce que tu attends de moi ?

– Je ne te le demande pas à la légère, assura Ardent. Je ne sous-estime pas ton rôle. Mais tu dois avoir confiance. Je ne t'ai pas abandonné la dernière fois que nous sommes venus ici, et je n'ai pas l'intention de le faire maintenant.

Le marin se tourna vers Remy, qui attendait en se mordillant les lèvres. Coll lui avait dit clairement que s'ils devaient aller là-bas, il tenait à ce qu'elle reste près de lui tout le temps, prête à prendre la barre dès qu'il le lui demanderait.

À en juger par le nombre de bateaux qui affluaient vers eux, Finn n'était pas certain que ce soit le bon moment pour donner un cours de navigation. Mais l'instant n'était pas mieux choisi pour se disputer.

Coll était le capitaine, et, en l'occurrence, il était leur seul espoir de déjouer les plans de la Source.

– Ils sont trop près, hoqueta Remy. On ne va pas y arriver !

Coll émit un grognement.

– Calme-toi, enseigne, conseilla-t-il.

Puis il tendit la main, désignant de l'index et de l'auriculaire les navires les plus proches qui les encadraient, et poursuivit :

– Ces deux-là sont les seuls à avoir éventuellement une chance de nous toucher. Regarde bien.

Il fit tourner la barre légèrement vers la gauche, et la proue du navire partit à droite. À tribord, le vaisseau de guerre vira dans le but de pousser le *Kraken* vers son partenaire. Le vaisseau à bâbord, lui, empanna afin de se trouver sur leur trajectoire et les intercepter dès qu'ils dévieraient.

Mais Coll maintint son cap. Le navire à tribord borda encore ses voiles et se rapprocha brusquement. Finn ne put s'empêcher de remarquer le bélier blindé à sa proue. L'engin était parfaitement positionné pour défoncer un bateau ennemi. Le garçon vit la Source se préparer au combat.

– Ils vont nous rentrer dedans ! cria-t-il.

Près de lui, Fiz s'affolait.

– Ils ne vont pas hésiter ! renchérit-elle. Je les ai déjà vus faire. Ils sont sans pitié. Ils vont nous réduire en miettes et prendre le globe pendant qu'on coule.

Coll leva la main.

– Du calme…

Le vaisseau de la Source fonçait sur eux, paré à la collision. Bientôt, le *Kraken* prendrait l'eau et les grappins ennemis voleraient. À bâbord, l'autre vaisseau de la Source avait compris ce qui allait se passer et avait fait demi-tour, délaissant l'embuscade pour rejoindre le combat. Lui aussi n'allait pas tarder à les atteindre.

Remy agrippa le bras de Coll tandis qu'il s'emparait de la barre. Finn entendit le capitaine chuchoter :

– Comme je t'ai dit. Eeeeeet… maintenant !

Il mit toutes ses forces à faire tourner le gouvernail. Le *Kraken* vira brutalement et dérapa si fort qu'il glissa sur le flanc et fendit l'eau en suivant une courbe. Le vaisseau de la Source leur passa juste derrière, et les soldats impuissants se ruèrent de la proue à bâbord puis à la poupe du navire en les suivant des yeux.

– Et maintenant ! répéta Coll.

Remy plongea en avant, saisit la barre et la fit tourner à son tour de toutes ses forces dans l'autre sens. Le *Kraken*, toujours en plein élan, se redressa pour verser sur l'autre bord, et contourna soigneusement le second vaisseau de la Source.

Marrill applaudit, et Finn lança un cri de victoire. Fiz laissa échapper un soupir de soulagement. Sur le pont, le Rabat-joie leur tournait le dos afin qu'on ne vît pas ses mains, mais Finn ne doutait pas qu'il adressait des gestes furieux aux navires ennemis.

– Voilà comment on pilote un bateau, lança Coll avec un petit sourire tout en faisant entrer avec aisance le navire dans le cours d'eau de plus en plus étroit.

Fiz dévisagea Finn, les yeux écarquillés par l'étonnement.

– Je n'arrive pas à croire qu'on ait réussi, souffla-t-elle.

– Coll est le meilleur, répliqua-t-il avec un mouvement dédaigneux.

– On a battu la Source. Pour la troisième fois ! insista-t-elle en le regardant comme s'il venait de perdre son nez. La Source est invincible !

Finn commençait à lui objecter que ce n'était de toute évidence pas le cas quand elle le fit taire d'un geste de la main.

– Tu ne comprends pas. J'ai vu la Source prendre des mondes entiers. Des endroits très éloignés, juste *pour s'entraîner*. Ils sont efficaces et impitoyables. Je ne les ai jamais vus perdre un combat avant de s'attaquer à vous. Pas une seule fois. Et c'est ce qu'ils nous racontent, dans les enclos...

Elle laissa sa phrase en suspens.

– Les enclos ? répéta Finn en haussant un sourcil.

Fiz détourna les yeux.

– Ah oui, c'est juste... tu sais, là où ils gardent les enfants du Vague. Et les rebelles. Et ceux qu'on doit protéger, comme toi...

Elle se plaqua la main sur la bouche.

Finn se rapprocha d'elle. Sa voix ne fut plus qu'un chuchotement aigu :

– Qu'est-ce que ça signifie, *comme moi* ?

– Rien, assura-t-elle d'une petite voix. C'est juste, comme je te l'ai dit, que la Source et le Vague sont liés. Quand un Vague meurt, sa Source retrouve toutes ses faiblesses, expliqua-t-elle avec un frisson. C'est la pire chose qu'on puisse imaginer. Affaiblir sa Source... c'est l'échec suprême.

Finn poussa un soupir. Il ne pouvait déterminer ce qu'il y avait de plus affreux : n'être personne ou être encore moins que ça, l'incarnation vivante de l'échec.

– Alors ils nous enferment dans des enclos ?

– Ouais, certains d'entre nous, répondit-elle avec fatalisme. Comme je l'ai dit, les plus jeunes, qui doivent être formés ; ceux qui ont désobéi, et ceux dont la Source est importante et doit être protégée. Ce n'est pas très agréable, mais... c'est tout ce qu'on mérite pour être ce qu'on est. Faibles.

Finn secoua la tête, certain qu'il devait mal comprendre.

– Tu rigoles ? On ne mérite pas ça. Personne ne devrait être enfermé dans un enclos !

– Mais...

– Il n'y a pas de *mais* ! Ils traitent les gens comme du bétail. C'est pas étonnant que ma mère m'ait emmené ailleurs...

Soudain, tout s'expliquait. *Sa mère l'avait emmené pour qu'il échappe à l'enclos*. Pour qu'il soit libre. Pour qu'il puisse vivre sa vie. Toute la souffrance qu'il avait ressentie pendant toutes ces années lui apparut alors comme un simple jeu, bête et puéril. Sa mère avait bravé la Source pour qu'il soit libre, pour qu'il ne finisse pas comme Fiz, persuadé de mériter qu'on le traite comme un prisonnier.

– Tu sais quoi ? reprit-il. Tu n'arrêtes pas de répéter que nous sommes la partie mauvaise. Mais j'ai rencontré Vell, et je commence à croire que toi et moi, on n'a pas la même définition de ce que veut dire « mauvais ».

Il bomba fièrement le torse.

– Donc, si ça ne te dérange pas, je ne crois pas que je serais à ma place dans un enclos. Et je ne crois pas que tu le sois non plus. Et, franchement, vu nos dernières expériences, il semble que si la Source n'avait jamais été vaincue, c'est parce qu'elle n'avait jamais croisé la route de l'équipage du *Hardi Kraken*. Marrill, j'ai pas raison ?

Il leva la main. Marrill, qui était penchée par-dessus le plat-bord, se retourna et leva la sienne pour la claquer contre celle de son ami.

– Raison pour quoi ? demanda-t-elle alors que son regard tombait sur Fiz, accentuant encore sa confusion.

Au lieu de lui expliquer qui était Fiz pour la centième fois de la matinée, Finn préféra détourner son attention pendant que Fiz partait de l'autre côté du bateau.

– Tiens-toi bien. On dirait que ça va secouer.

Devant eux, le courant s'intensifiait dans le couloir formé par les deux rives de roche déchiquetée, si hautes que leurs sommets se perdaient dans les nuages. Le *Kraken* s'engouffra entre elles, emporté par le flot impétueux. Les parois écrasantes se refermèrent au-dessus du bateau, occultant le soleil et les plongeant dans une pénombre artificielle uniquement percée par l'éclat de l'eau bouillonnante. Finn agrippa la rambarde alors qu'un vacarme torrentiel lui fouettait les oreilles.

Il crut tout d'abord qu'ils approchaient d'une chute d'eau gigantesque. Mais c'était davantage que cela. Le bruit venait d'à côté d'eux, et pas de devant. Finn scruta les parois irrégulières, et, par les interstices de la roche, aperçut des lueurs dorées.

Un autre bras du Torrent s'écoulait à quelques mètres d'eux !

– Eh, jette un coup d'œil ! lança-t-il. Il y a une autre rivière !

– Je sais, répliqua Marrill. Je la vois !

– Moi aussi, ajouta Fiz depuis le bord opposé du bateau.

Finn pivota sur un talon.

Effectivement, les espaces entre les rochers d'en face laissaient aussi apparaître des éclats dorés.

– Oh là là, lâcha Finn. Il y en a *trois*.

– Quatre, corrigea le Rabat-joie avec une sorte de ricanement.

Il se tenait au milieu du navire et montrait le ciel d'une main.

Finn leva les yeux. Il sursauta en découvrant qu'ils se trouvaient à présent dans une caverne géante. Et, juste au-dessus d'eux, coulait au plafond un autre cours d'eau.

– Cinq, ajouta le Rabat-joie, qui en désigna un nouveau d'une deuxième main, puis encore un autre avec une troisième. Six. Seize. Soixante-trois.

– Waouh ! souffla Finn en tendant le cou.

Ils naviguaient sur un cours d'eau parmi, sans doute, des centaines de rivières identiques, qui toutes suivaient les parois arquées de la caverne au plus grand mépris de la pesanteur. Elles coulaient dans la même direction, vers un même point invisible.

– Tu as déjà vu un truc pareil ? questionna Fiz en le rejoignant.

Il secoua la tête.

– Je n'ai même jamais entendu *parler* de quoi que ce soit de ce genre. Enfin, il existe évidemment des confluences de certains bras du Torrent. Il y en a plein. Mais rien de *comparable*.

– Viens, Finn ! appela Marrill. On va en chercher d'autres !

Elle franchit d'un bond les marches qui menaient au gaillard d'arrière, où Coll supervisait attentivement les mouvements d'une Remy aux doigts blanchis par la crispation. Finn et Fiz la suivirent et manquèrent de trébucher l'un sur l'autre en gravissant l'escalier.

– Tu t'en sors très bien, assurait Coll à Remy. Détends-toi un peu. Si tu te crispes trop, tes mouvements seront trop saccadés. Suis le courant dès que tu le peux et sois prête à lutter contre lui comme une folle quand il le faut.

– C'est chez toi, ici ? demanda Finn.

Coll le dévisagea d'un air inquisiteur.

– Il y en a un qui est monté à bord, murmura-t-il à Remy. On a dû les frôler d'un peu trop près. Passe-moi une hache.

Finn leva les mains en l'air.

– Ami ! Ami ! cria-t-il.

Derrière lui, il put presque *sentir* Fiz redescendre les marches sur la pointe des pieds.

Coll regarda Marrill, qui acquiesça furieusement de la tête.

– Contrordre ! indiqua-t-il à Remy en haussant les épaules avant de revenir à la conversation. Oui, c'est chez moi. Enfin, c'était. Plus ou moins.

– Combien de cours d'eau *passent* par ici ? demanda Marrill.

– Plus qu'on ne peut en compter. Tout ça – il engloba du geste l'ensemble de la caverne – n'en est qu'une infime partie.

– Tout à fait ! intervint Ardent, qui surgit d'un pas traînant de l'arrière du bateau comme s'il était perché là depuis le début, guettant le moment où quelqu'un serait assez bête pour poser une question méritant une explication inutilement interminable.

– Vous vous rappelez sans doute, poursuivit le magicien, que le Torrent Pirate n'est pas un fleuve, mais une multitude de fleuves, et même la pleine mer du Torrent proprement dit revient, d'une certaine façon, à une foule de cours d'eau qui s'écoulent tous simultanément à côté, voire au-dessus, les uns des autres.

– D'accord, répliqua Finn. Mettons qu'on s'en souvienne.

Amusée, Marrill le fit taire.

– Moi, je m'en souviens vraiment, assura-t-elle en riant.

– JetoussoteLÈCHEBOTTEjetoussote, lui glissa Finn.

Ardent agita la main à plusieurs reprises et s'empara d'un long mouchoir sorti de nulle part.

– Oh là là, dit-il, le toussotement est un mal terrible. Prenez un mouchpourdefaux.

Finn tendit la main à contrecœur. Le tissu s'évapora à la seconde où il le toucha.

– Comme je l'expliquais, reprit le magicien, sur le Torrent proprement dit, tous ces cours d'eau distincts peuvent s'écouler parallèlement, se superposer ou se traverser, mais chacun d'eux suit en fait une direction différente. Le Nœud de la Corde enroulée est le seul endroit où l'ensemble des cours d'eau du Torrent coule dans la même direction et en même temps.

– Mais comment ça se fait que personne ne le sache ? s'étonna Finn. J'ai l'impression qu'un endroit de ce genre aurait de quoi attirer beaucoup d'attention.

– Finn, regarde, lui murmura Fiz à l'oreille.

Elle lui désignait Coll. Le tatouage du nœud emmêlé, celui qui se promenait sur le corps du marin et avait failli un jour l'étrangler, pointait sous la manche de son bras gauche. Et sur son bras droit. Et sous son col.

Il grandissait !

Ardent devait l'avoir remarqué aussi. Ses yeux ne cessaient de voleter prudemment vers Coll tandis qu'il parlait.

– Tout le monde ne peut pas venir ici, évidemment. C'est un lieu secret, connu uniquement des plus grands navigateurs du Torrent. Et il faut quelqu'un d'aussi spécial que notre ami Coll pour franchir ce passage.

– Pourtant, remarqua Marrill, on vient de descendre le cours d'eau en ligne droite jusqu'ici.

Coll secoua la tête et prit la barre à Remy.

– Ça a l'air tout droit seulement parce que je sais ce que je fais. Je t'assure que ça paraîtrait très différent si ce n'était pas le cas. Il y a des remous et des tourbillons cachés un peu partout. Un capitaine qui ne saurait pas comment les prendre se ferait aspirer, et le bateau serait projeté n'importe où à l'autre bout... s'il a de la chance.

– Difficile à trouver, presque impossible à atteindre et pratiquement inconnu, dit Finn d'un ton songeur.

Eh, Rabat-joie… je crois qu'on t'a déniché l'endroit idéal.

– Non ! répliquèrent en même temps Coll et Ardent.

– Ce n'est pas le genre d'endroit où on s'installe, décréta Ardent.

Son expression s'assombrit étrangement lorsqu'il se tourna vers le capitaine.

Le regard que lui adressa ce dernier n'avait vraiment rien d'amical.

– Pas si on peut l'éviter, précisa Coll.

Finn perçut de la peur, une véritable peur, vibrer dans sa voix. C'était une émotion que Coll trahissait rarement, voire jamais.

Le marin serra les mains sur la barre.

– Si ce n'était pas la fin du Torrent, Ardent…

– Je sais, assura le magicien. Je sais.

Il y eut un virage, et le tunnel les emporta de plus en plus vite. Le bruit des rapides enfla au point de devenir le rugissement d'une chute gigantesque, qui dépassait l'imagination de Finn et se rapprochait dangereusement. Le garçon plissa les yeux pour tenter de repérer leur destination, mais, dans la pénombre et l'éclat, tout se mélangeait. Quel que fût le but de leur voyage, ils s'y rendaient à l'aveugle. Finn espéra que cela suffirait.

– Non, déclara soudain Remy en claquant des talons.

– Pardon ? fit Ardent en tendant l'oreille.

L'adolescente se tourna vers le vieux magicien.

– J'ai dit non. Et ça vaut doublement pour toi, monsieur, ajouta-t-elle à l'intention de Coll. Vous n'arrêtez pas d'être bizarres, flippants, et de faire des mystères, tous les deux. J'en ai assez : crachez le morceau. Qu'est-ce qui se passe ? Où est-ce qu'on va ? Qu'est-ce qui arrivera quand on y sera ?

Ardent commença à répondre, mais Coll l'arrêta de la main.

– C'est juste. Et ce n'est pas comme si on pouvait faire demi-tour, maintenant. La vérité, c'est qu'il y aura un prix à payer pour être venu ici. Comme il y en a eu un la première fois que j'ai fait ce voyage – il prit une grande inspiration – il y a quatre cent soixante-treize ans.

– Quoi ? croassa Remy.

Finn regarda Marrill. Il distingua ses yeux, blancs et écarquillés dans l'ombre. Les siens devaient être pareils, à n'en pas douter.

Il y avait certes diverses façons de prolonger la vie, et, de toute évidence, nombre de créatures du Torrent vivaient bien plus longtemps que de simples mortels. Ardent, par exemple, avait au moins deux cents ans, et certainement beaucoup plus. Et Coll avait toujours paru beaucoup plus avisé que son âge.

Mais tout de même, le marin ne semblait pas avoir plus de seize ans, sans parler de filer sur ses cinq cents ans.

– C'est bon, reprit Coll. Je m'attendais à cette réaction.

Le vacarme de la cataracte devenait plus assourdissant que jamais et l'obligeait à crier pour se faire entendre.

– Et pour répondre à ta deuxième question, *voilà* où on va.

Il tendit le bras à l'instant où le *Kraken* négociait un virage. Devant eux, les rochers s'effacèrent. En fait, la caverne géante disparut tout entière, débouchant sur un espace tellement immense que Finn ne put distinguer ni plafond ni ciel, ni murs ni sol non plus, d'ailleurs.

De tous côtés, des fleuves d'eau dorée se déversaient dans un tumulte inimaginable. Il y en avait des centaines qui arrivaient par le même tunnel qu'ils venaient d'emprunter, mais ce tunnel faisait lui-même partie d'un ensemble de milliers d'autres qui débouchaient de partout, chacun crachant ses propres cours d'eau dans le vide immense.

Là où s'achevaient les tunnels, les cours d'eau jaillissaient dans le vide. Certains se déversaient en chutes impressionnantes, d'autres lançaient des jets vers le haut, dessinant des arcs-en-ciel comme des toiles d'araignée dans le vide. D'autres rivières encore se contorsionnaient et s'enroulaient les unes autour des autres, formant des nœuds et des entrelacs impossibles.

Et, au milieu de tout cela, une cathédrale monumentale demeurait suspendue dans les airs, semblable à une araignée au centre de sa toile d'arcs-en-ciel. Elle était accrochée comme une perle sur un fil de pure magie, soutenue par des courants qui passaient en dessous, enveloppée de tous côtés par des fleuves qui coulaient autour d'elle et la traversaient de part en part. Et c'était cela, cette cathédrale, que Coll montrait.

– Wouah, hoqueta Fiz.

Finn, bouche bée, ne put que hocher la tête.

– Le Nœud de la Corde enroulée, annonça le capitaine. Voici notre destination.

Puis il ajouta, d'une voix à peine audible dans le vacarme de l'eau :

– Et maintenant, qu'est-ce qui va se passer quand on arrivera là-bas ? Je n'en ai aucune idée.

18

Le Nœud de la Corde enroulée

Tandis que le *Kraken* voguait sur des fleuves de magie tortueux et sinueux, Marrill examina l'édifice menaçant qui se dressait devant eux. De plus près, ce qui avait semblé être un bâtiment solide se révéla un labyrinthe de structures reliées les unes aux autres.

Elles étaient toutes construites sur un modèle identique : des courbes longues et des arches, sculptées en spirale et qui s'enroulaient autour des fleuves de magie comme pour enserrer le Torrent lui-même.

À la façon d'*un nœud*, constata Marrill avec stupéfaction. L'ensemble avait effectivement la forme d'un nœud gigantesque et compliqué, enchevêtré autour de la multitude de bras du Torrent.

Elle eut beau scruter la structure, elle n'aurait su dire en quoi elle était faite. C'était lisse comme du marbre, mais en même temps doux et caoutchouteux. Dans l'éclat des eaux du Torrent, les parois de l'édifice rutilaient.

– C'est la maison du Chichisech, annonça Coll à voix basse. La créature envers qui tout grand navigateur se doit d'être loyal… et dont il doit avoir peur. Préparez-vous à accoster.

Marrill parcourut aussitôt le pont du regard pour s'assurer que Finn n'avait pas été oublié et que Karnelius était en sécurité (dans les bras du Rabat-joie, qu'il ne quittait pour ainsi dire plus ces derniers temps). Satisfaite, elle se retourna, et trouva Remy plantée devant la barre, face au capitaine.

– On ne se prépare à *rien du tout*, répliqua la baby-sitter. Pas tant que tu ne nous auras pas dit de quoi il est question.

Coll se pencha de côté pour voir derrière elle. Remy l'imita pour lui boucher la vue. Il se pencha de l'autre côté, et elle l'imita de nouveau. Il implora Ardent du regard, mais le magicien ne réagit pas.

Marrill en profita pour se rapprocher d'un bond.

– Ouais ! Personne n'ira nulle part tant que tu ne te seras pas mis à table… mon *vieux*, ajouta-t-elle en plissant les yeux.

Coll émit un petit claquement de langue.

– Vous voulez vraiment savoir ?

Elles hochèrent la tête à l'unisson.

– D'accord, capitula-t-il.

Il lâcha le gouvernail une fraction de seconde pour relever une de ses manches. Les cordes d'encre de son tatouage se tortillaient sur sa peau telles des anguilles vivantes.

– Cette chose, commença-t-il, est un cadeau du Chichisech. C'est ainsi qu'il récompense les plus grands marins, ceux qui arrivent tout seuls au Nœud de la Corde enroulée. Grâce à cela, ils sentent toujours le sens des courants et trouvent toujours leur chemin pour revenir au Nœud. Mais ce cadeau est aussi une malédiction.

Marrill fut parcourue par un frisson.

– Une malédiction, ça n'annonce rien de bon.

Coll conserva un calme glaçant.

– Oui, par définition, une malédiction n'est jamais bonne. Le prix à payer pour le cadeau du Chichisech est de ne jamais pouvoir s'installer nulle part. Dès qu'on reste plus d'un jour ou deux dans un port, la marque commence à s'agiter. C'est ce qui m'est arrivé à Monerva, quand les cordes du tatouage se sont mises à m'étrangler. Nous étions coincés là-bas, et la marque essayait de me forcer à repartir. Si nous n'avions pas fini par lever l'ancre, elle aurait pu me tuer.

Marrill poussa une exclamation. Remy baissa la tête et Finn détourna le regard pendant que le nouveau matelot se tortillait, mal à l'aise.

– Tu es donc obligé de bouger sans cesse ? demanda Marrill.

– Plus ou moins, fit Coll avec un mouvement d'impuissance.

– Parce que tu es immortel, avança Remy sur un ton mal assuré, comme si elle espérait qu'il allait la contredire.

Coll haussa de nouveau les épaules.

– Plus ou moins, répéta-t-il en baissant les yeux pour se regarder. Heureusement que j'étais jeune et beau la première fois que je suis venu ici. J'aurais pu être coincé dans un corps de vieillard.

Marrill croisa les bras. Il y avait dans tout ça quelque chose qui ne collait pas.

– Si tu es déjà venu ici quand tu as eu ton cadeau, pourquoi tu as si peur de revenir ?

Coll leva les yeux vers la bâtisse rutilante aux murs semblables aux anneaux d'un serpent monstrueux qui enserrait le cœur du Torrent.

– Tous les marins qui sont venus ici finissent par y revenir. Et quand c'est le cas, la marque du Chichisech les retient ici... pour toujours.

– Quoi ? intervint Remy.

Coll respira à fond.

– La deuxième fois qu'on vient au Nœud de la Corde enroulée, on n'en repart plus jamais.

– *Presque* plus jamais, corrigea Ardent, qui prit enfin la parole. Certains sont venus ici deux fois *et* en sont repartis.

Coll le gratifia d'un long regard profondément méprisant.

– C'est vrai ! s'écria le magicien. Il y en a au moins un. Et je suis sûr que cela peut se reproduire !

– Mais..., voulut savoir Marrill. Pourquoi ? Pourquoi le Chichisech veut-il garder tous ces marins ici ?

Ardent s'éclaircit la gorge.

– Le Chichisech est une créature de l'ancienne magie. Il suit des règles qui ne s'appliquent pas aux plus… *finis* d'entre nous, expliqua-t-il en la fixant d'un regard sévère. Appeler, guider, emmêler, telles sont les règles qui définissent la bête. Elle ne peut rien faire d'autre, sinon elle ne serait pas ce qu'elle est.

Marrill et Remy débordaient de questions, mais Coll leva brusquement la main.

– J'ai *dit* : préparez-vous à accoster.

Nul n'osa le contredire tant son ton était implacable.

À mesure que le *Kraken* se rapprochait, le bâtiment se modifiait. Marrill écarquilla les yeux en voyant l'un des anneaux massifs se dérouler du Torrent pour projeter vers eux un quai en pierre tout équipé. L'Homme Os-de-Corde lança aussitôt des amarres sur les bittes afin de rapprocher le bateau du bord. Les pirat's dégringolèrent des vergues pour resserrer encore les filins et maintenir le *Kraken* en place malgré le courant rapide qui ne cessait de sévir autour d'eux.

– Une fois à l'intérieur, recommanda Coll tandis qu'ils débarquaient, ne touchez à rien. Et quand je dis rien, c'est *rien du tout*, compris ? précisa-t-il en regardant Marrill avec sévérité.

– On ne touche à rien, compris, répondit-elle.

Elle jeta un coup d'œil vers Finn pour s'assurer qu'il avait bien reçu le message. Mais il semblait se disputer avec un nouveau matelot. Elle s'apprêtait à l'appeler quand Coll la prit par le coude et l'aida à descendre la passerelle. À l'arrivée, le sol lui parut étrangement spongieux, et elle en testa l'élasticité du bout du pied.

L'étreinte de Coll se resserra pour qu'elle se tienne tranquille.

– Et on ne parle à personne, ajouta-t-il.

Lorsqu'il fut certain qu'elle avait saisi, il se retourna pour aider Remy.

– Tous les marins que le Chichisech a capturés sont encore ici, expliqua-t-il. Et ils *vous* parleront. Ignorez-les. Peu importe ce qu'ils vous diront. Gardez juste à l'esprit que vous ne pouvez pas les aider.

– On ne parle à personne, promis, répéta Marrill, assez fort pour s'assurer que Finn entendrait de la passerelle, qu'il descendait à son tour.

Elle remarqua à peine la fille derrière lui.

– Quand nous arriverons devant le Chichisech, ne vous adressez pas directement à lui, ajouta Coll. Il me parlera, parce que je suis un navigateur, et il parlera à Ardent, parce que même *cette chose* respecte les magiciens. Mais s'il s'adresse à qui que ce soit d'autre, on aura des problèmes.

La mine grave, Ardent acquiesça. Il se redressa en étirant son dos. Sa tunique était lavée et repassée de frais, son chapeau pointu propre et net. Marrill ne l'avait jamais vu apprêté pour une audience.

Elle sentit son ventre se crisper et se demanda dans quoi ils s'engageaient.

Sans un bruit, le grand anneau sur lequel ils étaient descendus se souleva et les emporta vers le corps principal du bâtiment. Marrill fut émerveillée par l'architecture de l'endroit. Chaque spirale plongeante semblait suivre un plan étudié, chaque courbe était dessinée avec le plus grand soin et la plus extrême précision. Sur la moindre surface, des images de sirènes, de dragons et de voiliers apparaissaient à l'encre noire, donnant l'impression d'avoir été tatouées sur la bâtisse elle-même.

Et partout, omniprésent, il y avait un motif de cordes bouclées et nouées.

– Pour autant qu'on le sache, le Chichisech existe depuis l'époque du Dzane, expliqua Ardent au moment où la plate-forme s'immobilisait devant une grande muraille constituée de protubérances enroulées qui évoquaient des pythons empilés les uns sur les autres.

Un bras du Torrent tournait au-dessus d'eux, et le haut de la muraille l'entourait et l'enserrait tout en le laissant couler à l'intérieur de la construction.

– Selon la légende il se serait établi ici depuis le début afin d'écumer des doigts chacune des ramifications du Torrent, poursuivit Ardent.

Marrill remarqua que Coll frottait les bords de son tatouage, devenu si grand que des cordes d'encre recouvraient non seulement ses bras et ses mains mais remontaient jusqu'à son cou.

Soudain, elle ne fut plus du tout certaine que cette équipée soit réellement une bonne idée. Mais elle étouffa ses craintes en repensant au trou qui dévorait la Carte des mille mondes. Le destin du Torrent dépendait d'eux : ils devaient trouver l'encre et arriver à Méres avant le Soleil perdu.

Le mur en face d'eux se modifia, des protubérances se dessoudèrent les unes des autres pour s'écarter et ouvrir un long, très long couloir. D'aussi loin que Marrill pouvait voir, il n'y avait ni portes ni fenêtres. Seul le bras du Torrent qui coulait en plein milieu du plafond éclairait le chemin d'une lueur d'or terni.

Avant qu'ils n'aillent plus loin, une fille qui se tenait près de Finn s'approcha de Coll et leva la main pour les arrêter.

– Vous êtes sûrs qu'il n'y a pas d'autre moyen d'obtenir cette encre ?

Les yeux de Coll semblaient tanguer comme une vague à force d'aller d'Ardent à la fille. Il la dépassa sans un mot.

Marrill le suivit avec un gros soupir. Elle ralentit cependant le pas dès qu'elle entendit le brouhaha des voix. Partout autour d'eux, des marins étaient accrochés aux murs, solidement maintenus par des vrilles de corde. Ils ne cessaient de crier.

Elle crut tout d'abord qu'ils hurlaient de douleur, et elle frissonna de pitié et de terreur. Puis elle prêta attention aux paroles qui s'enchevêtraient comme des lianes dans l'air autour d'eux.

Par deux fois la baleine se dressa, et par deux fois je lui échappai…

Alors le second dit, le second dit :
– Qui a pris le foc ? TROUVEZ-LE !

Une tempête comme on n'en avait jamais vue, et le lamantin, oh, les dents de ce lamantin…

Les sirènes de Stagorn, à cette heure, elles chantent un peu plus haut sur l'ancienne octave…

Marrill secoua la tête.

– Ils racontent des histoires.

Coll se retourna vers elle.

– Évidemment. N'écoute pas : quatre-vingt-dix pour cent de ce qu'ils racontent sont des bobards complets.

– Mais..., objecta Marrill. Mais ils rigolent.

– J'imagine qu'il y a des bobards *vraiment* marrants, avança Finn.

Coll dissimula sa bouche derrière sa main.

– La plupart essayent juste d'être polis, chuchota-t-il.

Une cacophonie de contes tournoyait autour de l'équipage du *Kraken*, qui avançait dans le couloir. Il régnait une odeur de sel et d'embruns. Des algues pendantes s'accrochaient aux lianes qui retenaient les marins, et de l'eau s'égouttait en flaques sur le sol.

Le thème de la corde enroulée était partout : dans les anneaux qui entouraient les marins intarissables, imprimé sur chaque surface en motifs de nœuds étrangement similaires au tatouage vivant qui menaçait à présent de recouvrir entièrement Coll. Les murs et le sol eux-mêmes formaient des saillies rappelant des cordes gigantesques apposées les unes contre les autres.

– Eh là ! leur lança l'un des hommes attachés. Ohé matelots ! Mettez en panne et venez vous asseoir. Venez donc nous raconter de nouvelles histoires, d'accord ?

Le bras de Coll jaillit avant même que Marrill ait bougé.

– Non. Ne parle pas. Ne réponds pas. Souviens-toi que tu ne peux rien faire pour les aider.

Il soutint son regard un long moment au son des récits qui s'égrenaient autour d'eux.

Marrill hocha gravement la tête. Mais lorsqu'elle détourna enfin les yeux, elle vit que Finn, auquel personne n'avait fait assez attention pour l'en empêcher, s'était détaché de leur groupe. Un vieux marin lui parlait, lui débitait des histoires. À chaque mot, le garçon se rapprochait un peu plus. Il ne semblait pas remarquer que tout autour, les dessins de nœuds s'étaient mis en branle et glissaient petit à petit dans sa direction.

Marrill sentit la panique la gagner.

– Finn ! cria-t-elle. Attention !

Il releva brusquement la tête. Derrière lui, juste sous le marin qui n'avait cessé de lui parler, un nœud dessiné se dénoua rapidement. Une épine mince apparut à son extrémité alors que la corde se détachait du mur et prenait du recul pour frapper.

– Fâcheuse flaccidité ! lança Ardent, qui fendit l'air d'un geste de la main.

L'épine s'abattit mollement sur la nuque de Finn telle une nouille pas assez cuite.

– Merci bien ! répliqua Finn en s'écartant d'un bond. Qu'est-ce que c'était ?

Ardent *hum-huma.*

– Vous avez de la chance que Marrill ait attiré mon attention sur vous, jeune homme. Une seconde de plus, et vous auriez été… infecté.

– Infecté ? s'écria Marrill en regardant autour d'elle.

Partout, les dessins à l'encre se déplaçaient pour se rassembler dans les ombres en contrebas des marins, traversant furtivement les colonnades qui constituaient les murs.

Coll hocha la tête d'un air grave tandis que Finn revenait vers le groupe.

– Oui, dit-il, on est au cœur du mal. Une seule piqûre et on est contaminé pour de bon.

Remy posa les mains sur les hanches.

– Je croyais que tu avais reçu ça volontairement. Je croyais que tu étais venu chercher le « cadeau », ajouta-t-elle en esquissant des doigts des guillemets appuyés.

– C'est vrai, répondit Coll. Mais à ce moment-là, j'étais *déjà* infecté. On n'a pas besoin d'avoir un tatouage pour être atteint par le mal. En fait, les histoires sont déjà toxiques, et c'est par les histoires que le Chichisech se fait connaître au monde.

Marrill ouvrit de grands yeux. Si elle n'avait pas déjà vu toutes les choses qu'elle avait vues, elle aurait pu croire à une métaphore. Une histoire ne pouvait infecter au sens propre qui que ce soit. Mais, sur le Torrent Pirate, eh bien... elle avait un jour jeté un grain de raisin dans le Torrent, et il s'était transformé en tumulte. Il leur avait fallu une éternité pour comprendre ce qui s'était passé.

De toutes parts, les marins luttaient contre leurs liens.

– Il y a une raison si les mères empêchent leurs enfants d'aller sur le port, grogna l'un d'eux.

– Les récits de marins, gémit un autre, ça vous rentre dans la tête.

Puis le chœur des voix s'éleva :

La promesse d'aventure.
La vie d'exploration.
L'appel du Torrent et de la mer.

– Ça vous attire, dit l'un, et pis c'est dans vot' sang. On n'a pas le choix : faut lever l'ancre, et mettre à la voile.

La promesse d'aventure.
La vie d'exploration.
L'appel du Torrent et de la mer.

– Et plus on navigue, reprit un autre, mieux on se sent, et plus on entend d'histoires, plus on est perdu.

La promesse d'aventure.
La vie d'exploration.
L'appel du Torrent et de la mer.

– Jusqu'au jour où on entend le récit le plus incroyable, continua l'un.

– Ou bien on tombe sur un gars avec un tatouage étrange ! hurla un autre.

– Ou on trouve une histoire gravée sur un bout de bois, ajouta un troisième.

Coll se pencha vers eux pour les faire taire en poursuivant :

– Le récit le plus incroyable de tous... un secret que seuls connaissent les plus grands capitaines qui aient jamais navigué.

– Le Chichisech, souffla Marrill.

– *Le Chichisech !* clamèrent tous les marins.

– Exactement, conclut Coll. Et alors... on y va.

L'ambiance tapageuse s'assombrit soudain. Un grondement sourd parcourut l'espace. Marrill aurait juré avoir senti le sol bouger, à peine un frémissement, sous ses pieds.

– Il faut se dépêcher, déclara Coll. Le Chichisech attend.

19

L'autel coquillage

Finn frotta la marque rouge laissée en travers de ses épaules par l'épine à tatouer ramollie. Il ne pouvait s'empêcher d'observer les cordes d'encre mouvantes qui s'étiraient sur la nuque de Coll et jusque dans ses paumes. Sans Marrill et Ardent, il porterait l'un de ces tatouages, lui aussi. Il serait voué à ne jamais pouvoir se fixer, à ne jamais avoir de foyer.

En fait, cela n'aurait pas changé grand-chose. Puis il se rappela que ne pas avoir de maison ne pouvait pas être pire que vivre dans un enclos. Il secoua la tête pour chasser cette pensée.

– Ça va ? demanda Marrill en s'avançant pour examiner la marque.

Fiz regarda par-dessus son épaule, le visage empreint de la même sollicitude.

Il les rassura toutes les deux d'un sourire.

– Ça roule, certifia-t-il.

Puis il se rembrunit et contempla alternativement le tatouage de Coll et les motifs enroulés qui se déplaçaient de façon menaçante le long des murs, leurs minces épines dressées, prêtes à frapper.

– J'imagine que c'est l'encre qu'on est venus chercher ?

– En quelque sorte, répondit Ardent. En tout cas, ces motifs sont tracés avec. Mais on doit trouver une source qui soit un peu moins... nocive.

Il arriva au bout du couloir et s'arrêta devant une grande porte circulaire.

– Ah, nous y voilà.

Le magicien s'avança, et la porte sembla se dérouler devant eux. De l'autre côté, ils découvrirent une immense salle ronde dont l'architecture en cordes se présentait sous forme de colonnes massives disposées côte à côte et à perte de vue. Des bras du Torrent se faufilaient par des interstices quasi invisibles et semblaient des anneaux d'or sur des doigts épais, lesquels, pour autant que Finn pouvait en juger, se comptaient par centaines.

La salle proprement dite était entièrement déserte. Ni Chichisech ni marins ni rien. Seul un étrange autel recourbé qui devait arriver à la taille de Finn attendait en silence au centre de l'ensemble. Sa surface était lisse et la partie supérieure s'arrondissait jusqu'à former une pointe semblable à un bec d'aigle. Les bords étaient aussi acérés que ceux d'une coquille d'huître.

– On y est, confirma Coll, l'air sombre.

Il s'approcha et s'inclina respectueusement devant l'autel.

– Salut à toi, grand Chichisech. Salut au Nœud qui rassemble les mille voies.

Dès que les mots eurent franchi ses lèvres, l'autel se fendit par le milieu et s'ouvrit en grand. Une voix formidable tonna à travers toute la salle.

– **Quiconque vient ici ne s'en retourne pas à tout jamais. Cependant, tu me reviens bien vite. As-tu déjà navigué ton content pour une deuxième vie ?**

L'autel se referma avec un claquement sec sur le dernier mot. Finn se demanda à quel point le Chichisech était petit pour tenir à l'intérieur sans que l'on puisse ne fût-ce qu'entrevoir une partie de son corps. Et pourtant, sa voix faisait vibrer l'air autour d'eux. Cela n'avait pas de sens.

Fiz pensait visiblement la même chose.

– En dessous, souffla-t-elle d'une voix à peine audible. Il y a une autre salle. Forcément.

Coll se redressa et prit une profonde inspiration avant de s'adresser au Chichisech.

– Loin de là, assura-t-il. Je ne reviens pas pour rester.

– **Pourtant, tu es ici. Avec le maudit magicien qui a tenté de me dépouiller sans rien laisser en échange. Magicien, magicien, pourquoi me causer tant de tracas ? Ne t'ai-je pas prêté mon meilleur capitaine ?**

Coll coula un regard vers Ardent. Le vieil homme tendit la main pour saisir le bras du plus jeune – enfin, de celui qui paraissait plus jeune – en un geste de soutien et d'amitié.

– Si, bien sûr. Le meilleur et le plus grand de tous les capitaines que le Torrent ait jamais connus, sans aucun doute.

– **Parle alors. Je t'écoute.**

Ardent croisa les mains dans son dos.

– Tes doigts s'insinuent dans tous les courants ; tu as certainement conscience que le Torrent affronte un grave danger.

– **Nombreux sont les cours qui sont asséchés,** répondit le Chichisech. **Nombreux sont les fils coupés.**

L'autel se referma, puis se rouvrit.

Finn croisa le regard de Fiz, et elle lui fit un petit signe de tête. Ils avaient toujours la même idée : il y avait forcément une autre salle sous celle-ci. Une pièce cachée à laquelle accéder par une seule issue : le coquillage aux bords acérés dont les valves claquaient brusquement. S'il existait ici quelque chose de précieux, par exemple une provision d'encre magique susceptible de réparer la Carte des mille mondes, ce serait l'endroit idéal où la dissimuler.

Finn se lécha les babines. Il sentait venir la probabilité d'un casse.

– **Est-ce pour cela que tu viens à moi, matelot ?** reprit le Chichisech. **Tu cherches un sanctuaire ? Un port à l'abri de la tempête qui fait rage ?**

Coll serra les dents.

– Nous sommes venus te demander ton aide. Cela et rien de plus.

Les murs remuèrent imperceptiblement.

– **Tu as déjà reçu ma bénédiction. Que puis-je t'offrir de plus ? Quelle aide puis-je apporter de plus que celle de ton magicien ?**

Ardent s'éclaircit la gorge et s'avança.

– Nous sommes venus solliciter quelque chose que tu détiens.

Le sol parut faire des vaguelettes sous leurs pieds. Un grondement profond résonna dans toute la salle comme si la bâtisse tout entière réagissait à l'humeur du Chichisech.

– **Tu es donc enfin revenu quérir la Rose des Vents**, tonna la voix.

Finn haussa un sourcil. Rose ? Ça n'avait pas de sens. La dernière fois qu'ils l'avaient vue, elle était entre les mains du Maître du Vaisseau de Fer, au Jeu de Margaham. Que ferait-elle ici maintenant ?

Ardent souleva lui aussi un sourcil hérissé de hibou.

– La Rose des Vents ?

Le sol gronda de nouveau. Finn commençait à croire que c'était le son du rire du Chichisech. En admettant qu'un bruit aussi horrible puisse passer pour un rire. Cela évoquait plutôt un caquètement maléfique.

– **Oui, magicien. Il y a des années, tu es venu à moi pour qu'un capitaine t'aide à la trouver, alors que je détenais la Rose des Vents depuis le début.**

– Rose était là quand je suis venu ? fit Ardent avec incrédulité en reculant d'un pas vacillant. Comment ça ?

– **Elle m'avait été confiée ici, où toutes les voies se rejoignent, par le magicien de l'Aube, dernier du Dzane. Même lui s'est soumis aux lois de ce lieu. Nul ne part...**

– Sans laisser quelque chose de précieux dans tes nœuds, acheva Ardent, qui vida lentement l'air de ses poumons, le menton affaissé sur sa poitrine. Sauf moi.

– **Sauf toi** ! rétorqua le Chichisech, proche de la griserie. **Oh, quelle arrogance ! Tu croyais vraiment pouvoir briser les règles qui régissent cet endroit ? As-tu pensé qu'elles s'appliquaient à tous sauf à toi ? Non. Tu n'as simplement pas pris conscience de ce que tu laissais derrière toi : ton espoir de retrouver ce que tu cherchais le plus ardemment.**

Finn adressa à Marrill un regard interrogateur, mais elle tirait déjà Ardent par la manche, le visage crispé par l'incompréhension.

– De quoi il parle ? chuchota-t-elle.

– Bien avant de perdre Annalessa, expliqua le magicien avec un soupir, je suis venu ici chercher la Carte. Évidemment, je ne l'ai pas trouvée à l'époque. Mais il semble qu'une de ses parties était là, juste sous mon nez. Oh, comment ai-je pu passer à côté ? dit-il en fermant les yeux.

Marrill lui prit la main en signe de compassion. Cependant, Finn ne comprenait pas en quoi le fait qu'Ardent n'ait pas trouvé Rose tant d'années auparavant aurait de l'importance maintenant. Le magicien avait fini par réunir tous les morceaux de la Carte, au bout du compte.

Fiz lui tapa sur l'épaule et lui désigna l'autel. Tout le monde était distrait : c'était le moment parfait pour agir.

Le coquillage s'ouvrit, et la salle parut s'imprégner de la jubilation malfaisante du Chichisech. Finn entreprit de se rapprocher furtivement de l'autel pendant que Fiz le contournait par l'autre côté.

– **Tu as échoué dans ta quête d'alors**, continua le Chichisech. **Et une autre est venue me prendre la Rose des Vents. Une magicienne qui a compris les règles de ce lieu. Elle a pris ma Rose des Vents, et m'a laissé quelque chose d'elle en échange.**

Finn se figea. *Elle* ?

L'attitude d'Ardent avait changé du tout au tout. Il s'était crispé, le corps tendu à l'extrême, comme prêt à se battre.

– Annalessa ? demanda-t-il d'une voix égale.

La salle tout entière fut secouée par le rire profond du Chichisech.

– Je te préviens, créature, ne joue pas avec moi, dit froidement Ardent. Rappelle-toi ce qui s'est passé lors de ma précédente visite.

Finn déglutit et s'efforça de se concentrer sur la tâche qui l'attendait. Peut-être Annalessa était-elle venue ici. Peut-être avait-elle récupéré la Rose des Vents. Mais pour lui, c'était de l'histoire ancienne. Pendant qu'Ardent affrontait oralement le Chichisech, le néant avançait et dévorait des mondes. Il grandissait.

Finn gardait les yeux fixés sur le sol spongieux afin de vérifier où il posait les pieds tandis qu'il progressait vers l'autel. Fiz faisait exactement la même chose de l'autre côté.

– **De quoi veux-tu que je me souvienne, magicien ? De la façon dont tu t'es introduit dans ma chambre par le feu ? Tu veux que je me rappelle comment tu m'as brûlé jusqu'à ce que j'accepte de relâcher un marin ? Un marin qui avait déjà navigué son compte et m'était par droit lié pour l'éternité ?**

À la limite de sa conscience, Finn entendit Remy pousser une exclamation. Il osa un coup d'œil en arrière et la vit pivoter vers Coll. Le capitaine, tête baissée, affichait presque une attitude de vaincu.

– Tu étais déjà ici ! accusa Remy. Tu étais déjà devenu l'un d'entre eux !

– **Qui parle ?** tonna le Chichisech.

Le sol trembla sous la puissance de la voix. Finn, qui levait la jambe en marchant sur la pointe des pieds, fut déséquilibré. Il tomba, mais atterrit comme savaient le faire tous les gamins des Quais Létemank, en se servant de son élan pour rouler derrière l'autel. Il acheva sa trajectoire sur le dos, le sommet du crâne reposant contre la surface dure de l'autel.

Pour la première fois, il toucha le sol à mains nues et trouva la matière étrange : résistante et caoutchouteuse, fraîche, mais vibrante. Il coula un regard en arrière pour voir si Marrill avait remarqué ce qu'il mijotait. Heureusement, elle était complètement absorbée par la dispute en cours.

– Remy, chuut, souffla Coll.

Il avait les paupières résolument fermées. Même de là où il se trouvait, derrière l'autel, Finn crut discerner des larmes qui perlaient au coin de ses yeux.

– Oui, pendant plus d'un siècle, je suis resté ici, fit le marin d'une voix à peine audible. Au début, c'est reposant de pouvoir s'arrêter quelque part. Ensuite, on pense à la mer, au Torrent, et on ne tient plus en place. Mais on ne peut pas partir. On est coincé ici pour toujours. Les histoires... c'est tout ce qu'on a, les histoires.

– **Et si je te donne ce que tu veux, pour la seconde fois, magicien?** questionna le Chichisech. **Que garderai-je en échange? Nul ne part sans laisser quelque chose de précieux. C'est ma règle, et elle ne saurait être brisée. Que laisseras-tu enchevêtré dans le Noeud de la Corde enroulée?**

– Tu as dit que lors de ma dernière visite, j'avais laissé mon espoir de trouver ce que je cherchais, et pourtant, j'ai fini par récupérer la Rose des Vents et j'ai reconstitué la Carte. Tu vois, je n'ai donc rien laissé derrière moi, et je ne laisserai rien cette fois non plus, gronda Ardent. Annalessa, elle, t'a confié quelque chose, et je veux l'avoir.

L'autel s'ouvrit de nouveau, et Finn fut cinglé par une grande rafale de vent, une bouffée de puanteur acide et astringente mêlée à des relents de corde détrempée et à une épouvantable odeur de poisson.

– **Tu ne m'as pas fait la bonne demande autrefois**, clama le Chichisech. **Comptes-tu commettre la même erreur aujourd'hui, magicien ?**

– Je ne suis pas là pour marchander, mais pour exiger !

Ardent frappa du pied, si fort que le sol trembla. Un hurlement de douleur résonna dans toute la salle.

– Tu vas me donner tout ce que je te demande ! Qu'est-ce qu'Annalessa t'a laissé ?

– Ardent, ce n'est pas ce qu'on cherche ! supplia Marrill. L'encre...

– **Qui parle ?** insista le Chichisech. **Qui ose m'adresser la parole sans en avoir le droit ou le pouvoir ?**

– J'ai assez de pouvoir pour nous tous ! vociféra Ardent. Tu es très bien placé pour le savoir !

Il leva brusquement les bras, et Finn sentit ses cheveux prêts à se dresser sur sa tête pour s'enfuir dans son dos. Les cours d'eau s'agitèrent avec plus de violence au-dessus d'eux, et un bruit de clapot résonna de toutes parts. L'air était chargé de magie.

La situation dégénérait rapidement. Finn songea qu'il ne restait pas beaucoup de temps pour s'emparer de l'encre et filer. De l'autre côté de l'autel, Fiz lui fit signe. Elle, au moins, était concentrée sur la véritable mission : commettre un vol.

– Grand Chichisech, s'écria Coll avec déférence,

le destin du Torrent est en jeu, et ce qu'Ardent veut dire, c'est...

– **Silence, matelot** !

Finn profita de la réplique pour passer la tête par-dessus l'autel à l'instant où les valves s'ouvraient. Aucun poisson, aucune créature n'était tapie à l'intérieur, pas plus qu'il n'y avait de salle au trésor ou d'encre. Il ne découvrit qu'un tunnel de chair poisseuse. Des crochets de nacre bordaient un muscle tapissé de mucosités, qui ondulait à perte de vue vers le fond du tunnel.

Il comprit alors que tout cela n'était en fait qu'une *seule* et *unique* créature gigantesque.

Il plongeait le regard dans la gorge du Chichisech.

Une seconde plus tard, Fiz le poussait d'une bourrade, juste avant que les valves du coquillage ne se referment d'un coup sec, manquant de justesse de le décapiter.

– Fais attention, siffla-t-elle.

– **Encore un autre qui parle** ! fulmina le Chichisech.

Finn ressentit ses tremblements de fureur. Du coin de l'œil, il vit Marrill lui faire des signes frénétiques pour qu'il revienne vers le groupe.

Mais Finn n'était concentré que sur une seule chose : la couleur noire des mucosités qu'il avait vues dégouliner dans la gorge de la créature. C'était exactement la même nuance que le tatouage de Coll et les dessins qui se promenaient sur les parois alentour. Et c'était tout aussi vivant, mais sans forme distincte.

C'était de l'encre.

– **Non seulement tu me menaces, mais tu pollues ma chambre avec des êtres indignes !**

Finn fouilla dans son sac de voleur, et ses doigts se refermèrent sur une fiole vide qu'il conservait précisément pour ce genre d'occasion. Il se dépêcha d'en dévisser le couvercle et attendit le prochain éclat.

– Cesse tes rodomontades, gros calmar ! aboya Ardent. Donne-moi ce qu'elle t'a laissé ou je déchaîne la puissance du Torrent contre toi.

Finn compta sur ses doigts.

– Un... deux...

– **Magicien insensé ! Je vais te conduire à... argh !**

Finn plongea entre les deux valves au moment où le bec géant s'ouvrait. D'un seul mouvement rapide, il racla le goulot de la fiole contre la gorge de la créature et la remplit d'encre.

– **Arkh... yeurk... hrr...**

Partout, les grandes colonnes des murs oscillèrent et se dénouèrent. Les torsades de la porte s'écartèrent, et le tunnel se mua en un chaos de tentacules à mesure que la créature se déroulait. Finn se redressa d'un bond.

– Je l'ai ! cria-t-il en brandissant le flacon d'encre.

– **Malheeeeeeeeeeeeeeeuur** ! tonna le Chichisech.

20
Le chant du Chichisech

Marrill fit tout ce qu'elle put pour rester debout tandis que le monde se défaisait autour d'elle. Ce qu'elle avait pris pour des colonnes aussi épaisses que des troncs de séquoias fouettait l'air autour d'eux. Par les espaces entre les énormes tentacules, des rubans d'eau dorée s'enroulaient et s'entremêlaient dans tous les sens.

Elle prit soudain conscience que l'ensemble de la structure était en fait une créature monstrueuse. Il n'y avait ni terre ni ciel. Seulement de l'air, de la magie pure et la masse gigantesque du Chichisech.

– Qu'est-ce que vous avez fait ? hurla Coll.

Finn courait vers eux, tenant à la main une fiole remplie d'un liquide sombre et épais.

– On a l'encre ! s'écria-t-il en la brandissant triomphalement. Filons d'ici !

– **Voleur** ! beugla le Chichisech.

Il projeta un tentacule dans leur direction. Marrill se baissa. Finn poussa une exclamation. Marrill leva les yeux et le vit planer dans les airs grâce à ses ailes de toile. Une seconde après, une fille qu'elle n'avait même pas remarquée surgit de nulle part et la heurta.

– Hey, lança la fille.

– Salut, répliqua machinalement Marrill.

Elle n'avait pas le temps de poser des questions. Le sol même ployait sous leurs pieds.

Soudain, elles se mirent à glisser

puis

à tomber.

Marrill hurla, sa voix s'unissant au chœur des autres.

Ses poumons se vidèrent d'un coup lorsqu'elle s'écrasa contre la peau caoutchouteuse d'un autre tentacule. Elle se redressa à quatre pattes et se sentit remonter.

À côté d'elle, Coll, Remy et la nouvelle fille se relevaient à grand-peine tandis que Finn volait frénétiquement avec ses ailes de toile, zigzaguant entre la masse de chair en action et l'eau mortelle.

L'extrémité de petits tentacules cinglait l'air tout près d'eux, guère plus gros que des poteaux télégraphiques et couverts de tatouages animés.

Des marins attachés à ces extrémités étaient emportés, poussant des cris et des hurlements dans ce qui devait être les montagnes russes les plus terrifiantes qu'on puisse imaginer.

– Oh, vous allez passer un mauvais quart d'heure, dit au passage l'un d'eux.

– Regardez qui a réveillé le Chichisech ! cria un autre.

– J'espère que vous aimez les raclées ! lança un troisième.

Soudain, ce qui avait été le sol se mua en un mur vertical qui se retourna complètement et révéla un corps bulbeux grand comme un stade de foot. Un œil de la taille d'une piscine se tourna vers l'équipage du *Kraken*.

– **Je suis aussi ancien que le torrent**, tonna la bête colossale, **et suis né avec la source de ses eaux. Je suis le seigneur des marins, le maître des flots. Contemplez ma forme et tremblez !**

Marrill s'appuya sur ses talons et regarda en bas pour s'assurer de ne pas glisser. Sous ses doigts un motif torsadé se tendit comme un muscle sur la chair blême.

Elle écarta vivement la main et tomba en arrière. Une longue épine frappa le vide, pile à l'endroit qu'elle venait de quitter. Elle cria :

– Tatouages !

– Ne les laisse pas te toucher ! répondit Coll.

Tous reculèrent précipitamment, Marrill se déplaçant en crabe pour fuir les motifs vivants qui se rapprochaient. Suspendu au-dessus d'eux tel un écran de cinéma, le grand œil du Chichisech les observait.

– **Nul ne part sans laisser quelque chose de précieux dans mes nœuds. Qui abandonnera sa liberté ? Qui portera l'encre de ma marque en échange de l'encre que vous avez prise ?**

La panique enflamma la poitrine de Marrill. Où qu'elle regardât, un nouveau dessin arrivait. Le plus proche se tendit, prêt à frapper. Marrill se prépara.

À cet instant, une force invisible passa juste devant son visage. Une traînée d'encre s'évanouit sous ses yeux, comme essuyée par un chiffon sur un tableau blanc.

– Un tatouage ne se décide pas à la légère, jeune fille, lui dit Ardent. Et je soupçonne que tu regretterais très vite celui-ci.

Le magicien se tenait au-dessus d'elle, en équilibre sur un disque aussi mince qu'un Frisbee et constitué de magie pure. Un long jet d'eau partait de l'un des innombrables bras du Torrent et maintenait délicatement le disque en place. Même pour Ardent, c'était proprement stupéfiant.

L'œil du Chichisech se tourna vers le magicien. Le corps colossal se ramassa et bougea. Des tentacules s'abattirent alors en direction d'Ardent. Marrill hoqueta.

Mais le bras du Torrent se contenta de propulser le magicien et son disque dans les airs. Ardent se mit à rire lorsqu'un nouveau jet partit d'un autre cours d'eau dorée pour le récupérer en douceur. Ce jet l'expédia à son tour sur une autre ramification du Torrent, qui fit de même, et ainsi de suite. De l'énergie fusait des doigts du magicien pendant qu'il tournoyait. Une curieuse odeur de calmar grillé flottait dans l'air.

– Si c'est tout ce que tu peux produire, vociféra Ardent, je me suis montré trop généreux lors de ma dernière visite ! Donne-moi ce qu'Annalessa a laissé !

– **Tu prends, tu prends, tu prends encore**, tonitrua le Chichisech. **Et tu ne m'offres toujours rien ?**

Le tentacule qui soutenait Marrill et ses compagnons s'ébranla. Alors qu'elle faisait tout pour ne pas tomber, le tatouage qu'Ardent avait sectionné se ressouda. Il leur était impossible de s'attarder plus longtemps.

– Il faut partir ! pressa-t-elle.

– Pour aller où ? cria Remy.

– On doit retourner au *Kraken*, répondit Coll.

Des veines d'encre saillaient sur son front. Des cordes s'enroulaient autour de chacune de ses oreilles.

– Même si Ardent arrive à soumettre le Chichisech par le feu, ce monstre ne vous laissera jamais repartir toutes les deux sans sa marque. Et il peut faire durer les choses assez longtemps pour vous infecter.

Marrill plongea le regard dans l'abîme de tentacules enchevêtrés, cherchant non seulement le *Kraken*, mais aussi Finn. Elle ne discerna ni l'un ni l'autre et ressentit un frisson glacé. Elle ne pouvait qu'espérer que tout allait bien.

Le Chichisech était à présent en pleine action, son grand corps entremêlé aux méandres des cours d'eau lancé à la poursuite d'Ardent, qui bondissait d'un bras liquide à un autre. Le monde entier n'était plus qu'un entrelacs de vrilles volantes et de rivières entrecroisées. Il devenait difficile de savoir même où se trouvaient le *haut* et le *bas*.

– Là ! cria une fille à côté d'elle en tendant le doigt.

Très loin, vers ce qui semblait être le bas, le *Kraken* paraissait faire du ski nautique derrière le tentacule rampant du Chichisech auquel il était amarré. Marrill chercha comment descendre jusque-là, un œil toujours fixé sur les motifs empoisonnés qui se reformaient tout autour d'elle.

De tout en bas, un nouvel énorme bras de chair monta soudain vers eux, à moins que ce ne fût l'inverse. Quoi qu'il en soit, les tatouages qui le recouvraient étaient nettement plus éparpillés, et donc beaucoup plus faciles à éviter que ceux qui les encerclaient.

– Il faut sauter ! dit-elle à Remy.

Et avant que la baby-sitter puisse réagir, Marrill lui prit la main, saisit le bras de l'inconnue à côté d'elle et s'élança dans le vide. *J'ai déjà fait plus dingue, ces derniers temps*, se rassura-t-elle à mi-parcours.

Elles atterrirent avec un bruit mat sur le tentacule en dessous, Coll les rejoignant un instant plus tard. Il avait le visage lugubre et grinçait des dents. L'encre de son tatouage zigzaguait à présent sur l'ensemble de sa peau, la tiraillant en avançant.

Au-dessus, autour et à côté d'eux, Ardent et le Chichisech étaient engagés dans un combat sans merci. La créature colossale ne cessait de lancer cordes et vrilles à l'assaut du magicien ; Ardent les brûlait aussitôt à coups de flammes et d'éclairs. Marrill ne pouvait rien faire d'autre que tenir et éviter les tatouages tourbillonnants. Sans Ardent pour les repousser, rien ne pouvait arrêter l'encre vivante.

– Sautez encore ! ordonna Coll. Ici !

Ils bondirent sur un autre bras caoutchouteux qui passait tout près, puis sur un autre encore, fuyant l'assaut des tatouages, esquivant les flots dorés du Torrent qui tournoyaient autour d'eux. Les marins ballottés par les membres de la bête auxquels ils étaient toujours attachés ne cessaient de chanter.

Voguer avec nous pour toujours, ça vous dit ?
Pour chanter avec nous et des histoires de mer conter !
Garder toujours le goût du vent salé, ça vous dit ?
Vous vous croyez libres, mais plus jamais ne le serez !

Marrill roula sur elle-même pour esquiver une boucle tourbillonnante de magie pure. Le bras qui les soutenait piqua soudain tout en se retournant, ce qui les contraignit à courir sur place. Ils sautèrent et roulèrent, sans cesser d'être confrontés à un labyrinthe de tentacules et de cours d'eau. Les marins attachés continuaient à chanter de tous côtés.

Voguer avec nous pour toujours, ça vous dit ?

– Qu'a-t-elle laissé ? hurla Ardent, sa voix formant un contrepoint perçant au refrain des marins.

Pour chanter avec nous et des histoires de mer conter !

– Dis-le-moi !

Garder toujours le goût du vent salé, ça vous dit ?

– Dis-le-moi, ou je ne te laisse que des moignons !

Vous vous croyez libres, mais plus jamais ne le serez !

Marrill leva les mains alors qu'ils remontaient brusquement, s'éloignant de nouveau du *Kraken*. Chaque fois qu'ils sautaient sur un tentacule situé plus bas, celui-ci les remontait plus haut encore.

– On ne peut pas descendre, comprit-elle. Il faut qu'on fasse monter le *Kraken* !

Remy hocha la tête.

– Ça pourrait marcher ! Ce bateau est assez rapide pour tenir tête au Chichisech, c'est sûr !

Coll eut un grand sourire, le premier que Marrill lui voyait faire depuis qu'ils s'étaient mis en quête du Nœud de la Corde enroulée.

– Excellent, commenta-t-il. Tu connais ton bateau comme toi-même. Tu feras un grand capitaine en un rien de temps.

Marrill leva les yeux au ciel.

– Pour ça, il faudrait d'abord qu'on *arrive* au bateau, leur rappela-t-elle.

À cet instant, Finn plongea en piqué devant eux. Elle poussa un soupir de soulagement en le voyant sain et sauf. Ses ailes de toile fendant l'air, il vira vers le navire et atterrit peu après sur le pont dans un sursaut. Il promena son regard sur le fouillis de tentacules, et lorsqu'il aperçut Marrill, il brandit la fiole d'encre pour lui montrer qu'il avait bien son butin.

– C'est bon, Finn est sur le bateau, et il a l'encre, annonça Marrill avec excitation. Il peut nous aider…

Sa voix se perdit. Elle parvenait tout juste à distinguer Finn qui se démenait sur le pont et cherchait désespérément à larguer les amarres. Sauf que le *Kraken* ne lui obéissait pas. Comment aurait-il pu en être autrement ? comprit-elle tout à coup. Comme tout le monde, le bateau ne se souvenait pas de lui.

– Non, oubliez ça, conclut-elle. Il faut absolument que l'un de nous le rejoigne !

Une fille, peut-être un des marins, suggéra alors :

– Le Rabat-joie ne peut pas s'en charger ?

Marrill, Coll et Remy se regardèrent pendant un long moment.

– L'un de *nous* doit rejoindre le navire, répéta Remy.

Les autres hochèrent la tête. Coll se redressa de toute sa taille. Les cordes d'encre de son tatouage menaçaient d'éclater sur ses avant-bras.

– Eh bien, c'est mon bateau, dit-il. Laissez-moi y aller.

Et il sauta.

Marrill n'en crut pas ses yeux. Alors que le combat faisait rage entre le magicien et le monstre marin, alors que les marins chantaient en chœur et que les motifs animés se rapprochaient inlassablement, Coll tomba, bras tendus, et il hurla de douleur.

Voguer avec nous pour toujours, ça vous dit ?

Les cordes se détachèrent en partie du corps de Coll et s'élancèrent pour s'accrocher aux tentacules les plus proches. Le capitaine, se retrouvant ainsi écartelé, exécuta un tour complet sur lui-même et tira de toutes ses forces, arrachant d'un côté puis de l'autre les tatouages à leurs ancrages.

Pour chanter avec nous et des histoires de mer conter !

Les cordages repartirent aussitôt à l'assaut d'autres bras du Chichisech, bien décidés à soumettre le fuyard à l'étreinte du poulpe monstrueux. Mais Coll parvint tout de même à plonger encore, se retourna d'un bond, stoppa sa chute et la contrôla. C'était grandiose et c'était tragique ; Coll était un super-héros et un prisonnier captif en même temps.

Garder toujours le goût du vent salé, ça vous dit ?

Enfin, dans un dernier cri, le capitaine atteignit le pont du *Kraken*. Instantanément, les voiles du navire s'animèrent.

Marrill avait été tellement absorbée par la descente de Coll qu'elle ne remarqua pas le tatouage qui se contractait à côté d'elle. Pas avant qu'une épine s'abatte brutalement. Le temps ralentit presque au point de s'arrêter. Dans une fraction de seconde, elle se retrouverait coincée pour toujours à l'âge de douze ans et condamnée un jour à passer l'éternité comme décoration murale vivante du Chichisech.

Elle sentit Remy la saisir par-derrière et la pousser dans le vide. Marrill atterrit sur un autre tentacule avec un choc qui vida l'air de ses poumons. Une seconde plus tard, sa baby-sitter la rejoignit et poussa une exclamation en heurtant le bras gigantesque.

Marrill croisa son regard.

– C'était moins une. Merci, chuchota-t-elle.

Remy hocha solennellement la tête.

– Je suis la meilleure baby-sitter de tout l'Arizona du Nord. Tu crois que j'allais laisser une de mes protégées vivre jusqu'à la fin des temps dans un calmar géant ?

– Tu oses te moquer de moi ?!?! vociféra Ardent depuis un point en hauteur.

Marrill leva les yeux et le vit tournoyer dans les airs, des vagues d'éclairs lumineux jaillissant de ses doigts. Juste hors de sa portée, une sorte de vrille agitait un bout de papier.

– **Voilà ce que tu cherches, magicien**, gronda la créature. **Les paroles d'un amour perdu, et tu peux les avoir si tu suis mes règles. Laisse quelque chose en échange. Dis-moi qui portera ma marque et cette lettre sera tienne.**

– Ardent, viens ! hurla Marrill.

Elle avait mal aux jambes. Son dos et ses côtes la faisaient souffrir à force de frôler la catastrophe et d'atterrir n'importe comment. Cela ne servirait à rien de tout faire pour atteindre le pont du *Hardi Kraken* si le magicien refusait de les rejoindre. *Il* était la dernière personne qu'ils pouvaient abandonner.

Ardent écarta grands les bras. Des éclairs fusaient de tout son corps pour griller la chair du monstre marin. Le Chichisech rugit et s'agita en tous sens, se tordant sous les coups d'Ardent qui le bombardait avec une force décuplée par la fureur. Marrill eut un mouvement de recul ; elle ne supportait de voir souffrir aucune créature, pas même la plus bornée, gloutonne et colérique qui soit.

Mais à cet instant, alors que le *Kraken* fonçait à travers le fouillis de tentacules qui le séparait d'eux, elle aperçut la lettre d'Annalessa. La vrille qui la tenait s'agitait une douzaine de mètres plus bas, entre elle et le pont du navire.

Marrill ne prit pas le temps de réfléchir ni de planifier quoi que ce soit. Elle sauta.

– Marrill, non ! s'écria Remy derrière elle.

Le cœur au bord des lèvres, elle n'eut pas le loisir de remarquer les épines d'encre tendues qui s'élançaient vers elle dans sa chute. Son être tout entier était concentré sur le bout de papier et le tentacule en mouvement qui le tenait.

Le vent lui piquait les yeux, lui tirant des larmes qui brouillaient sa vision. Marrill toucha la lettre du bout des doigts et l'arracha en priant pour qu'elle ne se déchire pas dans son poing.

Quelque chose s'accrocha à sa cheville et la fit dévier de sa trajectoire.

– Nooooon ! hurla-t-elle, certaine d'être prisonnière d'un autre tentacule.

Mais avant même d'avoir le temps de dire ouf, elle se retrouva sur le pont supérieur du *Kraken*, un filin familier lui relâchant la jambe. Remy atterrit à côté d'elle, une jeune fille accrochée à son dos. Finn se précipita pour les aider à se démêler.

– Merci Os-de-Corde, haleta Marrill.

Elle ouvrit la main et regarda. La lettre n'était pas déchirée ! Elle la lança en l'air.

– Ardent ! Je l'ai !

Le Chichisech poussa un rugissement de fureur, et Marrill se sentit balayée par son souffle fétide.

– **Voleurs, voleurs, trois fois voleurs ! Vous ne m'échapperez pas !**

Coll grogna et mit ses mains en porte-voix :

– Ardent ! Tu viens, *maintenant* !

Une seconde plus tard, le magicien s'immobilisa juste au-dessus du pont. Ardent descendit de son disque, qui exécuta une pirouette avant de rétrécir au point de ne plus être qu'une pièce de monnaie dorée qu'il glissa dans sa poche. Des éclairs bleus et des flammes vertes continuaient de jaillir de ses doigts, et son visage était toujours crispé par la colère.

– Hissez les voiles ! commanda Coll à pleins poumons.

Le tatouage de nœuds le recouvrait à présent presque intégralement, franchissait ses pommettes et se répandait sur ses mâchoires et son menton.

Le *Kraken* prit de la vitesse et exécuta, à travers le labyrinthe de tentacules, un looping sur un bras du Torrent. Le Chichisech les observait de son gros œil injecté de sang. Sa peau le brûlait et ses tentacules pendaient. Il en projeta un, puis un deuxième dans leur direction, mais sans conviction.

Le monstre était vaincu.

Le chant des marins baissa à mesure que le grand poulpe battait en retraite vers le cœur du réseau du Torrent. Le Nœud de la Corde enroulée disparut au loin.

Ardent émit un profond soupir. Il prit sans un mot la lettre des doigts de Marrill et la contempla un instant avant de la fourrer dans sa manche.

– Eh bien, lâcha-t-il enfin. En voilà, une aventure. Et on ne laisse rien derrière nous, au bout du compte.

Il lissa sa tunique et tira sur sa barbe.

– Bon, nous avons tout ce qu'il nous faut, je crois. Il est temps d'en finir avec le Soleil perdu.

L'équipage fixait le magicien d'un regard hébété. Marrill brûlait d'envie de lui dire quelque chose, n'importe quoi. De lui parler du Chichisech. D'Annalessa. De son comportement et du fait qu'il lui avait fait peur. Mais elle ne savait que choisir.

– Coll, commença Ardent. Mets le cap sur Méres.

Le capitaine regarda au bas du gaillard d'arrière pendant un long moment. Les cordes d'encre s'agitaient encore furieusement sur sa peau.

– Je..., commença-t-il.

Puis il fut projeté en arrière, passa par-dessus la rambarde et disparut.

Remy cria. Une novice se jeta contre la cloison comme si elle pouvait encore le rattraper. Marrill se précipita vers le bord du *Kraken* et put tout juste apercevoir un tentacule qui se retirait en emportant Coll dans les ténèbres des profondeurs. La voix moqueuse du Chichisech tonna du fond de l'abysse.

– **Nul ne part sans laisser quelque chose de précieux dans mes nœuds !**

Marrill, bouche bée, se tourna vers Finn, puis vers Remy et Ardent. Tous affichaient la même expression hébétée qu'elle.

Coll s'était évanoui dans l'obscurité.

Vous vous croyez libres, mais plus jamais ne le serez !

21

Ce qui fut laissé dans les nœuds

Finn gardait les yeux rivés sur l'endroit où le capitaine se tenait un instant seulement plus tôt. Il se sentait hébété, assommé, et en restait sans voix.

Ce n'était pas le cas de Remy.

– Qu'est-ce qui vient d'arriver ? demanda-t-elle.

Comme Ardent ne réagissait pas tout de suite, elle frappa du pied et cria, d'une voix plus paniquée encore :

– *Où est passé Coll ?*

– Il semble que le Chichisech l'ait rappelé à lui, répondit-il enfin en secouant la tête.

Remy cligna des yeux.

– Je fais faire demi-tour à ce bateau.

Finn se rendit compte qu'elle s'adressait tout autant à elle-même qu'à eux tous.

– On doit y retourner, reprit-elle en pivotant sur ses talons pour gagner le gaillard d'arrière.

– On ne peut pas faire demi-tour, assura doucement Ardent.

– Quoi ? s'exclama Remy en se figeant.

– Ouais, quoi ? répéta Finn, qui n'en croyait pas ses oreilles.

Coll faisait partie de cet équipage. On n'abandonnait pas un membre de l'équipage. Ils n'avaient même pas laissé ce grincheux inutile et cupide de Rabat-joie qui passait pourtant tout son temps à insulter tout le monde et à voler de la nourriture. Là, c'était *Coll*, quoi ! C'était leur capitaine. Comment Ardent pouvait-il même envisager de ne pas retourner le chercher ?

– On ne peut pas, répéta le magicien. Je le comprends maintenant. Il est impossible d'affronter le Chichisech et de le vaincre. Impossible.

Remy ne laissa à personne une chance d'intervenir.

– Vous plaisantez ? Vous lui faisiez cracher de l'encre, à cette pourriture. Il avait capitulé. Allez *chercher* Coll !

Ardent soupira et secoua tristement la tête.

– Je me suis illusionné en pensant que les règles de cet endroit ne me concernaient pas. Que moi seul, je pouvais prendre à la créature sans rien lui laisser en échange. J'avais tort.

De profondes ridules striaient à présent le coin de ses yeux. Il semblait vieux, abattu et fatigué.

– Il y a longtemps, la bête m'a laissé emmener Coll parce qu'elle savait que je devrais revenir ou renoncer à la possibilité de retrouver la Carte des mille mondes. Bref, je suis parti avec l'impression d'avoir remporté la victoire, alors qu'en réalité, ma plus grande ambition était restée derrière moi, prise dans les nœuds du Chichisech.

« Maintenant, poursuivit-il, il a pris Coll contre l'encre et la lettre d'Annalessa. Si nous retournons le chercher, il prendra quelque chose de plus précieux encore. Et si nous essayons de récupérer cela, il prendra encore quelque chose de plus. Et, en attendant, le Torrent se meurt.

Des plis de sa robe, il tira la Carte des mille mondes. Le trou en forme de larme atteignait à présent la taille du poignet de Finn. De nouveaux mondes furent emportés sous leurs yeux mêmes. Ardent montra l'extrémité du trou, la pointe d'où la larme paraissait prête à tomber. Juste au-dessus, indiqué par le dessin d'une fontaine, se trouvait Méres.

– Il y est presque, constata Marrill à mi-voix.

Ardent hocha la tête. Finn sentit une aigreur lui ronger l'estomac. Il ne leur restait pas beaucoup de temps.

Tous se tournèrent vers Remy. Sa lèvre supérieure se retroussa, découvrant le bout d'une canine.

– On a besoin de Coll. C'est lui qui commande ce navire, vous vous souvenez ?

Le magicien lui adressa un sourire encourageant.

– J'ai confiance en vous. Vous m'avez l'air d'un capitainc compétent.

Remy plissa les yeux.

– En fait, je suis un capitaine *génial*, assura-t-elle en se détournant. Mais je ne suis pas le *meilleur*. Le meilleur, c'est Coll. Et on a besoin du meilleur pour nous sortir de ce pétrin.

Finn eut le cœur brisé de voir les ridules se creuser autour des yeux d'Ardent. Le vieux magicien s'approcha de la jeune fille et lui dit d'une voix douce, pleine de sympathie :

– Coll était mon ami aussi. Son absence va m'affecter plus que vous ne l'imaginez.

La bouche de Remy se mit à trembler. La babysitter se frotta le côté, comme pour chasser la douleur qu'elle devait, Finn le savait, ressentir à la place du cœur.

– Pourquoi l'avoir fait venir dans cet endroit horrible alors ? On aurait pu trouver un moyen de se débrouiller sans lui. On… *vous* auriez pu le protéger. Il n'est venu que parce que vous le lui aviez demandé.

Finn percevait la frustration et la souffrance dans sa voix. Il ressentait la même chose.

Ardent poussa un soupir las et tendit la main pour rassurer la jeune fille.

– Parce que c'est un immense compagnon et un ami loyal.

Remy médita un instant ces paroles, puis rétorqua :

– Eh bien, ça fait de vous un ami d'autant plus épouvantable de lui avoir demandé ça. Et peut-être que si vous n'aviez pas été aussi obsédé par cette lettre…, bafouilla-t-elle, trop furieuse pour finir sa phrase.

Elle se dégagea de la main d'Ardent et traversa le pont d'un pas rageur afin d'aller prendre la barre. Finn s'écarta vivement de son passage.

Marrill, pleine de sollicitude, pencha la tête. Finn était content qu'elle soit là : il ne savait jamais quoi dire dans ce genre de situation alors qu'elle trouvait toujours les bons mots. Elle s'avança.

– Remy…

La baby-sitter fit volte-face, le doigt levé.

– *Non*, aboya-t-elle.

Marrill battit en retraite, visiblement désarçonnée par la force de sa réaction. Finn déglutit. Il n'avait jamais vu Remy aussi en colère. Et il l'avait pourtant déjà vue *pas mal* énervée.

Remy les considéra tour à tour, et ses yeux se posèrent aussi sur Fiz. À ce niveau de fureur, elle pouvait apparemment remarquer *tout le monde*.

Ardent lui-même ne trouva pas le courage de la défier.

– Le Soleil perdu se dirige vers Méres par le sud, dit-elle enfin. Nous arriverons par le nord. Ça nous donnera le temps d'atteindre à la Fontaine sans avoir à craindre que le *Kraken* ne soit pulvérisé.

Puis elle se détourna et monta les marches quatre à quatre. Elle présentait un visage de marbre lorsqu'elle posa les mains sur la barre.

– Hissez les voiles ! lança-t-elle.

Mais rien ne se passa. Sans Coll pour donner son autorisation, le navire ne l'écoutait pas.

– Hissez les voiles ! répéta-t-elle plus fort.

– Os-de-Corde, intervint Ardent d'une voix mal assurée. Les pirat's... vous avez un nouveau capitaine. Obéissez-lui.

Le vaisseau s'anima tandis que les pirat's s'éparpillaient le long des vergues et que l'Homme Os-de-Corde bordait drisses et écoutes.

À cet instant, le Rabat-joie surgit par l'écoutille principale.

– Eh, cervelles de bernacles, vous savez ce qui serait sympa, quand le pont de votre rafiot se met à faire des bonds et à partir dans tous les sens ? Un *panneau*. Je viens de passer un jour et demi à négocier ma liberté auprès d'un équipage d'adorateurs de confiture...

Il s'interrompit. Tous le regardèrent. Il avait les yeux rivés sur Remy.

– Attendez, c'est la pom-pom girl qui fait le capitaine, maintenant ?

Ardent soupira et se dirigea vers sa cabine. Remy, pour sa part, fusilla la créature du regard.

– Traitez-moi encore une fois de pom-pom girl et je vous fiche dans la cale.

Le Rabat-joie se cura les dents avec le bout d'une pince de probacrabe.

– Eh, grommela-t-il en haussant ses quatre épaules avant de s'éloigner. À part si ça grouille de sauvages qui vouent aux conserves un respect malsain, j'ai connu pire.

Remy ne répliqua rien. Elle se contenta de serrer la barre plus fermement et scruta l'horizon.

– Quelqu'un devrait lui parler, commenta Fiz en désignant Remy d'un signe de tête.

Marrill se tourna vers Finn, comme si c'était lui qui venait de parler.

– Tu as raison, dit-elle. Mais j'ai déjà essayé. À ton tour. Moi, je vais dire deux mots à Ardent.

– Mais...

Avant qu'il puisse terminer sa phrase, Marrill le poussa vers le gaillard d'arrière et partit dans l'autre sens pour aller frapper à la porte du magicien. Une voix brusque lui indiqua d'entrer, et elle se glissa dans la cabine, laissant Finn et Fiz plantés au milieu du pont.

– Ouais, eh bien, ça ne peut pas être moi, décréta Fiz. Elle ne se souvient même pas que j'existe.

– Elle ne se souvient pas de moi non plus, dit Finn. Je ne suis pour elle qu'un gosse de plus à ne pas perdre. Marrill, plus un.

– Pour moi, ça prouve qu'elle se souvient de toi quand même, rétorqua Fiz, bras croisés.

Finn poussa un soupir. Elle avait raison. Et puis, chaque fois que Remy l'appelait Plus-Un, cela lui donnait un petit frisson. Il gratifia Fiz d'un signe de tête grognon, prit une profonde inspiration et monta les marches de la dunette.

À la barre du navire, Remy regardait droit devant elle, la mine peu amène. Mais Finn vit qu'elle avait les yeux brillants de larmes contenues. Il n'avait aucune idée de ce qu'il pourrait bien lui dire. Il lâcha donc la première chose qui lui vint à l'esprit.

– Alors… tu sais où tu vas ?

À peine l'entendit-elle qu'elle carra les épaules et releva le menton. Sa réponse fut des plus brèves.

– Oui.

Finn attendit la suite. Qui ne vint pas.

Il s'éclaircit la gorge.

– *Comment* tu peux savoir où tu vas ?

Remy ne le regarda même pas.

– Je préférerais être seule, si ça ne te dérange pas.

Ce n'était pas la première fois de sa vie que Finn se faisait rembarrer. Ni la deuxième. Ni la millième en réalité. Il acquiesça.

– D'accord. Bon, je serai juste là-bas.

Il esquissa un geste vague et s'empressa de descendre les marches jusqu'au pont.

– Voilà, dit-il à Fiz. J'ai essayé…

– Trois… deux…, compta-t-elle en s'aidant de ses doigts. Ça y est, elle a déjà oublié qu'elle t'a parlé. Recommence !

Finn poussa un nouveau soupir et retraversa le pont jusqu'aux marches, à l'autre bout. Le fait d'avoir quelqu'un qui comprenait *réellement* ce que c'était que d'être lui commençait à perdre de son charme.

– Alors, j'ai appris que tu venais d'être nommée capitaine, commença-t-il en marchant vers elle. C'est impressionnant, *surtout* à ton âge !

Remy darda les yeux sur lui.

– Certains sont plus vieux qu'ils le paraissent, dit-elle avant de pousser un profond soupir. Si ça ne te dérange pas...

– Oh, bien sûr, la coupa Finn en levant les mains. Tu veux être seule. Pas de problème. Je serai juste...

Il laissa sa phrase en suspens tandis qu'il dévalait les marches.

– Trois... deux..., énuméra Fiz.

– D'accord, d'accord, marmonna Finn.

Un instant plus tard, il était de retour sur le gaillard d'arrière.

– Alors..., parvint-il à émettre. Qu'est-ce qu'on a quand on croise un végénimal à cheval sur un lézard avec l'Empire de Khesterech ?

Remy le dévisagea, sourcils arqués.

– Un génocide.

Elle se passa la main sur la figure.

– Si ça ne te dérange pas...

Elle n'eut pas besoin de terminer. Il était déjà en bas des marches.

Fiz leva la main.

– Donne-lui quelques secondes de plus, conseilla-t-elle. Ce coup-là va être un peu plus dur à oublier.

Pendant qu'ils attendaient, elle s'appuya contre le pied de l'escalier.

– Mais Remy a raison, avança-t-elle. On a besoin de Coll pour échapper à la Source. Ils savent que le Soleil perdu se rend à Méres et qu'on va finir par y aller pour tenter de l'arrêter. Une fois là-bas, ils vont nous tomber dessus, c'est certain.

– Je ne crois pas que c'est pour ça qu'elle est dans cet état, dit Finn.

– Je sais, assura Fiz. Et c'était stupide de la part d'Ardent d'obliger Coll à retourner là-bas en sachant qu'il pouvait le perdre.

Finn leva les mains pour l'arrêter.

– Attends une minute. Ardent n'a pas *obligé* Coll à y aller. Il lui a *demandé* de le faire, oui, mais Coll aurait pu refuser. C'était autant sa décision que celle d'Ardent.

– Quoi ? s'écria Fiz avec un éclat de rire. Pas du tout ! Pourquoi faire volontairement un truc pareil ?

– Je n'hésiterais pas, moi, déclara pensivement le garçon. Enfin, si Marrill me demandait de faire un truc de ce genre pour sauver sa mère, je dirais oui, moi aussi. Et ce serait mon choix, pas le sien.

Fiz lui lança un drôle de regard.

– Tu risquerais ta vie rien que pour l'aider à sauver sa mère, que tu n'as même jamais rencontrée ?

– Évidemment, répondit Finn, comme si la question n'avait pour lui aucun sens. C'est mon amie. Je ferais n'importe quoi pour elle.

– Sans qu'une Source, ou n'importe qui d'autre, t'en donne l'ordre ?

Là, *cette* question n'avait vraiment aucun sens.

– Personne ne me donne des *ordres*, s'offusqua-t-il. L'équipage du *Kraken*, c'est ma famille. Je serais prêt à tout pour eux parce que je les *aime*, pas parce que j'y suis obligé. Comme ma mère l'a fait pour moi, reprit-il après un petit silence.

La fille du Vague secoua la tête, un léger sourire sur les lèvres.

– Quoi ? demanda Finn.

– Rien. C'est juste… que ce n'est pas le genre de chose qu'on entend parmi la Source et le Vague, c'est tout, assura-t-elle en détournant les yeux.

Finn attendit un instant, puis ajouta :

– Je t'ai vue essayer de rattraper Coll. Quand le Chichisech l'a emporté. Tu aurais voulu le sauver.

Elle écarta l'argument d'un geste.

– Si tu avais réussi à le saisir, insista Finn, tu aurais pu être emportée avec lui. Te retrouver coincée dans le Nœud jusqu'à la fin des temps avec tous les autres marins.

Elle persista à ne pas répondre et à regarder ailleurs.

– Et à Oneira, quand Remy a raconté à quel point le néant était près alors que Coll faisait tout pour décoller notre coquillage du récif, j'ai compris qu'il manquait quelque chose à son récit. *Tu* étais là pour l'aider. *Tu* as risqué d'être engloutie par le vide pour nous sortir de là.

Il s'avança vers elle.

– Personne ne t'a ordonné de prendre de tels risques, Fiz, énonça-t-il en lui posant la main sur l'épaule pour la serrer. En fait, c'est exactement le genre de chose que ferait un vrai membre de cet équipage.

Fiz s'agita, de toute évidence mal à l'aise d'être ainsi scrutée. Mais la vérité s'imposait : elle avait *envie* de faire partie de leur équipage. Elle se souciait effectivement d'eux sans même en avoir conscience. Pourquoi sinon aurait-elle risqué ainsi sa vie en de multiples occasions ?

Fiz se déroba de nouveau et se racla la gorge.

– Le compte à rebours est terminé. C'est le moment de retourner auprès de Remy.

– D'accord, dit-il.

Mais il réfléchissait toujours à leur conversation en gravissant les marches. Arrivé en haut, il s'arrêta et se retourna en glissant la main dans son sac de voleur pour y prendre quelque chose d'important.

– Eh, Fiz...

Elle leva les yeux vers lui.

– Attrape !

Il lança l'objet vers elle, et elle leva instinctivement les mains. Son bracelet d'argent étincela à la lueur du Torrent Pirate lorsqu'elle le saisit au vol. Les yeux brillants, Fiz le glissa à son poignet. Elle ouvrit la bouche, puis la referma et dut avaler plusieurs fois sa salive avant de murmurer :

– Merci.

Finn sourit, hocha la tête et traversa le gaillard d'arrière. Il avait encore Fiz, l'équipage du *Kraken*, la Source et le Vague, Coll, Ardent et sa mère plein la tête. Il ne savait pas quoi dire à Remy. Tout ce qu'il voulait, c'était être là pour elle. C'était qu'elle se sente mieux.

Il s'appuya en silence contre la rambarde et regarda le ciel. Le Torrent formait encore un entrelacs de cours d'eau devant eux, mais ils avaient quitté la caverne du Chichisech. Il faisait sombre dehors, et l'étoile de Finn – celle que sa mère lui avait montrée longtemps auparavant – luisait à l'horizon. Il lui sourit.

Il savait qu'elle se trouvait là, quelque part, la femme qui l'avait sauvée des enclos où la pauvre Fiz avait grandi. La femme qui avait pris tous les risques pour lui donner une chance. Comme Coll l'avait fait pour eux tous.

Une douleur vive lui enserra la poitrine. Il regarda Remy. Malgré son dos raidi et son regard ferme, son chagrin était manifeste.

– Coll va me manquer, dit Finn.

C'était la vérité. Coll était un bon capitaine. Même s'il ne se souvenait jamais de Finn, il n'hésitait jamais un instant à venir en aide à ses amis.

– À moi aussi, répliqua Remy, le menton tremblant.

Il hésita, puis demanda :

– Tu veux en parler ?

– Pas vraiment.

Il demeura un instant immobile, et s'efforça de penser à ce qu'il voudrait, s'il était à sa place.

– Ça t'embête si je reste un peu ? Je te promets de ne pas te déranger.

Elle lança un regard vers lui.

– En fait, Plus-Un...

Finn s'écarta de la rambarde, prêt à redescendre l'escalier. Mais l'ombre d'un sourire joua sur les lèvres de la jeune fille.

– J'aimerais bien, dit-elle. Oui, ça me ferait vraiment plaisir.

– Super, commenta Finn en lui renvoyant son sourire. Je suis là. Tu sais, si tu as besoin de moi.

Remy hocha la tête. Lorsqu'elle reporta son attention sur la conduite du vaisseau parmi les multiples bras entrelacés du Torrent qui s'étiraient devant eux, ses épaules paraissaient un peu moins tendues.

Finn reprit sa position contre la rambarde, conscient qu'il avait sans doute déjà été oublié, mais peu désireux de s'en aller. Il fut donc très surpris d'entendre, quelques minutes plus tard, Remy lui dire tout doucement :

– Merci.

22

Des rides sur l'océan

– Ardent ? appela Marrill en pénétrant dans la cabine obscure.

Le magicien serrait les mains derrière son dos et regardait par la fenêtre la plus éloignée. Le sillage du *Kraken* y semblait une traînée de feu doré qui projetait des étincelles dans la nuit.

– La première fois que je suis allé voir le Chichisech, raconta-t-il sans se retourner, je croyais que la Carte des mille mondes me conduirait aux secrets du Dzane.

– Eh bien, ça a été le cas, dit Marrill avec un rire sans joie.

– Effectivement, concéda-t-il. Mais le Soleil perdu de Dzannin ne correspondait pas vraiment à ce que j'espérais. C'était avant que Serth ne boive l'eau du Torrent, avant la prophétie méressienne ; je n'avais pratiquement jamais entendu parler du Soleil perdu à l'époque. Non, ce que je désirais par-dessus tout, c'était acquérir le pouvoir du Dzane. La Carte était mon ambition suprême. Mais de savoir maintenant que la Rose des Vents était avec le Chichisech… cette créature m'a bien eu.

Marrill laissa la porte se refermer derrière elle et s'approcha du bureau du magicien, au milieu de la pièce. Il était jonché de tout un bric-à-brac, comme d'habitude. Un coin cependant avait été dégagé pour faire place à un épais manuscrit partiellement déroulé.

– C'est justement ça que je ne comprends pas, dit-elle. Vous dites que le Chichisech vous a pris quelque chose de précieux parce qu'il avait la Rose des Vents. Mais ensuite, il a donné la Rose à Annalessa, et vous avez fini par la récupérer quand même.

Ardent se tourna vers elle. Une main pendait mollement le long de son flanc, la lettre froissée comme collée au bout de ses doigts et susceptible de tomber à tout moment.

– En effet, admit-il. Il a trouvé quelque chose qui m'était encore plus précieux à prendre à la place.

Il respira profondément.

– Lorsque je cherchais la Carte, je passais des semaines à étudier la question avant d'aller où que ce soit, afin de m'assurer que mes pistes étaient solides, que je savais exactement ce que je cherchais et que je serais à même de reconnaître les indices quand je tomberais dessus. Mais quand Annalessa a disparu, j'ai tout oublié. Je me suis lancé dans une chasse insensée et me suis précipité partout où je pensais qu'il pouvait y avoir une chance, le plus vite possible, pendant des années et sans aucun résultat.

Il désigna le manuscrit sur le coin de son bureau. Marrill s'en approcha prudemment. La partie déroulée affichait une liste de ce qui ressemblait à des lieux : la Côte Fanfaronne, Kittargh & Yaracdala, la Balafre de la Mariée, le Manoir de l'Étrange. La plupart avaient été rayés, mais pas tous. Trois, en particulier, projetaient une douce lueur jaune en bas de la liste, comme tracés à la flamme d'une bougie. Ces trois noms lui étaient familiers.

Monerva
le Jeu de Margaham
le Nœud de la Corde enroulée

Sur un claquement de doigts d'Ardent, le manuscrit commença à se dérouler. Il atteignit le bord du bureau et tomba par terre, continuant à se déployer à travers la cabine. Marrill retint sa respiration : des milliers de destinations avaient été consignées sur le parchemin.

– Vous êtes allé dans tous ces endroits ?

Ardent répondit d'une voix lasse :

– Plutôt deux fois pour beaucoup d'entre eux.

L'expression qu'il affichait à ce moment-là rappela à Marrill celle-là même que son père essayait toujours de lui dissimuler, celle qui venait sur ses traits tard la nuit, quand il était obnubilé par la santé de sa femme : un mélange de peur, d'inquiétude et d'un chagrin intense et douloureux. Elle prit conscience que son père et Ardent avaient cela en commun : ils étaient tous les deux incapables d'orienter le destin de la personne qu'ils aimaient.

– Qu'y avait-il dans la lettre ? demanda Marrill.

Ardent soupira et haussa les épaules, puis lui tendit la lettre d'un mouvement brusque des doigts.

– C'est toi qui l'as récupérée. Tu as le droit d'en connaître la teneur.

Marrill ravala son étonnement et courut la prendre avant qu'il change d'avis.

> *Mon cher vieil idiot,*
>
> *Quand nous nous sommes retrouvés à Monerva, je savais que je ne pourrais pas arrêter Serth et sa prophétie destructrice. Mon avenir était ton passé. Comment aurais-je pu changer cela ? Il ne me restait plus qu'à le traquer, apprendre ce qu'il avait en tête et espérer qu'une solution finirait par surgir. Ce que je n'ai pas compris, c'est que je tournais en rond, et qu'en poursuivant Serth, j'étais pourchassée à mon tour. Je suis à présent poursuivie par l'ombre de l'homme que j'ai connu jadis, un triste reflet de la personne que j'aimais autrefois autant que moi-même. Il sait déjà où ce chemin nous mène ; il n'y*

a pas d'échappatoire possible. Mais lui-même ne sait pas ce que nous découvrirons là-bas.

Cependant, j'ai trouvé ce qui me manquait. Je ne peux arrêter la prophétie, j'en suis consciente, mais je crois que je peux influencer la manière dont elle s'accomplira. Et c'est peut-être exactement la chance dont le Torrent a besoin pour survivre à l'avènement du Soleil perdu.

Pour faire ce qui est nécessaire, il me fallait la Rose des Vents, et, pour l'obtenir, je devais laisser quelque chose de précieux en échange. Le Chichisech n'a eu qu'une exigence : que je promette, liée par la magie du Nœud de la Corde enroulée, de ne jamais te revoir ni te parler tant que ma tâche ne serait pas accomplie. Le Chichisech m'assure que tu reviendras un jour et récupéreras cette lettre. Il a même insisté pour que je l'écrive. Une partie de la facture qu'il veut nous faire payer tous les deux est, semble-t-il, que tu connaisses exactement les termes de notre marché.

Comme je regrette que tu ne m'aies pas accompagnée lorsque je suis venue te voir dans ta tour. Nous n'avons plus cette possibilité, maintenant. Je dois faire cela seule.

L'aimant, la Rose des Vents que tu as tant cherchée autrefois, pèse lourd dans ma main. Elle me guide vers la Fontaine de Méres où *se mêlent magie et magiciens. Je ne sais pas ce qu'il adviendra là-bas. Peut-être un jour t'écrirai-je pour t'annoncer que ma mission est accomplie, que la malédiction du Chichisech est levée et que nous pouvons nous revoir. Peut-être pas.*

Quoi qu'il en soit, fais-moi confiance, et sois-en sûr : tu me reverras un jour, même si le temps qui passe nous aura rendus tous les deux méconnaissables.

Jusque-là, je reste à toi pour toujours,

Ton Anna

– Voilà pourquoi je n'ai jamais pu la retrouver. Annalessa a passé un marché avec le Chichisech afin d'être *introuvable*.

Ardent se découvrit et se passa les doigts sur le front, comme s'il essayait d'apaiser la tension. Sans son chapeau, ses cheveux blancs formaient comme un nuage autour de son visage, et lui donnaient l'air encore plus incongru que d'habitude.

Marrill fronça les sourcils. *Elle* avait une tout autre interprétation de la lettre. Elle repensa à la première fois qu'elle était venue sur le Torrent, la toute première fois que le magicien lui avait parlé de sa quête pour retrouver Annalessa. Une quête qui avait commencé quand la magicienne lui avait *envoyé une lettre*.

– Euh, Ardent ? Mais c'est une bonne nouvelle ! s'écria-t-elle.

– Comment ça ? demanda-t-il en arquant un sourcil blanc.

– La lettre, dit Marrill, vibrante d'excitation. Celle qu'Annalessa vous a envoyée et qui vous a poussé à vous lancer à sa recherche. Si elle l'a envoyée *après* avoir écrit ce message-ci, ça signifie qu'elle est déjà délivrée de sa promesse au Chichisech !

Ardent plissa le font.

– Oui, certainement, Marrill, mais nous n'avons aucun moyen de savoir l'ordre dans lequel ces choses se sont produites. De plus, elle ne m'a pas réellement adressé de lettre. Elle m'a envoyé...

Sa voix se perdit. Puis il écarquilla soudain les yeux.

– La Rose des Vents, souffla-t-il.

– Hein ? fit Marrill, perdue à son tour.

Ardent, lui, avait les yeux brillants.

– Je ne te l'ai jamais dit. C'est elle qui m'a envoyé la Rose des Vents. J'ai ouvert sa lettre, et Rose s'est envolée. En fait, Annalessa n'a jamais approuvé ma quête de la Carte. Elle craignait que mon obsession de la trouver ne me perde ; et c'est elle qui, autrefois, m'a convaincu d'y renoncer. Le fait que ce soit elle qui m'ait envoyé la Rose des Vents, une partie de la Carte, eh bien...

Il écarta du pied l'ourlet de sa robe et se mit à faire les cent pas.

– Elle ne m'aurait jamais incité à reprendre ma quête de la Carte à moins d'une situation extrême. À moins qu'il n'y ait absolument aucune autre option. J'ai compris tout de suite que je n'avais été qu'un imbécile. Que j'avais tourné le dos à la personne à laquelle je tenais le plus. Que si elle disparaissait, ce serait de ma faute.

Marrill sourit, heureuse de le voir retrouver son énergie.

– Donc, si elle vous a envoyé la Rose des Vents, c'est *forcément* après vous avoir écrit cette lettre. Vous savez, ajouta-t-elle en croisant les bras, je crois qu'en réalité, le Chichisech s'amusait avec vous. Annalessa a l'air convaincue qu'elle vous reverra, et elle vous attend peut-être à Méres. Si c'est le cas, et que le Chichisech ne soit qu'une espèce de gros débile... eh bien, on pourra peut-être retourner chercher Coll après tout ça !

Un peu de couleur revint aux joues du magicien.

– Bien vu, mademoiselle Aesterwest. Tu soulèves même plusieurs points très justes.

Il se pencha vers elle et lui ébouriffa les cheveux avec affection. Ils rirent tous les deux. Cela faisait du bien – après avoir vu Ardent agir avec tant de dureté, voire de cruauté vis-à-vis du Chichisech – de le retrouver enfin.

Le vieux magicien la gratifia de son bon sourire de grand-père et se retourna vers la fenêtre.

– Bon, dit-il, il se fait tard. Il nous faut une bonne nuit de sommeil, rêver de tendres retrouvailles et de victoires glorieuses. Car demain, nous accosterons à Méres.

*
* *

Le lendemain parut s'insinuer dans le monde plus qu'il ne se leva.

Marrill avait visité pas mal d'endroits assez incroyables sur le Torrent Pirate. Elle s'était imaginé que l'île de Méres, lieu de conférence des magiciens, serait le plus magique de tous. Plus que magique même. *Super* magique.

Mais au matin, lorsqu'elle sortit sur le pont, il n'y avait rien de pareil. Des rochers jaillissaient du Torrent agité par les vagues, certains plus hauts que le *Kraken*. Ils formaient un labyrinthe si dense qu'ils semblaient impossibles à franchir à la voile. Personne n'en aurait eu envie de toute façon. D'après ce qu'elle parvenait à entrevoir, rien d'autre ne les attendait qu'un bout de terre ramassé, recouvert d'arbres morts sinistres et abandonnés sous le ciel couleur de chagrin.

Marrill monta sur le gaillard d'arrière, où Remy se tenait appuyée contre un montant, un doigt sur la barre pour garder le bateau en équilibre.

– Tu es sûre de savoir où tu vas ? demanda Marrill.

Remy émit un énorme bâillement et cligna des paupières sur ses yeux injectés de sang.

– Évidemment, que je le sais. On est sur le courant de Méres. Et du coup, ça, ajouta-t-elle en désignant du menton les rochers autour d'eux tout en se frottant le flanc d'un air absent, ce doit être l'île de Méres.

Marrill fit la grimace. Elle ne put dissimuler sa déception.

– Mais... c'est complètement désert... et moche.

– Ça ne peut pas être le pays des arcs-en-ciel et des licornes partout, répliqua Remy avec un haussement d'épaules.

– Nan, celui-là, j'y suis allé pour mon troisième anniversaire, grogna le Rabat-joie, assis à une table toute proche. Surfait.

Marrill lui jeta un regard oblique.

– Troisième anniversaire de quoi ?

– Troisième anniversaire d'occupe-toi de tes affaires, répondit sèchement le monstre. Oh, attends, ça n'est encore jamais arrivé que tu t'occupes de tes affaires. Faudra que je pense à faire une fête si jamais ça se produit un jour.

– On fête quelque chose ? demanda Ardent au milieu d'un bâillement en sortant de sa cabine.

Le Rabat-joie se leva et se traîna vers l'écoutille.

– Non, à moins que tenter un truc stupide qui va tous nous tuer ne puisse passer pour une fête. Mais si c'est le cas, c'est la fête tous les jours avec vous, bande de tarés.

Il arriva à l'escalier à l'instant où Finn surgissait.

– Bonjour, lança le garçon.

Le Rabat-joie l'accueillit avec un sourire méprisant.

– Bravo, tu sais reconnaître le jour de la nuit. Apprends à compter sur tes doigts, et tu seras officiellement moins bête que tu le parais.

Il brandit une main épaisse sous le nez de Finn.

– Du Rabat-joie pur et dur, grogna-t-il avant de s'engouffrer dans l'escalier.

Finn secoua tristement la tête et vint se glisser près de Marrill.

– C'est bien de savoir que le Rabat-joie est toujours là. Je n'arrête pas de décrocher le panneau qu'il a mis sur le pont promenade, mais il ne veut plus y mettre les pieds.

Il prit un bout de fromage sur une table et le grignota pensivement.

– Au fait, des signes de la Source et du Vague ?

Marrill fit non de la tête.

– L'horizon est dégagé. Ça a l'air de rouler pour le moment.

– Tant mieux, commenta le garçon avec un petit mouvement de tête. Mais Fiz assure qu'ils vont venir. Elle en est certaine.

Marrill le dévisagea longuement. *Fiz* ? Finn avait-il une autre amie dont il ne lui avait jamais parlé ? Elle l'avait trouvé un peu absent ces derniers jours. Pendant presque tout le voyage en fait. Elle avait le sentiment qu'il passait des heures sans même venir la voir.

Une impression familière occupait un coin de sa conscience, comme si Marrill connaissait déjà la réponse à cette question, mais n'arrivait pas à mettre le doigt dessus...

– Alors, voilà Méres, dit Finn, dispersant les pensées de son amie. Il n'y a pas grand-chose à voir, hein ?

Ardent leur adressa un sourire malicieux.

– Pas encore, peut-être. Mais Méres ne révèle pas ses secrets à tout le monde. Regardez bien.

Il écarta le bord de sa robe, s'avança vers la rambarde la plus proche, émit une sorte de ronflement sonore puis cracha dans le Torrent Pirate.

– Beurk, fit Marrill. On était obligés de voir ça ?

Pendant qu'elle parlait, des vaguelettes partirent de l'endroit où était tombé le crachat, et ce fut comme si un foisonnement de couleurs balayait soudain le Torrent. Tout ce qui avait été sépia auparavant se mit à remuer, avec des nuances de plus en plus vives. Les récifs rocheux semblèrent se diviser et ouvrirent au *Kraken* une voie navigable. Au-delà, l'île s'étira en un littoral impressionnant. Les arbres défeuillés se tordirent et poussèrent, leurs branches se mêlant les unes aux autres.

Marrill cligna des yeux. C'était comme si l'on venait de lui retirer un bandeau. Tout ce qui, un instant plus tôt, avait été nu et marron était à présent d'une luxuriance extrême.

– Wouah, murmura-t-elle.

– Il faut les fluides d'un magicien pour déverrouiller les eaux de Méres, expliqua Ardent en se redressant. Les autres ont toujours préféré le côté dramatique du sang, mais je n'ai jamais été très porté sur les lames et les aiguilles.

– Super crachat, décréta Finn.

Ardent se pencha entre eux deux.

– Vous auriez dû voir le résultat la fois où j'ai pissé dedans, chuchota-t-il.

– Oh, dégoûtant. J'ai entendu, gémit Remy.

Ardent s'éclaircit la gorge et fit un grand geste du bras.

– Mmm-humm, oui. Ce que je voulais dire, c'est : Bienvenue à Méres ! Le lieu de naissance du Torrent Pirate ! Maintenant que la voie est dégagée, veuillez nous conduire au rivage, je vous prie, madame la capitaine.

– Juste devant vous, grand-père, fit Remy à mi-voix.

Effectivement, elle avait déjà engagé le *Kraken* dans le chenal principal. Ils ne tardèrent pas à s'insinuer dans de nouvelles trouées parmi les récifs, bordées de part et d'autre par d'énormes rochers ronds.

Alors qu'il ne restait plus que l'île en face d'eux, Marrill prit conscience qu'il serait extrêmement facile de les piéger en un tel endroit. Elle regarda en arrière, juste à temps pour voir les vaisseaux de guerre surgir de derrière les plus grosses masses rocheuses.

– LA SOURCE ! cria une fille sur le pont principal, exprimant tout haut les craintes de Marrill.

Remy garda son cap, les mains crispées sur la barre.

– Les gars, on a un problème, annonça-t-elle. Pas d'abri possible, pas de fuite possible non plus. Soit on fonce vers l'île au risque de se retrouver coincés, soit faut essayer de faire demi-tour pour les doubler.

– Continue, commanda Ardent. Le Soleil perdu est presque à Méres. Nous devons arriver à la Fontaine avant lui... même si ça implique de perdre le *Kraken* en cours de route.

– Perdre le *Kraken* ? murmura Marrill.

Ce serait comme d'abandonner Coll une seconde fois. Elle déglutit et s'efforça de chasser cette idée de son esprit. Si elle commençait à réfléchir à tout ce à quoi ils pouvaient devoir renoncer dans cette aventure, elle serait paralysée par la peur.

– Vite, poursuivit Ardent, rassemble tout ce qu'il nous faut pour aller à terre. On dirait bien que nous allons devoir disputer une course.

– Ruban de rêves, c'est bon, annonça-t-elle en le prenant là où elle le gardait, près de ses carnets à croquis.

Elle le fourra dans son sac de matériel de dessin.

– Finn, tu as l'encre ?

– C'est bon, répondit-il en lui tendant le flacon.

Elle le glissa dans le sac.

– Merci, jeune inconnu, dit Ardent à Finn avant de tapoter la manche de sa tunique. Moi, j'ai la Carte et le globe de souhait.

Il se pencha vers eux pour ajouter :

– Je préfère ne pas le laisser à la Source pendant qu'on affrontera le Soleil perdu. Une apocalypse à la fois, ça me paraît suffisant.

Il s'avança vers la rambarde, mais une fille lui barra le passage.

– C'est une course que vous ne pourrez pas gagner, avertit-elle en le prenant par le bras.

Marrill sursauta. Pendant un instant, elle crut qu'ils avaient déjà été abordés. Mais Finn lui posa une main sur l'épaule, puis l'autre sur celle de la fille. Le nom de *Fiz* résonna dans la tête de Marrill. Il avait quelque chose de... familier.

– T'inquiète, assura Finn. Elle fait partie des gentils. Et elle a raison.

– Et puis quoi encore ! s'écria Ardent.

– La Source avance vite..., constata Finn en désignant la poupe de leur bateau. Ils seront là avant que vous arriviez à la Fontaine.

Ils restèrent un instant silencieux, absorbés par les vaisseaux qui s'engageaient à leur suite dans le passage. Ils seraient sur eux dans moins de dix minutes. Ça ne constituait pas un réel avantage.

Puis Marrill repensa à ce que son ami venait de dire.

– Qu'est-ce que tu entends par « avant que *vous* arriviez à la Fontaine » ?

Finn lui adressa un drôle de sourire.

– Tu pars devant avec Ardent. Je reste ici pour les retenir.

– C'est de la folie, fit-elle remarquer en croisant les bras. Cette armée est invincible. Comment peux-tu imaginer un instant la battre ?

Finn se balança sur ses talons, et son visage se fendit de son sourire effronté coutumier.

– T'en fais pas pour moi. J'ai un plan d'enfer.

Marrill leva les yeux au ciel.

– Finn, ce n'est pas une plaisanterie. C'est juste que... ça fait bizarre de se séparer. On a toujours affronté la fin du Torrent Pirate ensemble. Et puis..., continua-t-elle en prenant une profonde inspiration, ce voyage était censé t'aider à retrouver ta mère. Et j'ai le sentiment... d'avoir complètement perdu ça de vue et de t'avoir laissé tomber. Comme à Monerva.

Sans qu'elle le voie venir, Marrill se retrouva enserrée dans un énorme câlin.

– Marrill, dit enfin Finn. Tu es ma meilleure amie du Torrent tout entier. Tu n'es pas obligée de me venir en aide à chaque seconde pour que je sache que je peux compter sur toi.

– Terre ! cria Remy.

Le *Kraken* s'immobilisa, et son ancre en forme de calmar fut jetée dans un grincement de chaîne sonore.

Finn s'écarta, les mains posées sur les épaules de Marrill. Son expression se fit grave, ou du moins, aussi grave qu'elle pouvait l'être.

– La Source est peut-être une armée invincible, mais ça ne signifie pas qu'elle n'a pas de faiblesses. Tout le monde a un point faible, et j'ai bien l'intention d'utiliser le leur contre eux. En plus, ils ne me feront jamais de mal. Vell a besoin de moi.

Marrill s'élança vers lui pour le serrer à son tour dans ses bras.

– Fais attention quand même.

En dépit du danger imminent, Finn sourit et agita les sourcils.

– *Pfuitt*, pour moi, ce sera fastoche. Allez, va sauver le monde avec Ardent.

– Je reste aussi, annonça Remy.

Marrill lui adressa un regard stupéfait. Mais la jeune fille ne plaisantait pas le moins du monde.

– Ce bateau a déjà perdu un capitaine, dit-elle. Je ne l'abandonnerai pas. Et puis tu seras avec Ardent. Je suis peut-être la meilleure baby-sitter de tout le nord de l'Arizona, mais je ne peux pas rivaliser avec un magicien. Tu vas y arriver, Marrill.

Celle-ci respira un bon coup puis rejoignit Ardent à l'arrière du navire.

– Nous voilà de nouveau tous les deux, semble-t-il, conclut le magicien en présentant son bras arrondi. On y va ?

Marrill regarda derrière elle tandis qu'Os-de-Corde les emportait vers la terre ferme. Le rivage était étroit, guère plus qu'une bande de rochers acérés longée par la gueule noire d'une forêt. Finn lui fit signe depuis le bateau alors qu'ils pénétraient dans les bois.

Des ombres se dressaient devant eux ; il était impossible de savoir ce qui les attendait.

Mais, quoi qu'il arrive, le *Hardi Kraken* les soutiendrait.

23

La Source avant la fin

Finn garda le menton levé et la poitrine bombée jusqu'au moment où il fut certain que Marrill et Ardent avaient disparu dans la forêt inhospitalière. Alors, sa tête retomba et ses épaules s'affaissèrent. Une mouette poussa un cri moqueur en tournoyant dans le ciel, et l'air chargé d'une odeur de sel et d'algues emplit ses poumons d'un goût âcre.

– Bon, dit-il, en vrai, je n'ai pas le commencement d'une idée. Alors si quelqu'un pense à quelque chose, je suis ouvert à toutes les suggestions.

Fiz arpentait le pont à côté de lui.

– On ne peut rien faire, marmonna-t-elle. La Source est invincible. Rien ne peut l'arrêter.

– D'accord, répliqua Finn en frappant dans ses mains. Ça ne nous aide pas vraiment. Alors quelqu'un a-t-il une suggestion qui sorte du registre on-va-tous-mourir ?

Derrière eux, les vaisseaux de guerre fendaient les vagues et filaient entre les rochers bien plus vite que ne l'aurait osé n'importe quel capitaine sain d'esprit. Finn comprit que c'était parce qu'un capitaine sain d'esprit obéissait à son instinct de conservation alors que la Source n'avait rien à redouter. Ils n'allaient pas tarder à les rattraper.

– J'aurais dû rester en Arizona, marmonna Remy. Oh, mais attendez, je n'ai jamais *demandé* à quitter l'Arizona.

Finn sentit sa gorge se serrer.

– C'est bon, attrapez tout ce qui vous tombe sous la main, ordonna-t-il. Le but, c'est de les ralentir le plus longtemps possible. On va donc les combattre jusqu'à ce qu'ils nous abordent, et ensuite je ferai mine de les conduire au globe de souhait dans la cabine d'Ardent.

Il ricana en imaginant déjà Vell couvert de gel hurleur.

– Des questions ?

Le premier grappin passa en sifflant et s'enfonça dans le bois du pont principal. Finn reprit son souffle et dégaina ses couteaux d'escalade. Fiz continuait de faire nerveusement les cent pas à côté de lui. Sur le gaillard d'arrière, Remy saisit le sabre que Coll conservait près de la barre et le tint à distance respectueuse de son corps, comme si elle en avait peur.

Un deuxième filin d'abordage s'accrocha au *Kraken* puis encore un. Les soldats de la Source se tapirent derrière leur rambarde, prêts à s'élancer vers l'autre navire.

– D'accord, dit Finn. On y est. C'est le moment de leur faire avaler quelques coutelas !

Le premier soldat de la Source atterrit sur le gaillard d'arrière. Remy leva son sabre et chargea, mais un deuxième soldat surgit de nulle part pour lui faire un croc-en-jambe. Elle déboula contre la cabine d'Ardent, où d'autres membres de la Source et du Vague l'attendaient pour la ficeler.

De nouveaux soldats gagnèrent le pont principal et marchèrent sur Finn. Il se baissa pour éviter le premier, roula sur lui-même et esquiva le deuxième. Un troisième surgit d'un angle mort et chercha à l'attraper. Finn repoussa sa main d'un coup de poignard, rebondit contre le garde-corps et arriva au milieu du pont.

Cependant, la Source avait poursuivi son abordage et commençait à envahir le navire. Elle détenait Remy, et il semblait que Fiz n'avait même pas cherché à se battre. Les pirat's eux-mêmes levaient les bras en l'air, leurs épées cure-dents gisant à leurs pieds.

L'équipage du *Kraken* n'avait pas tenu longtemps. Il revenait maintenant à Finn de faire durer le combat.

– Bonjour, frère du Vague, lança sa propre voix dans son dos.

Finn fit volte-face et fouetta instinctivement l'air de son poignard, attendant une parade et prêt à réorienter l'énergie contraire dans une esquive. Mais Vell ne bougea pas et laissa le couteau lui érafler la poitrine.

L'étoffe se déchira telle une feuille de papier. La lame produisit un son terrible en raclant la chair nue du garçon. Finn hoqueta, et il entendit Remy faire de même.

Mais aucune goutte de sang ne coula. Vell ne tressaillit pas. Finn le fixa d'un regard hébété et souleva, sans conviction, de nouveau son poignard. Son jumeau ne cilla même pas. D'un mouvement rapide, Vell écarta la lame, saisit le poignet de Finn et le tordit jusqu'à ce qu'il lâche son arme. Puis il remonta le coude et l'en frappa en pleine figure.

Finn recula en titubant, la douleur fusant dans son crâne et le projetant à genoux. Sa Source le considéra d'un regard impassible.

– On ne se blesse pas, déclara Vell en faisant craquer ses doigts. On ne brûle pas. On ne saigne pas. Tu comprends maintenant qu'on est invincibles ?

Une autre voix s'éleva à l'autre bout du bateau.

– Cesse de jouer avec lui, Vell.

Les rangs de la Source s'ouvrirent. La Crête avait en personne débarqué sur le *Kraken*.

Elle claqua des doigts, et Vell recula docilement pour se placer à côté d'elle.

– Tu sais pourquoi nous sommes ici, déclara-t-elle. Le globe de souhaits.

Elle jaugea rapidement Finn, qui, accroupi sur le pont, portait la main à sa tempe meurtrie, sur laquelle un hématome s'étendait à vue d'œil.

– Et pour te mettre en sécurité, bien sûr. C'est un miracle que tu aies survécu ici sans nous pour te guider. Tu es tellement... irréfléchi. As-tu la moindre idée de la souffrance que cela serait pour Vell si tu devais faire à nouveau partie de lui ? Si toutes tes peurs, tous tes doutes et tes prises de risque s'emparaient de lui et le rendaient mortel ?

Les larmes montèrent aux yeux de Finn. Il n'aurait su déterminer avec certitude d'où elles venaient : de la douleur due au coup de Vell, ou de la morsure des paroles de la Crête. Il regarda la mère et le fils : ils ne paraissaient pas réels, debout, ici, devant lui. Lui-même et sa mère, réunis à nouveau... et ils n'en avaient visiblement rien à faire.

Il avait tellement de mal à comprendre. Il pensa à tout l'amour qui l'unissait à l'équipage du *Kraken*, et à la loyauté qu'il ressentait envers ses membres, envers les Parsnickle, sa famille adoptive des Quais Létemank, et même envers le Rabat-joie : autant de personnes qui ne se souvenaient jamais de lui et qu'il aimait pourtant. Vell était sa Source. Ils avaient été une seule et même personne autrefois. Il en allait de même pour sa mère et la Crête. Cela faisait en quelque sorte d'eux sa famille et cela devait bien *signifier* quelque chose.

Finn ne refoula pas ses larmes. Il se dit qu'elles alimenteraient l'arnaque. La bataille était perdue. Il était temps de passer à la deuxième phase de son plan.

– Parfait, lâcha-t-il. Vous voulez le globe de souhaits, vous n'avez qu'à le prendre. On ne se battra plus.

– Finn, non ! cria Remy sur un ton tellement faux que le garçon se crispa.

Et pour couronner le tout, elle lui adressa un clin d'œil appuyé. Ce n'était décidément pas une comédienne.

Il respira à fond en espérant qu'elle n'avait pas éventé le stratagème. Lentement, il leva un doigt tremblant et désigna la cabine d'Ardent.

– Le globe est là-dedans. Au bout du bureau du magicien, il y a un coffret. Il est à l'intérieur. Prenez-le... et je viendrai avec vous.

La Crête ne parut même pas écouter ses paroles. Elle se contenta d'observer Fiz, derrière lui. La Source avait poussé la fille du Vague, de sorte qu'elle se tenait juste dans son dos. Les bras croisés, une main passée à l'intérieur de son gilet, elle gardait la tête baissée, sans chercher le regard ni de la Crête ni de Finn.

– Tu l'as récupéré ? demanda la Crête.

Lentement, Fiz hocha la tête.

Finn sentit son cœur s'accélérer. La confusion et la peur bouillonnèrent en lui. Qu'est-ce que Fiz fabriquait ? Avait-elle un autre plan dont elle ne lui avait pas fait part ? Pourquoi ne lui en aurait-elle pas parlé ?

Toutes ses interrogations cessèrent lorsque Fiz sortit sa main de son gilet. Elle tenait en effet le globe de souhaits, tout brillant de l'eau du Torrent Pirate qu'il renfermait.

– Oh, non, gémit Finn.

Puis il se frappa le front. Il se rappelait vaguement Fiz prenant Ardent par le bras pour l'arrêter juste avant qu'il débarque avec Marrill. Elle avait dû subtiliser la boule à ce moment-là, sans que personne le remarque.

Fiz était meilleure voleuse qu'il ne l'avait estimé. Pas pour avoir fait les poches du magicien, cela n'était pas difficile. Mais pour lui avoir fait croire qu'ils comptaient pour elle.

Pour lui avoir volé sa confiance.

Fiz avait les mains qui tremblaient.

– Je te demande pardon, Finn, bredouilla-t-elle. Je n'ai pas eu le choix. Vell m'a ordonné de le faire, au Jeu de Margaham, il m'a ordonné de récupérer le globe avant son retour...

Un sentiment de désespoir et de trahison envahit le cœur de Finn comme la cale d'un bateau qui prendrait l'eau.

– Alors tu l'as fait. Tu les as choisis eux plutôt que nous. Plutôt que moi.

La Crête s'avança.

– Allons, dit-elle. Les Vague n'ont pas d'existence réelle. Ils n'ont pas le choix. Un bon Vague obéit aux ordres de la Source. Et maintenant, je t'ordonne de me remettre le globe.

Fiz hésita, les yeux rivés sur le souhait qui luisait doucement dans ses mains. Finn voyait qu'elle luttait. Il en profita pour faire un pas vers elle. La Source semblait deux rangées de statues, pétrifiées sur le pont du *Kraken*. Les Vague coulaient des regards entre eux, visages anonymes qui complétaient les rangs.

– Non, dit-il haut et clair.

Le soleil lui chauffait les joues. L'air salin qui lui avait paru âcre en bouche un instant plus tôt souffla le feu dans ses poumons.

– Non, vous ne l'aurez pas.

Les yeux de la Crête se posèrent sur lui. Finn n'avait pas l'habitude qu'on le dévisage aussi directement, qu'on le scrute et qu'on l'examine de la sorte. Tous ses instincts lui commandaient de fuir, de se cacher, de disparaître et de se faire oublier. Mais il ne pouvait pas faire ça. Pas maintenant. Et, surtout, il ne le voulait pas.

Il riva son regard sur celui de la Crête. Finn se força à affronter la dureté des yeux de cette femme avec toute la force de sa volonté. Et il crut y déceler un tressaillement qu'il ne s'attendait pas à trouver.

De l'incertitude.

Soudain, tout ce qu'il savait, ou croyait savoir, sur la Source fut remis en question. Il avait à présent un avantage. Et il devait en profiter.

– Vous dites que la Source est invincible, cracha-t-il. Et oui, peut-être bien qu'on ne peut ni vous couper ni vous blesser ni rien. Mais moi, ce que je vois, c'est qu'on vous a *déjà* battus. Et même plusieurs fois.

– Tiens ta langue, répliqua la Crête, mais sans esquisser le moindre mouvement.

Finn sentit l'ébauche d'un sourire se former sur ses lèvres.

– Le fait est, reprit-il, qu'on vous a de toute évidence battus chaque fois que vous avez rappliqué.

– Ouais ! renchérit Remy, toujours sur la dunette. Comme quand Coll a forcé votre petit blocus en allant voir le Chichisech !

– Et aussi au Jeu..., bredouilla Fiz.

Le demi-sourire de Finn s'épanouit pleinement.

– Et quand on a doublé votre vaisseau de guerre, dans le Détroit soporifique, rappela-t-il en croisant les bras. L'armée invincible me paraît plutôt *facile* à vaincre.

Pour la première fois, un frisson sembla parcourir les rangs pétrifiés de la Source. Finn vit du coin de l'œil que Vell avait lui aussi l'air mal à l'aise. Il disait vrai. Et ils le savaient tous.

– Tu ne comprends pas ce que tu racontes, vocifèra la Crête. Cesse de t'interposer entre moi et mon souhait !

Elle s'avança vers lui et voulut le prendre par l'épaule. Mais il repoussa brutalement sa main.

– Ne me touchez pas !

Il sentit qu'elle accrochait au passage la fermeture à glissière de son manteau de vol. Elle se dégagea avec une exclamation qui sonna presque comme un petit cri de douleur.

La Crête baissa les yeux sur sa main. Là, s'épanouissant à l'extrémité de son doigt, perlait une goutte de sang rouge vif.

– Vous saignez, souffla Finn.

Elle hocha lentement la tête et croisa une nouvelle fois le regard du garçon. Ses yeux trahissaient cette fois toute une palette d'émotions : de la peur, du regret, de la résignation.

Sur le pont du *Kraken*, les rangs de la Source et du Vague furent parcourus par un murmure incrédule. Vell lui-même, qui avait paru jusqu'à présent incapable de montrer la moindre émotion, était abasourdi.

– C'est impossible, protesta-t-il. La Source ne saigne pas. Sauf...

L'évidence frappa Finn beaucoup plus violemment que Vell avec son coude. La Source était invulnérable parce qu'on avait extirpé toutes ses faiblesses et qu'on les avait incarnées dans le Vague. Tant que son Vague existait, une Source restait immortelle.

Tant que son Vague existait.

– Non, hoqueta-t-il.

La Crête hocha la tête. Il n'y avait plus d'arrogance dans son regard. Plus de dureté. Juste de la tristesse.

– Tu as découvert mon secret.

Finn n'en croyait ni ses yeux ni ses oreilles. Le chef de l'armée invincible pouvait être blessé, tout comme lui. Elle ressentait la peur, comme lui. Elle pouvait échouer, comme lui.

La Crête de la Source était mortelle. Ce qui ne pouvait signifier qu'une seule chose. Son Vague... la vraie mère de Finn...

– Ma mère est morte, souffla-t-il.

24

Comme au commencement...

Marrill contempla le sentier minuscule qui s'enfonçait devant eux dans les profondeurs de la forêt. On aurait dit un cauchemar constitué de tous les contes de fées qu'elle avait pu lire mis ensemble ; les plus effrayants, en tout cas. Elle s'attendait presque à voir des loups affamés ou des sorcières ricaneuses jaillir de l'ombre.

Mais ils se trouvaient dans le Torrent Pirate. Les loups et les sorcières étaient des terreurs beaucoup trop ordinaires pour ce qui rôdait là.

Ardent s'arrêta à l'orée des arbres entrelacés et, mains sur les hanches, étudia les alentours.

– Il n'y a que trois règles dont tu dois te souvenir, annonça-t-il en les énumérant sur ses doigts. Premièrement, reste sur le sentier. Deuxièmement, ne te perds pas. Et troisièmement...

Il s'interrompit, le front creusé.

– J'aurais juré qu'il y en avait une troisième. Et, en y réfléchissant, peut-être bien que ne pas se perdre et rester sur le sentier ne sont qu'une seule et même règle... Bon, poursuivit-il avec un haussement d'épaules. Ça veut juste dire : ne meurs pas. Bref, on y va.

Sur ces mots, il rajusta son chapeau et s'engagea sur le sentier obscur.

Dans ces moments-là, Marrill se tournait généralement vers Finn pour qu'il fasse une blague teintée d'ironie qui lui donnerait du courage. Mais Finn n'était pas là. Il était resté sur le *Kraken* afin de retenir la Source et le Vague.

Elle prit une grande inspiration. Si son ami pouvait affronter une armée invincible sans la moindre chance de la vaincre, elle pouvait bien faire une petite balade dans des bois effrayants.

– Pas de problème, prononça-t-elle à mi-voix avant de plonger dans la forêt.

La température chuta brusquement. L'air même était étrange : plus dense en certains endroits, plus rare à d'autres. Marrill avait l'impression que tous les atomes de son être vibraient sur une note étrange alors qu'elle s'efforçait de ne pas se laisser distancer par l'allure assurée d'Ardent. Elle avait parfois la sensation que les différentes parties de son corps avançaient à des vitesses différentes.

De part et d'autre, la forêt se refermait étroitement autour d'eux. Des branches se penchaient vers Marrill avec des craquements sifflants, comme s'il émanait d'elle une sorte d'attraction magnétique. Du coin de l'œil, elle croyait voir des lumières, mais quand elle tentait de les regarder, celles-ci disparaissaient, s'éteignant telles des lucioles.

Et puis il y avait les bruits. Elle aurait juré entendre des chuchotements, et des petits rires, entremêlés de cris de créatures étranges et du bruissement fugitif des feuilles qui s'écartaient. Et en fond sonore, un bourdonnement changeait d'intensité dès qu'elle tournait la tête.

Des ombres troublantes dansaient à la périphérie de sa vision.

– Est-ce que je suis la seule à voir des fantômes ? demanda-t-elle enfin.

Devant elle, Ardent se frappa le front.

– Mais oui, évidemment ! Que je suis bête. *Voilà* la troisième règle, s'exclama-t-il en pivotant vers Marrill. Ce que tu vois n'est pas des fantômes. Ce sont des échos. Je les éviterais, si j'étais toi.

Puis il se détourna et poursuivit son chemin sur le sentier. Marrill le suivit tant bien que mal.

– Qu'est-ce que vous entendez par des échos ? Des échos de quoi ?

– Oh, de toutes sortes de choses ! De la magie ancestrale, le plus souvent. Souviens-toi : un cours d'eau pirate est une rivière qui part d'une autre rivière. Donc, si tu considères le Torrent Pirate comme un bras du Fleuve de la Création, Méres est une île à la jonction de ce bras. Certains diraient même que *c'est* l'embranchement.

Il se retourna pour la regarder.

– C'est ce qui rend cet endroit aussi magique ! C'est le seul monde qui touche à la fois le Fleuve de la Création *et* le Torrent Pirate. Toutes les eaux du Torrent passent par ici et viennent d'ici.

Un frisson parcourut l'échine de Marrill, semblable à un doigt glacé remontant sa colonne vertébrale. Puis elle s'aperçut que c'était réellement un doigt glacé qui remontait le long de sa colonne vertébrale. Elle bondit avec un glapissement au milieu du sentier et se retourna pour voir ce qui l'avait touchée.

Elle ne découvrit rien d'autre que l'obscurité de la forêt. Pourtant, elle fut certaine d'entendre le tintement d'un rire derrière le bruissement des feuilles.

– C'est bon, gémit-elle en pressant une main sur son cœur emballé. Je déclare officiellement cet endroit pire que n'importe quel cauchemar.

– Ici ? s'étonna Ardent en balayant le propos d'un geste de la main. C'est le chemin le plus sûr. Tout cela n'est rien, à peine une ride sur l'océan qu'est Méres.

– Ça va être encore pire ? demanda Marrill d'une voix étranglée.

Ardent rejeta la tête en arrière et s'esclaffa.

– Oh bon sang, oui. Bien pire, répondit-il avant de reprendre sa marche. Bien, bien, bien pire, poursuivit-il dans un gloussement.

À partir de là, Marrill ne quitta pas le magicien d'une semelle. Ardent se mit à discourir sur toute une série de questions ésotériques, et même si elle ne l'écoutait pas attentivement, elle lui fut reconnaissante de couvrir de sa voix les bruits bizarres de la forêt. Au bout d'un moment, cependant, un son précipité commença à prendre de l'ampleur et noya peu à peu la voix du vieil homme. Ce qui avait commencé comme un léger bourdonnement devenait de plus en plus insistant à mesure qu'ils avançaient. Ce fut bientôt une sorte de tonnerre doté d'une consistance presque physique.

À cet instant, les ténèbres oppressantes des bois cédèrent la place à de l'espace et de la lumière. Marrill s'approcha de la lisière des arbres et sentit ses jambes se dérober. Elle retint un cri et s'accrocha à la robe du magicien pour ne pas tomber.

– La Fontaine de Méres, annonça Ardent d'une voix déférente, les yeux brillants d'excitation.

Ils se tenaient au bord d'un abîme circulaire si vaste que le bord opposé se perdait presque dans le lointain. Il était entièrement cerné par une forêt obscure dont les branches impénétrables s'étiraient jusqu'au précipice. Au centre du gouffre, comme si celui-ci servait de douves gigantesques, une tour s'élançait vers le ciel.

À mi-hauteur de cette tour, des flots dorés jaillissaient de chaque côté par de grandes arches semblables à des gueules béantes, l'eau magique tombant en cascades dans les profondeurs insondables. Une brume irisée s'élevait en nuages au-dessus de la Fontaine et formait une explosion de couleurs, donnant l'impression que le soleil couchant s'était évaporé en milliards de gouttelettes.

Voilà donc d'où provenait le rugissement tonitruant : de l'eau qui se déversait en masse. Marrill prit alors pleinement conscience que c'était là l'origine de toute magie, la source même du Torrent Pirate.

Perché tout en haut, un édifice paraissait moins avoir été construit que taillé à même la roche. Ardent le contempla un instant avant de repousser la pointe de son chapeau derrière son épaule.

– Eh bien, il ne nous reste plus qu'à aller à la Fontaine, réparer la Carte et remettre le Soleil perdu de Dzannin dans sa cage avant qu'il détruise toute la création.

– C'est comme d'habitude alors, marmonna Marrill.

– Exactement, répliqua le magicien, à qui l'ironie avait de toute évidence échappé. Allez, à la Fontaine maintenant !

Avant qu'elle puisse l'arrêter, il passa par-dessus le bord de la falaise et disparut.

– Ardent ! glapit Marrill.

Elle tomba à genoux, s'avançant aussi loin qu'elle l'osait pour scruter le fond. Deux yeux bleus l'accueillirent, plissés par un sourire, à une trentaine de centimètres en contrebas.

– Oh, tu devrais voir ta figure ! rigola Ardent. Ça ne rate jamais ; pas une fois. Allez, viens, suis-moi. Fais attention où tu mets les pieds, parce que ça peut devenir un peu délicat au milieu.

Sur ces paroles, il s'avança au-dessus du vide en direction de la tour.

Marrill comprit soudain que la brume scintillante s'était congelée pour former une passerelle irisée juste au-dessous du bord du ravin, comme un arc-en-ciel brillant jeté entre les deux extrémités du gouffre. La surface paraissait un peu trop glissante à son goût, mais elle respira à fond et passa une jambe dans le vide, se positionna du mieux qu'elle put et se laissa tomber sur la rosée étincelante.

Le vent soulevé par l'eau les bousculait alors qu'ils se rapprochaient de l'édifice, et il déposait un voile d'embruns dorés sur la peau de Marrill. Ce poudrin la chatouillait et la grattouillait en même temps ; il se soulevait en petites bulles qui hérissaient un poil par-ci par-là. Mais il était heureusement assez dilué pour ne pas provoquer de véritables réactions magiques.

La passerelle finit par se muer en un escalier que Marrill entreprit de grimper. Ardent était à présent si loin devant qu'il n'était plus pour elle qu'une tache violette. Elle courut à en avoir mal aux jambes et soufflait comme un bœuf lorsqu'elle arriva enfin à sa hauteur.

– Les magiciens n'auraient pas pu construire quelque chose de plus pratique ? haleta-t-elle.

Ardent secoua la tête.

– On ne peut approcher la Fontaine de Méres qu'au travers d'un certain nombre de difficultés.

Si l'on essayait de passer outre, elle ne cesserait tout simplement de s'éloigner.

– Cette logique de magicien n'a pas de sens, commenta-t-elle à mi-voix.

Il poursuivit son ascension, ses mains virevoltant comme des oiseaux dans les airs tandis qu'il s'adonnait à son activité favorite : des explications interminables de concepts magiques abscons.

– En fait, exposa-t-il, certains ont avancé l'hypothèse que l'espace et le temps sur le Torrent Pirate ne seraient liés que par la quantité d'efforts dépensés pour voyager de l'un à l'autre. C'est en partie ce qui rend le Maître du Vaisseau de Fer si fascinant !

– Le Maître du Vaisseau de Fer ? questionna Marrill, les yeux rivés sur les bords à peine visibles de l'escalier.

Elle était à chaque pas tiraillée entre l'envie de presser l'allure pour rester à la hauteur du magicien, et celle de ralentir pour ne pas tomber dans le vide.

– Vous croyez qu'on va le voir ici ?

Ardent s'immobilisa pour la regarder par-dessus son épaule.

– Ma chère Marrill, je serais pratiquement stupéfait si ce n'était pas le cas. Rappelle-toi que le Vouivrion m'a montré le Maître et le magicien de l'Aube ensemble, alors que ces deux-là n'auraient jamais dû exister en même temps. *Et*, les dernières paroles de Tanéa Sang-Creux montrent qu'il l'interrogeait sur les moyens de voyager dans le temps. Pour y arriver, il faut plus d'énergie que je n'en ai même jamais entendu parler. Peut-être une énergie que seul le Soleil perdu serait susceptible de fournir… mais comment cela pourrait-il fonctionner…

Il se frotta pensivement la barbe.

– Quoi qu'il en soit, le Maître a déployé des efforts prodigieux pour ramener le Soleil perdu à la vie. Je ne connais pas son raisonnement, mais il me paraît inconcevable qu'il soit absent pour la confrontation.

– Super.

Marrill frissonna à cette seule pensée. Elle était déjà assez tendue comme ça ; la dernière chose dont elle avait besoin était de rajouter le Maître à l'équation.

Ils atteignirent enfin la base de l'édifice. Marrill s'écroula contre le mur de pierre. S'il fallait faire des efforts pour arriver à la Fontaine de Méres, elle avait certainement gagné son billet d'entrée.

Ardent, de son côté, paraissait à peine essoufflé. Il posa une main sur son épaule, et elle se sentit parcourue par un courant de chaleur.

– Prête ? demanda-t-il.

Elle hocha la tête, et il écarta le bas de sa robe pour s'engager dans la fente qui servait d'entrée, si étroite qu'il dut se tourner de côté pour pouvoir s'y glisser. Marrill lui emboîta le pas mais, en plein mouvement, découvrit le bord opposé du gouffre. Et ce qu'elle vit lui serra la gorge et lui glaça les sangs.

De l'autre côté de l'île par rapport au *Kraken*, derrière la masse de la forêt, la voûte du ciel prenait fin. *Tout* prenait fin. L'eau lumineuse du Torrent Pirate se déversait dans les ténèbres en une macabre parodie des chutes d'eau qui se déversaient de la Fontaine tout autour d'elle.

Le vide du rien. Le sillage du Soleil perdu qui avançait vers eux formait un trou noir qui dévorait tout ce qu'il touchait. Une silhouette argentée marchait d'une allure décidée juste devant, foulant la surface du Torrent comme s'il s'agissait d'une route goudronnée. La trace du néant se propageait à partir de ses pas.

Le Soleil perdu de Dzannin les avait presque rejoints.

25

Le sang de la vie versé

– Ma mère est morte.

Finn s'étrangla. Autour de lui, la Source et le Vague chuchotaient entre eux. Vell tournait en rond, les doigts pressés contre son front, cherchant quoi faire d'une telle révélation.

La Crête ignorait tout le monde et ne quittait pas Finn du regard.

– Oui, dit-elle en serrant le poing, et son sang colora les lignes de sa paume en rouge vif.

Finn émit un cri étouffé. Il avait passé tant de nuits à contempler l'étoile qu'elle lui avait désignée… tant d'années à chercher sa mère en rêvant de la revoir un jour, d'être à nouveau serré dans ses bras. Il avait tant espéré trouver un jour un foyer, une famille. Alors qu'elle était morte.

Elle était déjà morte.

Tous ses rêves n'avaient été que mensonges.

– Depuis combien de temps ? fit-il d'une voix qui n'était plus qu'un sanglot, une toux et un murmure mêlés.

Vell se précipita soudain sur eux et poussa Finn de côté.

– Oui, *mère*, intervint-il d'un ton méprisant. Depuis combien de temps ? Depuis quand caches-tu ta faiblesse ? Depuis quand cette *atrocité* est-elle possible ?

Elle toisa Vell d'un regard glacé qui rappela à Finn que chaque once de la cruauté montrée jusque-là n'était nullement feinte.

– Ça ne te regarde pas, répondit-elle d'une voix sifflante.

Quelle que fût sa vulnérabilité ou sa faiblesse, elle demeurait la Crête. Elle demeurait celle qui avait envoyé Fiz leur voler le globe, celle qui voulait libérer le roi de Sel et de Sable. Elle était toujours impitoyable.

– Depuis si longtemps que tu refuses même de l'admettre ? lança Vell avec hargne. Pourquoi avoir gardé cette faiblesse en toi ? Pourquoi ne pas t'en être séparée à nouveau ?

Mais Finn se moquait bien de cela. Il avait en tête quelque chose de beaucoup plus important.

– Quand ma mère est-elle morte ?

La Crête recula pour les observer tous les deux.

Elle gardait le dos droit et l'expression implacable. Mais le bord de ses yeux s'affaissait et ils exprimaient une véritable émotion. Son attitude, aussi, semblait moins fermée, loin d'être accueillante, certes, mais pas défiante non plus. C'était un curieux mélange de cruauté et de compassion, dure et soumise à la fois, faible et forte.

Finn comprit alors que c'était une *personne*. Pas une Source dépourvue d'émotions ni un Vague craintif et indécis. Juste une personne.

La Crête poussa un soupir. Pas un soupir d'impatience, mais d'épuisement. Comme si elle portait le poids de sa faiblesse depuis trop longtemps. Elle regarda Finn.

– Ta mère n'est pas véritablement morte, expliqua-t-elle. Elle fait partie de qui je suis, de qui je suis devenue.

Son expression s'était légèrement adoucie, et il y chercha quelque chose de familier, la partie d'elle qui l'avait tenu dans ses bras alors qu'ils voguaient vers les Quais Létemank.

– Attendez... donc, vous... êtes ma mère ? demanda Finn d'une voix brisée.

La Crête acquiesça.

– D'une certaine façon. Son individualité, sa personnalité, ses pensées... tout cela a disparu avec elle pour toujours. Mais ses souvenirs, ils font partie de moi. Ils sont indissociables de l'essence de qui elle était. Et cela est toujours en moi. Je n'ai pas pu me résoudre à m'en séparer de nouveau.

Elle tendit la main pour prendre celle du garçon et fléchit les genoux pour être à sa hauteur.

– Je sais que c'est difficile à voir. Je sais que je peux paraître... que je peux être cruelle. Mais crois-moi, je *t'aurais* protégé.

Finn recula. Il était convaincu que ce qui s'était passé jusqu'à maintenant ne protégeait personne.

– En me jetant dans un enclos ? En réduisant les gens comme moi en esclavage et en nous répétant que nous ne sommes personne ?

Il tourna les yeux vers Fiz, dont le visage était un masque de peur, de chagrin et de confusion. Elle serrait le globe de souhait lumineux contre sa poitrine. Finn poursuivit :

– En volant le globe de souhait et en relâchant le roi de Sel et de Sable ?

La Crête lui prit le bras et l'attira vers elle.

– Oui ! clama-t-elle. Quand le roi de Sel et de Sable sera là, tout changera pour la Source et le Vague. Cela nous offrira une vraie chance de revoir la façon dont nous vivons depuis des millénaires ! Mais il faut que quelqu'un puisse l'expliquer à notre roi. Quelqu'un qui ait le rang de la Source, mais pas son inhumanité.

Finn ricana.

– Vous voulez me faire croire que même si vous cherchez à libérer le roi de Sel et de Sable et à l'aider à conquérir l'ensemble du Torrent Pirate, vous cherchez *aussi* à nous aider, moi et le Vague ? dit-il en secouant la tête avec incrédulité. Bientôt, vous allez soutenir que vous êtes aussi fière de moi que de Vell.

– C'est la vérité, assura la Crête, et, pour la première fois, peut-être même de toute sa vie, un véritable sourire éclaira son visage. Les gens sont compliqués, Finn.

– Les gens sont « compliqués » parce que les gens sont *faibles*, décréta Vell, sarcastique. Elle est *ta* mère depuis beaucoup trop longtemps, ajouta-t-il avec un geste d'impatience.

Il poussa Finn afin de pouvoir affronter la Crête en face.

– Voilà ce que je comprends. Le Vague est faible et stupide. Ce sont des créatures sans cervelle et elles meurent. Le Vague doit donc être extirpé. Ce que je ne comprends pas, c'est pourquoi tu as laissé cette faiblesse vivre en toi.

– L'humanité n'est pas la faiblesse, commença la Crête.

Mais Vell lui coupa la parole :

– C'est pour ça qu'on a perdu la partie ! hurla-t-il. C'est pour ça qu'ils ont forcé notre blocus et qu'ils ont pu nous échapper depuis le début !

Il prenait de la vitesse en parlant, son corps se tendant comme celui d'un chat.

– Ça explique pourquoi on n'a pas déjà récupéré le globe. Pourquoi on n'a pas déjà libéré notre roi et conquis le Torrent. Parce que tu es faible, conclut-il en fixant son regard sur la Crête.

Celle-ci l'ignora pour se retourner vers Finn. Derrière elle, l'expression de Vell changea alors qu'une idée semblait germer soudain dans son esprit.

– Parce que tu es *faible*, répéta-t-il dans un murmure.

Finn comprit trop tard ce qu'impliquait cette phrase. Vell s'avançait déjà. Il avait dégainé son couteau.

Avant que Finn puisse esquisser un mouvement, avant même qu'il puisse émettre un avertissement, Vell plongea la lame dans le dos de la Crête.

Elle écarquilla les yeux. Un souffle de douleur et de consternation s'échappa de ses lèvres. Aussitôt, le sang jaillit sur sa poitrine en un violent flot rouge.

– Non ! hurla Finn.

Il s'élança vers sa mère et la rattrapa dans ses bras juste avant sa chute. Lentement, avec précaution, il la déposa sur le pont.

C'était trop horrible, trop rapide. Il venait à peine de la retrouver. Même s'il n'avait pas eu le temps de savoir exactement de qui il s'agissait.

– Pourquoi tu m'as... Pourquoi m'a-t-elle emmené loin ? questionna-t-il d'une voix tremblante alors que les larmes coulaient sur ses joues. Pourquoi m'avez-vous abandonné *toutes les deux* ?

– Parce que l'amour n'est pas une faiblesse.

Elle lui agrippa le bras. Sa respiration était de plus en plus précipitée, et la souffrance lui dilatait les pupilles.

– Souviens-toi de notre étoile, Finn, prononça-t-elle avec difficulté avant de porter une main chancelante à la joue du garçon. Je ne l'ai jamais oubliée.

Il y avait tant de choses que Finn aurait voulu lui dire. Tant de choses accumulées dans son cœur pendant toutes ces années de séparation. Mais les mots n'arrivaient pas à sortir.

Puis elle rendit l'âme.

Finn sentit son cœur se fracasser en tellement de morceaux qu'il n'était pas certain de pouvoir un jour tous les recoller. Un malaise parcourut les rangs de la Source et du Vague, mais Finn n'y prêta pas attention. Il ferma les yeux et laissa tomber son front contre celui de la femme.

La Crête. Sa mère. Il se moquait bien de qui elle était puisqu'elle ne l'avait jamais oublié. Pendant toutes ces années, la nuit, elle avait scruté le ciel pour chercher l'étoile qui lui rappelait son fils.

Vell poussa un cri de victoire. Tournant sur lui-même et avec un ample moulinet du bras, il fit face aux rangs de ses soldats.

– En tant que nouvelle Crête de la Source, il me revient de prendre le contrôle du globe, annonça-t-il. Je serai celui qui assurera l'avènement de notre roi. Je serai celui qui nous unira à sa volonté !

Puis il darda sur Finn un regard menaçant.

– Pousse-toi, frère du Vague. Tu fais obstacle à ma destinée.

Finn prit une longue et vibrante inspiration. Il venait d'être anéanti, vaincu. Il semblait désespéré de résister à ce point. Et pourtant, alors qu'il serrait encore le corps de sa mère dans ses bras, il sut qu'il ne pouvait pas capituler. Quelqu'un devait se dresser entre la Source et le globe de souhait. Quelqu'un devait empêcher l'avènement du roi de Sel et de Sable. Et il comprenait à présent qu'il pouvait être cette personne.

On l'avait aimé. On s'était souvenu de lui. Il valait quelque chose. *Et ce soir*, songea-t-il en se mettant debout, *ce soir*, *quand l'obscurité envahira le ciel, mon étoile sera encore là.*

Si le Soleil perdu n'avait pas englouti le ciel avant.

26
Tout restaurer

Devant l'édifice, les chuchotements de la forêt se faisaient de nouveau entendre, plus sonores et plus denses que jamais. Marrill fut submergée par des vagues de malaise. Elle recula instinctivement et sursauta en frôlant quelque chose d'à moitié palpable, évoquant un peu un mur d'air glacé et épais.

Elle fit volte-face. Des ombres marchaient vers elle et la traversaient comme si elle n'existait pas. Elles étaient à la fois solides et intangibles, sombres et lumineuses. Et pourtant, elle les *sentait*. Ses cheveux se dressèrent sur sa nuque.

Elle avait la sensation d'être plus lourde, de se charger de leur poids tandis qu'elles la traversaient pour se rendre à la porte finement sculptée.

Marrill poussa un petit cri de frayeur et se rapprocha d'Ardent, dont la présence avait au moins le mérite de la rassurer.

– N'aie pas peur, murmura-t-il en regardant les ombres défiler. Les échos ne sont que des souvenirs, retenus ici par la magie et l'énergie des évènements qui s'y sont déroulés. Ils peuvent te désorienter, mais pas te faire de mal.

L'une des ombres s'immobilisa au seuil de la porte et se tourna vaguement vers Ardent et Marrill, donnant presque l'impression qu'elle pouvait percevoir leur présence.

Le magicien lui sourit doucement.

Marrill eut un hoquet lorsque les traits de l'écho passèrent du flou à la netteté. La similitude était aussi terrifiante que troublante. L'écho avait les épaules plus larges, le dos plus droit. Son expression était plus sévère, son regard plus perçant et son menton plus acéré sans la douceur de neige de sa barbe légère.

Mais sa façon de se tenir, de repousser le bas de sa tunique lorsqu'il pénétra dans la salle. C'était le mouvement familier que Marrill l'avait vu faire encore et encore sur le pont du *Kraken*, sur le mur de Monerva et même maintenant, ici, à l'entrée de cette tour.

L'écho était celui d'Ardent. D'un Ardent jeune, mais Ardent quand même.

– Les souvenirs deviennent plus distincts quand la personne qui les a vécus est dans les parages, expliqua le magicien. Je crains que nous n'assistions à des échos du jour où la prophétie est née, gravée en ce lieu par une magie si puissante qu'elle a laissé son empreinte sur le temps et l'espace.

Une autre silhouette familière surgit derrière l'écho d'Ardent.

– Oh, Annalessa, murmura le véritable Ardent.

Elle aussi était plus jeune, ses traits élégants presque hautains au lieu de l'image de femme généreuse que connaissait Marrill. Elle hésita à la porte de la salle et patienta.

Marrill sentit son ventre se serrer quand elle vit qui les ombres attendaient.

La silhouette qui fermait la marche était grande et mince. Elle était assez nette pour qu'on puisse distinguer les étoiles qui parsemaient sa robe. Marrill reconnut instantanément Serth jeune, malgré la difficulté de concilier cette image avec celle du prophète fou – devenu le vassal du Soleil perdu – qu'elle connaissait. Il avait les traits détendus et paraissait même heureux. Sa peau était lisse et dépourvue de rides, sans la moindre trace des sillons noirs creusés par des siècles de larmes.

Il était si jeune. Si fort et déterminé.

– Il a l'air... normal, murmura Marrill.

Si l'on considère que les magiciens sont normaux, ajouta-t-elle mentalement.

Le fait de le voir la ramena brusquement au personnage qui marchait vers eux en ce moment même. Le Soleil perdu de Dzannin, revêtu de l'enveloppe de Serth et qui était sur le point de déverser toute sa puissance destructrice dans la source du Torrent Pirate.

Ardent avait fini par fermer les yeux et laisser sa tête retomber contre sa poitrine alors que ses amis d'un temps révolu affluaient dans la salle. Marrill lui saisit le bras à l'instant où il s'effondrait contre le mur en laissant échapper un long soupir tremblant.

– Venez, dit-elle. On doit réparer la Carte avant l'arrivée du Soleil perdu.

– Oui, bien sûr, répliqua le magicien avec un hochement de tête. Bien sûr. Tu as raison. Je... je ne m'étais pas attendu à ce que ce soit aussi difficile. Et les choses ne vont pas s'arranger.

Il se redressa et agita les mains pour écarter la jeune fille, qui cherchait à le réconforter.

– Ça va, ça va. Ne t'en fais pas. Je vais y arriver.

Marrill acquiesça et poussa du coude la porte sculptée. Mais elle se figea dès qu'elle découvrit l'intérieur de l'édifice, stupéfaite devant un tel gigantisme. Les murs de pierre s'élevaient sur des dizaines de mètres de hauteur avant de s'incurver vers une coupole de verre multicolore.

Cependant, ce qui attira le plus son attention fut la fontaine qui dominait le centre de l'espace. Elle était constituée de la même roche que les murs et le sol, comme si la salle avait été creusée autour. Une estrade surélevée l'encerclait pour faciliter l'accès au bassin.

Il s'agissait évidemment de la Fontaine de Méres. La lumière qui émanait de la vasque baignait la pièce tout entière d'un éclat magique.

Ardent s'immobilisa près de Marrill.

– La source du Torrent Pirate, murmura-t-il avec révérence. C'est Épine Éperdue qui lui a donné sa forme actuelle, mais la source elle-même a toujours été ici.

Ses paroles étaient à peine audibles dans la cacophonie qui émanait des échos présents dans la salle. Leur foule était si dense que Marrill ne pouvait bouger sans les toucher. Leur ombre froide glissait sur sa peau et pesait sur elle. Leurs murmures se chevauchaient à tel point que l'endroit paraissait plus animé que la gare de New York aux heures de pointe.

– Je croyais qu'il n'y avait que huit Magiciens de Méres, s'étonna Marrill, qui dut élever la voix pour se faire entendre.

– C'est bien cela, assura Ardent. Mais la plupart de ces échos étaient déjà là à l'époque.

Elle le dévisagea en clignant des yeux.

– Méres est un lieu d'immense puissance, expliqua-t-il. Ce que tu vois, ce sont les ombres des Dzane. Leur pouvoir siégeait ici, là où les eaux du Torrent Pirate sont les plus pures et les plus concentrées.

Il ouvrit grandes les mains.

– C'est ici qu'ils ont enchaîné le Soleil perdu la première fois. Et c'est ici que nous l'enchaînerons à nouveau ! Et même, avec un peu de chance, nous aurons peut-être l'occasion de voir les ombres de ce premier combat.

– De la chance ? répéta Marrill, incrédule.

Ardent toussota.

– Oui, bon. Ce n'est peut-être pas le moment, concéda-t-il en repoussant du pied l'ourlet de sa robe pour se diriger vers l'estrade. Allons-y.

Marrill eut un mouvement de recul lorsqu'ils s'enfoncèrent dans l'enchevêtrement d'échos. Puis elle se rendit compte, une fois au milieu, que les ombres étaient vacillantes, changeantes. Des scènes variées se déroulaient puis s'interrompaient, un millier de rôles réinterprétés par des comédiens fantômes, le tout se superposant pour former une sorte de montage en trois dimensions.

Au passage d'Ardent, certains reflets se densifiaient, leurs traits se précisaient et ils devenaient plus vifs. Ramenés, supposa-t-elle, par les souvenirs du magicien. Marrill reconnut Margaham, bien qu'elle ne l'eût vu que transformé en statue de fer, en train de psalmodier et d'exécuter des rites étranges. Pendant qu'il agitait les mains, le spectre d'Épine Éperdue apporta une vasque de pierre qui correspondait exactement à la partie supérieure de la Fontaine. Marrill prit conscience qu'elle était témoin de la pose originelle du bassin. À l'installation de la Fontaine telle qu'elle existait aujourd'hui.

Son regard fut attiré par l'écho du jeune Serth, qui s'approchait de la source. L'ombre d'Annalessa apporta une coupe de pierre, Serth la prit et la plongea dans la vasque devant lui.

Marrill comprit tout de suite à quoi elle assistait. Elle avait entendu tant de fois ce récit.

– C'est la naissance de la prophétie, n'est-ce pas ?

Ardent regarda l'estrade.

– Effectivement, dit-il sur un ton solennel. Si seulement nous avions su, ajouta-t-il dans un murmure.

– Constatez que les eaux ne me font aucun mal, déclara l'écho de Serth.

Il souleva la coupe et la brandit très haut. De l'eau coula par-dessus le bord et éclaboussa ses doigts, sans l'affecter le moins du monde.

Il porta alors le récipient à ses lèvres, eut un instant d'hésitation, durant lequel Marrill crut distinguer le frémissement d'un sourire, puis il l'inclina et but longuement l'eau du Torrent Pirate.

Marrill savait que c'était à partir de ce moment que tout basculait. Serth allait tomber et proférer les paroles qui deviendraient la prophétie méressienne. C'est à partir de là que les évènements qui conduisaient à la situation actuelle se dérouleraient.

Comme pour souligner sa pensée, un grand fracas semblable à un coup de tonnerre retentit à travers la salle. Par les fenêtres du côté sud, le jour s'était assombri. Le vent se mit à souffler, mais il n'y avait pas trace de pluie. Aucun nuage noir n'encombrait le ciel, juste une obscurité pure et infinie.

Le néant approchait.

– Ardent, prévint Marrill pour s'assurer qu'il mesurait l'urgence de la situation.

Le spectre de Serth se tordait sur le sol. Le calice de pierre lui échappa des mains et répandit de l'eau du Torrent sur sa robe.

– J'ai vu, répondit le vieux magicien.

Il sortit la Carte des mille mondes d'une poche cachée. On aurait dit que quelqu'un venait de passer le poing à travers. La pointe de la goutte touchait le contour de Méres. Le Soleil perdu venait d'accoster.

– Vite maintenant, pressa Ardent en montant les marches jusqu'en haut de l'estrade. Le ruban et l'encre. Nous avons peu de temps.

Marrill ne l'avait pas attendu. Elle fouillait déjà le plus rapidement possible le sac contenant tout le matériel nécessaire. Comme la première fois, dès que sa main se referma sur le ruban de rêves, son imagination se mit en surchauffe. Ses doigts la démangèrent de trouver un crayon et de se mettre à dessiner. Elle voyait déjà toutes les images fantastiques qu'elle pourrait faire vivre.

Elle repoussa cette envie compulsive et s'empressa de monter le ruban et l'encre à Ardent. Mais elle n'était pas arrivée en haut de l'estrade qu'une tête apparut, rouge et couverte d'écailles, dotée de dents qui scintillaient dans l'obscurité. Le monstre rugit et cracha un jet de flammes.

Marrill hurla, mais ne ressentit aucune brûlure. Le feu roula vers l'autre bout de la salle.

– Qu'est-ce que c'est que ça ?

Ardent s'approcha et lui prit le ruban et l'encre des mains.

– Il semble qu'on va quand même assister au combat du Dzane contre le Soleil perdu, commenta-t-il en retournant vers la vasque. Je ne m'attendais pas à ce que les couleurs soient aussi vives. Mais je suppose qu'il y a à Méres quelqu'un qui a vécu ces évènements.

Il lança un coup d'œil vers la fenêtre et les ténèbres au-delà.

Marrill déglutit. Partout autour d'elle, des êtres étranges qu'elle n'aurait même jamais imaginés se matérialisaient à partir de simples reflets pour se lancer dans un furieux combat. Leurs efforts se concentraient sur une ombre située à l'entrée de la salle, une ombre plus sombre que tout le reste.

L'ombre du Soleil perdu. Pendant qu'à l'extérieur, le vrai Soleil perdu approchait dangereusement, ses souvenirs insufflaient déjà une vie surprenante aux échos des Dzane.

Ardent déposa avec soin ce qui restait de la Carte sur le bord de la Fontaine, auprès des autres objets. Il les examina, le front plissé par la concentration.

– Alors... vous savez ce que vous faites, hein ? questionna Marrill.

Il lui jeta un regard impatient.

– Évidemment. Je suis le grand magicien Ardent. Et aujourd'hui, je suis le magicien vivant le plus puissant sur le Torrent Pirate. Si quelqu'un peut maîtriser la magie du Dzane… c'est moi. Et je *vais* le faire. Écarte-toi maintenant, et fais en sorte qu'on ne me dérange pas.

Il déroula un morceau de ruban de rêves et le glissa sous la Carte afin de combler le trou créé par le vide. Puis il ouvrit la fiole d'encre de calmar et hésita, regardant l'un, puis l'autre. Avec un haussement d'épaules, il déboucha la fiole et versa un petit peu d'encre au milieu du fragment de ruban. La masse visqueuse tomba avec un bruit mou et imprégna lentement l'étoffe délicate.

Marrill retenait son souffle. Des doigts d'encre s'étirèrent, rampant sur le ruban en formant un dessin qui lui rappela une planche du test de Rorschach. Mais ce fut tout.

Rien d'autre ne se produisit. L'encre ne prit la forme d'aucune île ni d'aucun continent. Aucun monde n'apparut. Pas le moindre îlot, pas le moindre hameau.

– Hummm, fit Ardent.

Il fronça les sourcils et tira sur le ruban, le malmenant tant et si bien qu'un coin tomba dans la vasque, assez loin pour toucher l'eau du Torrent. Le ruban se désintégra comme de la barbe à papa dans un verre d'eau.

Juste à côté, l'écho de Serth continuait de débiter ses prophéties pendant que l'écho du jeune Ardent prenait furieusement en note chacune de ses paroles. Le reste de la salle était aussi le théâtre d'une scène beaucoup plus ancienne où les Dzane menaient la guerre contre l'ombre en marche du Soleil perdu.

– Je n'arrive pas à me concentrer, constata Ardent. Cet endroit est trop agité. J'ai besoin de calme.

Marrill réfléchit en cherchant du regard un moyen de lui venir en aide. Tout près d'elle, le reflet d'une tête évoquant celle d'un chat et qu'elle identifia comme étant le magicien de l'Aube fit tourbillonner ses mains jointes et prit de l'eau dans la vasque pour créer tout un monde miniature. Il le projeta vers l'ombre derrière la porte, qui l'attrapa sans effort et le désintégra instantanément.

Comment, se demanda Marrill, était-elle censée arrêter le hurlement du vent aspiré dans l'oubli par le Soleil perdu ? Comment voulait-on qu'elle fasse taire le flot de paroles ininterrompu de la prophétie méressienne ou qu'elle calme le branle-bas de combat des Dzane ? C'était impossible !

Énervé, Ardent serra les lèvres et plaça une nouvelle section de ruban sous la Carte avant d'y faire tomber une nouvelle goutte d'encre.

Soudain, Marrill eut une idée.

– Ardent, je peux vous emprunter un bout de ruban et un peu d'encre ?

Le magicien lui adressa un regard peu amène.

– Marrill, ce n'est pas le moment de faire des dessins...

– Faites-moi confiance, supplia-t-elle. Ça va vous aider.

Ardent soupira et déchira la longue bande de papier en deux. Puis il fit apparaître une coupelle qu'il remplit d'encre.

Marrill tendit les mains et hésita.

– Vous n'auriez pas un pinceau sur vous, par hasard ?

La patience d'Ardent arrivait visiblement à ses limites, mais il claqua tout de même des doigts, et trois pinceaux se matérialisèrent. Marrill en saisit un en lâchant un « Merci », et le trempa dans l'encre.

À petites touches rapides, elle esquissa le contour d'Ardent devant la Fontaine, avec un mur de verre érigé autour de lui. Elle s'interrompit, puis ajouta des notes de musique qui rebondissaient contre ce mur.

Un instant plus tard, le dessin jaillit du ruban et s'anima. Marrill retint son souffle tandis que les murs se disposaient d'eux-mêmes autour d'Ardent. Ce dernier se figea et la regarda à travers le dessin à l'encre de la nouvelle cabine ; sa bouche s'ouvrit, mais aucun son n'en sortit.

Marrill ne put s'empêcher de rire. Ça marchait ! Elle avait dessiné une chambre insonorisée, et celle-ci existait maintenant pour de bon !

Le visage d'Ardent s'éclaira d'un grand sourire. Il leva les pouces et se remit au travail.

Marrill poussa un soupir de soulagement. Elle n'avait plus qu'à s'asseoir pour profiter du spectacle pendant que le magicien se chargeait de sauver le monde. C'était bien agréable d'être déchargée d'une telle pression. À côté d'elle, un Dzane polymorphe qui se présentait comme une roche vivante se mua en tigre de glace pour projeter du givre sur l'image du Soleil perdu.

Soudain, l'écho du Soleil perdu parut se fendre, et alors qu'il levait ses mains sombres pour détourner le jet glacé, des bras surgirent par-derrière et prirent leur place. Mais ces bras n'étaient ni creux ni impalpables. Ils étaient solides et colorés. Des manches argentées en recouvraient les poignets.

L'ombre sans visage vacilla, et une face de porcelaine émergea de ses profondeurs informes. Marrill comprit que ce n'était pas le reflet qui prenait corps, mais que quelque chose le traversait.

– **Je suis arrivé**, annonça une voix qui n'était pas celle de Serth en franchissant l'écho du Soleil perdu.

27

Ce qui est vrai et ce qui ne l'est pas

Finn se releva. Il avait l'impression d'avoir les membres en plomb. Le pont du *Hardi Kraken* aurait tout aussi bien pu être un abîme dont la pesanteur l'attirait irrésistiblement vers le corps de sa mère à tout jamais perdue.

Vell – sa Source, le garçon dont l'existence même le définissait – venait d'assassiner leur mère. Et maintenant, il allait délivrer le roi de Sel et de Sable, lâcher la Marée de Fer et causer la perte du Torrent. Comme si le Soleil perdu de Dzannin ne suffisait pas.

S'il avait eu besoin d'une preuve que la Source était insensible et impitoyable, il l'avait. Ils avaient peut-être la même apparence et étaient issus de la même entité, mais Vell et lui n'avaient rien d'autre en commun.

– Sœur du Vague, appela Vell d'une voix froide et dépourvue d'émotion, apporte-moi le globe de souhaits.

Fiz hésita, son regard oscillant entre les deux garçons identiques. L'incertitude se lisait sur ses traits.

– Non, Fiz, lui dit calmement Finn. Il ne te contrôle pas.

Vell leva les yeux au ciel.

– Sœur du Vague, c'est un *ordre*.

Les mains de Fiz tremblaient sur le globe lumineux.

– Je ne peux pas m'opposer à lui, protesta-t-elle. Il est la *Source*. Nous devons obéir à ses ordres.

Finn sentit son corps tout entier vibrer de fureur, mais il ravala le cri de rage qui lui brûlait la gorge.

– Tu ne *dois* rien du tout, Fiz, gronda-t-il. Tu es une personne. Tu fais tes propres choix.

– Non, Finn, murmura-t-elle en secouant la tête. On ne choisit pas. Aucun de nous. À partir du moment où nous existons, nous ne sommes rien d'autre que le ramassis des faiblesses de quelqu'un d'autre. On *n'existe* pas vraiment.

– Finn, ricana Vell. Fiz. Vous vous êtes même donné des noms. C'est ridicule, commenta-t-il avant de se tourner vers Finn. Elle a raison, frère du Vague. Tu n'es que faiblesse là où je suis fort.

Ses yeux se reportèrent sur la jeune fille.

– Le globe, sœur du Vague. *Tout de suite*.

– File-lui un coup de tatane dans la figure, Plus-Un ! cria Remy du haut du gaillard d'arrière. Montre-lui qui est faible... *mrrmpff* !

Un grand soldat de la Source plaqua sa main sur la bouche de la baby-sitter pour la forcer à se taire.

Mais le mal était fait. Les paroles de Remy suffirent. Soudain, tout s'emboîta dans l'esprit de Finn. Il comprit enfin très clairement quelle était la faiblesse de Vell. Quelle était en réalité la faiblesse de toute la Source. Il n'avait plus qu'à en faire la démonstration.

Et il allait en savourer chaque instant.

Il s'interposa entre Vell et Fiz et dévisagea sa Source tandis qu'un énorme sourire moqueur se dessinait sur son visage.

– Vas-y, va chercher le globe, dit-il tranquillement. Il faudra juste que tu me tues d'abord.

Vell prit un air méprisant et recula d'un pas.

– Quel est le problème ? railla Finn. Je ne suis qu'un Vague. Je ne suis qu'une faible faiblesse toute faible. Toi, tu es super fort. Allez, plonge-moi ce couteau dans le corps, comme tu l'as fait avec notre mère.

Les narines de Vell se dilatèrent. Ses mains glissèrent vers le couteau dans son fourreau. Mais il ne le dégaina pas. Il ne pouvait pas. Et à présent, ils le savaient tous les deux.

– Allons ! le tança Finn. Enfin, évidemment, tu finirais comme notre mère. Avec moi à l'intérieur de toi. Avec tous mes doutes, mes peurs et mes incertitudes accrochés à ton esprit. Susceptible de saigner, susceptible de souffrir et de mourir. Mais ce n'est pas si grave, ajouta-t-il avec un haussement d'épaules. Je le fais tous les jours.

Il embrassa le pont d'un grand geste de la main.

– C'est ce que font tous les Vague.

Un murmure parcourut les rangs du Vague. Chaque soldat de la Source regarda son pendant, l'inquiétude peinte sur le visage. Tout le monde, Source comme Vague, parut avoir la même révélation en même temps.

Finn poussa son avantage, s'adressant tout autant à Fiz et au Vague qu'à Vell.

– À moins que..., dit-il en faisant durer le spectacle.

C'est ainsi qu'il avait vécu sur les Quais Létemank. En jouant la comédie. En amenant l'escroquerie à sa perfection. Seulement, cette fois, il ne s'agissait pas d'un coup monté, mais de la vérité pure et indiscutable.

– Pendant tout ce temps, vous avez convaincu le Vague qu'il n'existait pas. Que *nous* n'existons pas. Alors que depuis le début, c'est le Vague qui détient le pouvoir.

Vell tremblait presque de fureur.

– Vous ne détenez rien puisque vous n'êtes rien, cracha-t-il.

Finn secoua la tête, refusant de se laisser à nouveau convaincre.

– Rien que la clef de votre immortalité, rétorqua-t-il.

– Et toi, qu'est-ce que tu es, à part ça ? aboya Vell. Qu'est-ce que tu vaux sans moi ? Qui es-tu, *frère du Vague*, sinon un fantôme qui hante l'ombre de *ma* gloire ?

Un silence s'installa. Le visage de Vell se fendit d'un sourire glacé de victoire.

Peut-être avait-il raison. Maintenant que Finn détenait les réponses aux questions qu'il s'était posées toute sa vie, cela ne changeait rien. Il était toujours Finn. Il était toujours aussi facile à oublier.

Il étouffa ce sentiment. Parce qu'il n'avait en vérité rien à se reprocher. Le fait d'être oubliable faisait partie de lui. Cela avait des inconvénients, évidemment, mais des avantages aussi. S'il n'avait pas été oubliable, il n'aurait jamais rencontré Marrill. Il n'aurait jamais pu récupérer la Carte. Il n'aurait jamais pu battre Serth sur le pont du *Dragon noir* ni arrêter la Marée de Fer à Monerva ni enfermer le roi de Sel et de Sable, ce feu dévorant que sa Source cruelle voulait par-dessus tout libérer.

Car c'est à cela que tout se résumait. Vell voulait persuader Finn de sa nullité et de son absence totale de volonté propre. Or, Finn choisissait de suivre son chemin alors que Vell n'existait que pour servir un roi qu'il n'avait jamais rencontré.

Pour que Vell puisse détenir tout le pouvoir, il fallait que Finn soit persuadé de n'être rien. Mais ce stratagème ne pouvait fonctionner que si Finn le croyait sur parole.

Et ce n'était pas le cas.

– Qui je suis ? répliqua Finn en se redressant de toute sa taille et relevant le menton. Je suis Finn Fil. Inc. Fils de la Crête de la Source. Je suis le fantôme du passage de la Gouttière-qui-coule. Je suis le maître-voleur des Quais Létemank et un membre de l'équipage du *Hardi Kraken*. Je suis l'ami de Marrill Aesterwest, le camarade de Fiz et le Plus-Un de Remy. C'est *moi* qui ai dérobé l'encre du grand Chichisech et c'est encore *moi* qui ai contribué à enfermer ton roi dans sa prison.

Il fit un pas en avant, se délectant de l'expression choquée de Vell.

– Je suis peut-être le Vague de ta Source, mais cela fait de toi la Source de mon Vague. Incline-toi devant moi, ou bien poignarde-moi et *deviens* moi.

La rage obscurcit les yeux de Vell.

– La Source, commanda-t-il. Veuillez arrêter mon Vague.

Des visages durs s'avancèrent de partout autour d'eux.

– Vent de bulle, jura Finn. Bon, au moins, j'aurai essayé.

– NON !

Finn, Vell et la Source se figèrent tous en même temps. Finn se retourna et découvrit Fiz, jambes écartées, le globe de souhaits serré dans sa main. Elle affichait une expression farouche et serrait les dents.

– Non ? s'étonna Vell.

– Non ? l'imita Finn.

– Non, répéta Fiz, et elle esquissa un grand arc de cercle de la main. Frères et sœurs du Vague, appela-t-elle. Protégez notre frère Finn.

Pendant un instant, rien ne se passa. Puis, lentement, le Vague s'anima. Ils quittèrent les rangs de la Source devant les soldats abasourdis. Un par un, ils s'approchèrent afin de former un cercle autour du garçon.

Finn s'efforça de masquer son étonnement alors qu'une chaleur envahissait sa poitrine. Il avait réussi. Le Vague avait compris. Fiz avait compris. Elle était de son côté, au bout du compte.

Elle était son amie.

Il dut rentrer les joues pour s'empêcher de sourire.

Vell commença à bredouiller, mais Fiz leva la main pour le faire taire et rejoignit Finn en lançant :

– Qu'une seule Source tente quelque chose et ils devront nous abattre tous. Ils sauront alors ce que c'est que d'être *faibles*. Pour chaque Vague qui tombera, une Source deviendra mortelle. Chaque coup que vous porterez reviendra à vous frapper vous-mêmes.

Finn porta un regard moqueur sur Vell.

– Le Vague a su trouver une nouvelle *source* d'inspiration, on dirait.

Vell grogna, et Finn haussa les épaules avant d'ajouter :

– J'imagine que le sens de l'humour est une faiblesse.

Fiz lui assena un coup de coude dans les côtes.

– Ce n'était pas très drôle, dit-elle en lui collant le globe de souhaits dans les mains. Sérieusement, glissa-t-elle, tu ferais mieux de prendre ça et de filer. La Source n'a jamais pu se retenir de régler les problèmes au couteau. Avec la force de l'habitude, ils finiront forcément par nous attaquer.

– Et toi ? demanda-t-il.

Il lui toucha la main, sincèrement inquiet.

– Ne t'en fais pas pour moi, *frangin*, répondit-elle en reprenant le terme même qu'il utilisait. Ça va aller.

Il hocha la tête. Une petite tape sur le bras lui parut insuffisante pour lui montrer sa reconnaissance, aussi lui fit-il un bisou rapide sur la joue.

– Merci, mon amie.

Elle roula des yeux et fit mine d'avoir un haut-le-cœur.

– Oh, allez, gros dégoûtant !

Mais elle lui serra le bras, et il vit, aux larmes qui faisaient briller ses yeux, combien elle était sincère en ajoutant :

– Fais attention, Finn.

– T'inquiète ! lança-t-il en riant.

Puis il courut entre les lignes du Vague, dépassa la Source titubante et se précipita à la proue du bateau.

À l'instant où il gravissait le gaillard d'avant, le Rabat-joie émergea soudain de l'écoutille, un tricorne perché sur sa tête et un coutelas dans chaque main.

– En garde, bachibouzouks ! cria-t-il.

Finn lui adressa un regard interrogateur.

Le Rabat-joie renifla et parcourut le pont des yeux.

– J'arrive encore après la bataille ? J'arrive encore après la bataille.

Il rangea ses sabres et pointa ses quatre bras dans toutes les directions.

– Je déteste chacun de vous. *Tous autant que vous êtes*, gronda-t-il.

Puis il fit demi-tour et retourna précipitamment en bas.

– Du Rabat-joie tout craché, commenta Finn.

Puis il saisit une corde et s'élança jusqu'au rivage. Il ne regarda qu'une seule fois en arrière et vit les soldats qui se tenaient à l'avant du *Kraken* s'écarter lentement des formes indéfinissables de leurs propres faiblesses. Il se détourna et s'enfonça dans la forêt, laissant la Source et le Vague loin derrière lui.

28

Ça passe par des petits dessins

Sous les yeux de Marrill, les échos s'évaporèrent devant le Soleil perdu. La salle se remplit de sa lumière aveuglante. Les ombres du Dzane concentrèrent toutes leurs forces contre lui, mais les souvenirs ne pouvaient atteindre la forme bien réelle qui entrait dans la tour. Le Soleil perdu de Dzannin pénétra dans le cœur de Méres, ses pas se fondant dans ceux de son écho alors qu'il le revêtait d'un voile de lumière et de ténèbres mêlées.

La voix d'un Dzane résonna, semblable à l'aube et au tonnerre, venue des profondeurs de l'histoire.

– Préparez-vous. L'Étoile de la destruction est sur nous !

– **Comme cela tombe bien que vous soyez ici pour m'accueillir.**

Le Soleil perdu s'exprimait par les lèvres de Serth, mais il ne parlait pas à Marrill, ni même à Ardent. Ses paroles s'adressaient aux échos des Dzane, aux reflets de son combat perdu.

Pendant qu'il s'avançait dans la salle bondée, chaque ombre touchée par sa robe vacillait puis s'évaporait. Comme si sa seule présence écrasait le reste de magie qui avait gardé les souvenirs attachés à cet endroit.

Marrill avait la bouche sèche et le souffle coincé dans sa poitrine tandis que le Soleil perdu parcourait la salle des yeux.

– **La Fontaine de Méres**, déclara-t-il quand son regard glacé tomba sur l'estrade. **C'est à l'endroit de ma première défaite que j'obtiendrai ma victoire finale.**

Derrière Marrill, l'écho de Serth en jeune homme débitait la litanie de la prophétie méressienne.

– ... Et comme au commencement, tout s'achèvera...

– Ardent ! appela Marrill. Qu'est-ce qu'on fait ?

Mais le magicien était anormalement muet. Elle le vit verser de l'encre sur la Carte, qu'il avait roulée en un tube maintenu par du ruban de rêves. De petits gribouillis d'encre jaillirent, donnant l'impression que quelqu'un venait de griffonner en l'air, puis clignotèrent et s'évanouirent.

Ardent secoua la tête, écarta le fragment de ruban utilisé et en prit un nouveau, le regard complètement concentré sur sa tâche. Ses lèvres remuaient, mais aucun son n'en sortait.

Il n'entend rien, comprit Marrill. Son plan génial se retournait affreusement contre eux. Pire encore,

Ardent ne semblait pas avoir progressé dans la reconstitution de la Carte.

La jeune fille se retourna vers le Soleil perdu. De là où elle se tenait, elle percevait l'énergie qui émanait de lui. Des fissures apparaissaient sur le sol à ses pieds et s'élargissaient pour devenir des crevasses béantes qui partaient à l'assaut des murs. Le néant gagnait du terrain à l'intérieur. Elle ne doutait pas que le Soleil perdu pouvait détruire ce qu'il voulait d'un simple contact. *Y compris* Ardent. Y compris *elle*.

Elle devait encore gagner du temps pour le magicien. Et elle ne voyait qu'un seul moyen d'y arriver.

Tout en faisant un gros effort pour empêcher ses mains de trembler, Marrill saisit le demi-rouleau de ruban de rêves que lui avait donné Ardent. Elle se percha au bord de l'estrade et posa la coupelle en équilibre à côté d'elle, se forçant à rester calme et concentrée. Alors elle plongea le pinceau dans l'encre.

Autour d'elle, les échos des Dzane se battaient si furieusement qu'elle sentait presque la puissance de leurs attaques à travers les millénaires. Le Soleil perdu écartait les coups d'une simple pichenette. Il avançait en même temps que son ombre, comme si la bataille se déroulait maintenant.

– Retenez-le, croassa la voix ténue du magicien de l'Aube. La Carte est presque terminée !

Marrill ferma les yeux, prit une profonde inspiration et se mit à dessiner. À chaque coup de pinceau, l'encre éclaboussait le ruban puis se dévidait en images qui semblaient directement extraites de son esprit. Elle commença par tracer le contour d'une cage et entreprit aussitôt de faire des barreaux très épais et solides.

En marge de sa vision, la cage surgit dans la salle alors même qu'un Dzane, sous l'apparence d'un griffon mécanique, attaquait le Soleil perdu. L'écho du Soleil recula sous l'assaut, se séparant de son double bien actuel qui s'arrêta dans un sursaut juste devant Marrill. La cage dessinée continuait de prendre forme autour de lui, comme si une main magique avait sculpté l'encre en trois dimensions pour lui donner corps.

C'était fascinant pour la jeune fille de voir chaque trait d'encre se matérialiser devant elle. Mais elle n'avait pas le temps de vraiment regarder. À coups de pinceau rapides, elle ajouta d'autres barreaux, les entrecroisant en suivant un canevas de plus en plus serré, jusqu'à ce que le Soleil perdu soit complètement enfermé dans une prison d'encre. À l'extérieur de la cage, son ombre continuait de se battre contre le Dzane, enroulé dans un serpent de glace et de flammes.

À l'intérieur, le Soleil perdu d'aujourd'hui voulut balayer les barreaux d'un simple geste du bras. Mais il heurta la surface métallique dans un grand fracas et il chancela. Au même instant, l'écho du Soleil perdu chancela aussi tandis que les anneaux du serpent l'étouffaient et que le griffon lui lacérait les bras et les jambes.

Marrill sourit. Il ne s'attendait pas à *ça* ! Une bouffée triomphante lui gonfla la poitrine.

Mais sa joie fut de courte durée. Le Soleil perdu agrippa deux des barreaux. D'une simple secousse des poignets, il les fit ployer et ils se brisèrent. Le ruban se déchira sur les genoux de Marrill, et le Soleil perdu mit en pièces la cage qu'elle avait dessinée.

Parallèlement, le double du Soleil parvint à dégager un de ses bras et le secoua. Le griffon mécanique fut soufflé tel du sable sur une plage. De son autre main, le Soleil d'antan saisit le serpent à la gorge et serra jusqu'à ce qu'il parte en fumée.

– **Avant moi, tout n'était que chaos**, clamèrent en chœur l'ancien et le nouveau Soleil. **J'ai donné forme et netteté au maelström primitif.**

– Continuez ! cria le magicien de l'Aube. Empêchez-le de déverser sa substance dans la source jusqu'à ce que la Carte soit terminée !

Marrill savait que le magicien de l'Aube n'était qu'un souvenir et qu'il s'adressait aux autres souvenirs présents autour de lui. Mais elle eut l'impression qu'il lui parlait, qu'il la pressait de continuer à dessiner afin qu'Ardent puisse venir à bout de sa tâche.

Elle déroula un autre fragment de ruban et se courba sur la surface vierge. Cette fois, elle dessina un mur en empilant les briques les unes sur les autres.

– Pas besoin qu'il soit joli, marmonna-t-elle. Il faut juste qu'il soit solide.

Marrill enchaîna les croquis tandis que les Dzane se succédaient pour bombarder le Soleil perdu de leur énergie. Mais il détruisait ses dessins au fur et à mesure. Murs, cages, clôtures, remparts, barricades – chacune des défenses qui lui venaient à l'esprit – l'Astre de la destruction pulvérisa tout. Qu'il fût écho ou bien tangible, il enfonçait toute résistance, ralenti, mais nullement arrêté.

– J'y suis presque ! lança enfin le magicien de l'Aube.

– **Moi seul suis l'ordre**, psalmodiaient en chœur les deux soleils. **Moi seul suis la finalité. Et quand ma substance se déversera dans la source de la magie, j'apporterai cette finalité à l'intégralité du Fleuve de la Création.**

L'écho du Soleil perdu leva haut les bras alors que la lumière noire se concentrait au bout de ses doigts.

Marrill regarda derrière elle avec espoir. Dans le souvenir, le magicien de l'Aube se précipitait à l'endroit où se trouvait à présent la Fontaine et agitait la Carte comme une cape devant lui.

– Allez, viens donc, étoile brillante, défia-t-il en la déployant tandis que la lumière du Soleil fantôme fusait vers lui. Braque donc ta lumière *là-dessus* !

Mais ici et maintenant, aucune victoire ne se profilait. Ardent était toujours courbé au-dessus de la Fontaine, des bouts de ruban de rêves tachés jonchant l'estrade à ses pieds, sans avoir le moins du monde progressé.

Marrill essaya de ne pas céder à la panique qui l'assaillait. Le destin du Torrent pesait de tout son poids sur ses épaules. Il fallait encore gagner du temps.

Sans prêter attention aux crampes qui lui tordaient la main, elle prit encore un fragment de ruban et le fouetta à coups de pinceau rageurs et désespérés. Cette fois, elle dessina à travers la salle toute une série de grosses chaînes métalliques reliées par d'énormes cadenas. Puis elle traça d'autres chaînes par-dessus les cadenas, et encore plus de cadenas pour maintenir ces chaînes-là. Enfin, elle traça des épines sur les cadenas des chaînes posées sur les cadenas des premières chaînes.

Partout, les Dzane psalmodiaient en chœur tandis que la Carte aspirait la lumière du Soleil fantôme. Dans la vraie vie, la silhouette revêtue d'argent de Serth recula d'un pas, encerclée par les chaînes alors que sa propre défaite passée se déroulait devant lui.

Marrill avait le cœur qui cognait dans sa poitrine pour parachever son chef-d'œuvre. Mais à peine eut-elle posé la touche finale sur le dernier cadenas que le dessin tout entier commença à se déchirer et fut réduit en pièces de la même façon que les précédents.

L'écho du magicien de l'Aube referma sa Carte d'un coup sec. La silhouette fantôme du Soleil perdu se dissipa. Marrill vit alors le Soleil perdu d'aujourd'hui s'avancer dans les volutes de son propre reflet alors que les débris de chaînes tombaient à ses pieds.

– *C'est ici que le présent et le passé se séparent*, prononça-t-il.

Marrill sentit sa gorge se serrer. Elle chercha un nouveau morceau de ruban mais n'en trouva pas. Elle avait utilisé le dernier fragment du rouleau.

Elle se précipita vers Ardent et cogna du poing contre la paroi de verre insonorisée qu'elle avait créée.

– Il me faut plus de ruban ! cria-t-elle sans quitter le Soleil perdu de l'œil.

Ardent ne bougeait même pas. Il avait les bras pendants et secouait tristement la tête. Lentement, il leva les yeux vers elle. Ses lèvres remuèrent, mais aucun son n'en sortit.

– Qu'est-ce que vous dites ? articula Marrill.

Le Soleil perdu écarta largement les bras.

– *Plus de barrières.*

Aussitôt, les murs d'encre qui entouraient la Fontaine se brisèrent comme du verre. Le dessin insonorisé fut réduit en miettes. Marrill recula en titubant. Devant elle, Ardent se tenait seul au-dessus des lambeaux de ruban de rêves. Le reste d'encre du Chichisech s'écoulait de la fiole. La Carte des mille mondes flotta légèrement jusqu'au sol, le trou qui la perçait encore plus gros qu'avant.

Ardent laissa échapper un soupir tremblant.

– J'ai échoué, souffla-t-il.

29

... Ce sera donc la fin

Finn émergea de la forêt, dont les chuchotements s'accrochaient encore à son cerveau telles des toiles d'araignée. En face de lui, loin derrière la grande tour, l'autre côté de l'abîme s'était déchiré, son sol cédant la place au néant qui se propageait comme un lent accroc dans l'étoffe du réel. Par-dessus le vacarme des chutes d'eau, des éclairs crépitaient au milieu des coups de tonnerre par les fenêtres de la bâtisse perchée au sommet de la tour.

Une bataille faisait rage.

Le cœur de Finn se serra. Le Soleil perdu était là-haut avec Marrill et Ardent. Ils avaient besoin de son aide, et vite. Il ne savait pas comment les aider, mais il devait essayer.

Il ne voyait pas trace de pont et n'avait pas le temps d'en chercher un. Alors, avant de pouvoir trouver toutes les raisons de ne pas le faire, Finn sauta pardessus le bord de la falaise en tirant sur les ficelles de son manteau de vol pour déployer ses ailes de toile.

Il plongea dans la brume qui s'élevait des profondeurs. La magie dansait sur sa peau, parfois littéralement. Les coins de ses yeux lui donnaient l'impression de vouloir changer de place, et l'intérieur de ses narines *sentait*. L'air avait un goût de cardamome et d'envie.

À l'instant où la magie atteignait un niveau de concentration dangereux, la puissance de la brume montante le cueillit et le propulsa vers le haut. Finn poussa un cri de joie en surfant sur le courant ascendant autour de la tour. Mais son soulagement fut de courte durée.

Plus il s'élevait, plus il se rendait compte que la destruction totale était proche. Un coin de néant s'ouvrait depuis la trace du Soleil perdu en s'élargissant vers le lointain, comme si le monde était un gâteau et que quelqu'un en avait pris une énorme part.

Finn vira vers les plus hautes fenêtres de la bâtisse et s'accrocha du bout des doigts au rebord de l'une d'elles. Pendant un instant, il demeura suspendu au flanc de la tour alors qu'un flot rugissant d'eau du Torrent se déversait en contrebas. Avec, encore en dessous, ce qui semblait un abîme sans fond. Il respira un bon coup pour s'armer de courage et se hissa à l'intérieur de l'édifice.

Il croyait s'être préparé à tout. Mais il n'aurait jamais pu anticiper le chaos qu'il découvrit dans la salle immense. Devant lui, un océan d'ombres semblait jouer en même temps une multitude de scènes différentes issues d'une multitude d'époques différentes.

Certaines ombres étaient pleines et foncées, comme celles qu'il avait croisées sur le chemin, dans la forêt. D'autres étaient à moitié effacées, comme oblitérées par la lumière du Soleil perdu. Certaines continuaient de parler à des interlocuteurs qui avaient totalement disparu.

Prudemment, Finn se laissa tomber de la fenêtre sur le sol de pierre, près de la base d'une estrade surélevée. À ses pieds, l'ombre d'un jeune homme qui ressemblait étonnamment à Ardent se tenait accroupie près d'un jeune Serth en larmes et notait furieusement la prophétie débitée par l'oracle. Une Annalessa tout aussi jeune, penchée au-dessus d'eux, cherchait à la fois à calmer le dément et à écarter Ardent. Une pile de dessins en lambeaux, dont les bords commençaient déjà à se recroqueviller, gisaient par terre. Plus loin, au centre de l'estrade, entourée de débris de ruban de rêves tachés d'encre, se dressait une vasque remplie d'eau du Torrent bouillonnante.

Marrill se trouvait là, près de la vasque, le visage blême de terreur. À côté d'elle, Ardent, le menton affaissé, semblait manifestement vaincu. Et derrière eux, grand et sinistre, Serth gravissait les marches.

Pas Serth, corrigea mentalement Finn. *Le Soleil perdu de Dzannin*.

– Qu'est-ce que j'ai manqué ? murmura le garçon.

– Finn ! s'écria Marrill.

Ils se précipitèrent l'un vers l'autre et elle le

rejoignit d'un bond au bas des marches pour le serrer farouchement dans ses bras.

– On est dans le pétrin, annonça-t-elle à mi-voix.

– C'est l'impression que ça donne, répliqua Finn en désignant les ombres qui remplissaient la salle.

– Ce ne sont que des échos, expliqua Marrill en les balayant d'un geste de main. De vieux souvenirs ramenés par la magie.

Il allait lui demander de plus amples explications, mais elle l'interrompit.

– Le plan n'a pas fonctionné. Ardent n'a pas pu réparer la Carte.

Le garçon n'en crut pas ses oreilles. Si Ardent avait échoué... ils pouvaient dire adieu à leur dernière chance d'empêcher la fin du Torrent. Ça paraissait impossible. Ça ne se pouvait pas. Si ?

Il croisa alors le regard de son amie, et son ventre se serra en reconnaissant la défaite sur ses traits.

– Qu'est-ce qu'on fait ? chuchota-t-elle.

Finn se tourna vers Ardent. Il y avait forcément un plan de secours. Une solution secrète qui allait émerger à la dernière minute pour sauver le Torrent. Mais le magicien se contenta de secouer la tête.

– Je ne sais pas, murmura le vieil homme.

Finn eut l'impression qu'un trou s'ouvrait à l'intérieur de son corps, et ses genoux se dérobèrent. Ce n'était pas seulement Ardent qui avait échoué. C'était eux tous. Après tout ce qu'ils avaient fait – après tous ces combats et ces luttes, après avoir trouvé sa mère pour la perdre à nouveau –, ils n'avaient rien accompli. Le Torrent serait détruit tout de même.

Finn regarda, le cœur battant, l'Étoile de la destruction franchir les dernières marches de l'estrade.

– **N'éprouvez aucune honte**, leur assura le Soleil perdu, qui ouvrit les bras, comme pour les serrer sur son cœur au lieu de leur réserver une mort rapide. **Vous vous êtes bien battus. Mais votre mission était condamnée avant de commencer. Dès la première fois où ma lumière purificatrice a pu toucher la folie pure de la création, ce jour est devenu inévitable. Car pour tout et pour tous, il doit y avoir une fin.**

À la surprise de Finn, Marrill bondit en avant, poings serrés.

– Non ! protesta-t-elle. Vous avez tort. *Rien* n'oblige à mettre fin au Torrent Pirate. Ça n'est pas *forcé* !

Le Soleil perdu pencha la tête de côté, les yeux fixés sur la jeune fille. Même de là où il était, Finn voyait la puissance de l'astre noir palpiter sous sa peau, filtrer par des fissures minuscules, presque invisibles. Son énergie était telle qu'une enveloppe humaine ne suffisait visiblement pas à la contenir.

– **Il doit en être ainsi**, assura le Soleil perdu. **Le chaos du Torrent attend avec impatience que ma lumière lui donne forme, qu'elle le définisse avec précision. Je suis appelé par ses eaux les plus pures, dernier vestige concentré d'un champ de possibles brut et sans contraintes. Elles me supplient de** laisser ce vaisseau, de faire luire ma lumière sur elles, et par elles de toucher – et de mettre fin – à tous les possibles en même temps. Il n'y a pas d'autre voie envisageable. C'est le destin. C'est inéluctable.

– Ça suffit ! explosa Ardent.

Son expression s'était assombrie, durcie au point de paraître aussi brutale qu'un visage de pierre buriné par les vents. La température chuta dans la salle, et Finn sentit la chair de poule lui hérisser les bras. De l'énergie crépita le long des doigts du magicien.

– Tu ne peux pas détruire le Torrent Pirate comme s'il t'appartenait, gronda-t-il. Et si tu veux essayer, il va falloir que tu me passes sur le corps.

Le Soleil perdu ne prit même pas la peine de se tourner vers lui ou de lui parler. Il esquissa simplement un geste de la main qui rappela un chat jouant avec une boulette de papier.

L'impact, lui, fut considérable. Ardent fut soulevé en l'air et jeté à travers la salle pour s'écraser contre le mur du fond, si fort que des fissures apparurent dans la roche. Il s'affaissa mollement sur le sol et roula sur lui-même avec un gémissement.

– Ardent !

Le hurlement de Marrill lui parut venir de très loin. Finn resta paralysé, s'efforçant d'absorber ce qui se passait pendant que son amie se précipitait vers leur mentor à terre.

– **Cela aurait dû se détruire**, remarqua le Soleil perdu. **Votre ami est réellement puissant. Il aurait sans doute fait un meilleur récipient que celui-ci...**

Il baissa son regard froid sur les mains de porcelaine de Serth, puis ajouta :

– **Cela n'a pas d'importance. Je quitte ce corps bientôt.**

Finn l'entendit à peine. Tout lui semblait faux et dépourvu de sens. Il ne cessait de revoir la même scène : le moment où le sang avait jailli sur les doigts de la Crête. La façon dont elle l'avait serré en tombant. Le son de sa voix... si familier et étranger à la fois.

Le poids du corps de sa mère dans ses bras quand elle était morte.

La blessure que Finn ressentait au fond de lui était si intense qu'il se demanda si le Soleil perdu n'avait pas raison. La fin de tout signifiait la fin de la souffrance, la fin des angoisses et de tout ce qu'enduraient les gens chaque jour. Cela signifiait que plus personne ne devrait voir mourir sa mère, qu'aucun Vague ne serait plus enfermé dans un enclos ni ne devrait plus obéir à des ordres ni s'entendre répéter qu'il n'était rien.

Le Soleil perdu traversa l'estrade et fit halte à l'endroit où la naissance de la prophétie se rejouait devant lui. Des larmes noires jaillissaient des yeux de Serth alors qu'il décrivait les images implantées dans son esprit. L'écho d'Annalessa s'acharnait sur ses robes gelées pour tenter de la réconforter.

– Le Soleil perdu de Dzannin a été retrouvé…, marmonna Serth en s'accrochant à la magicienne.

– **Les Dzane croyaient pouvoir contenir la certitude dans une prison d'infinité de possibles**, dit le Soleil perdu à travers les lèvres de Serth. **Mais une infinité de possibles contient aussi la possibilité d'une fin.**

– Aide-moi, supplia Annalessa auprès du jeune Ardent.

– J'écris aussi vite que je peux, répliqua l'écho du magicien.

– Ce n'est pas important ce qu'il raconte ! Il a besoin de notre aide, insista-t-elle.

Le reflet du jeune Ardent ne prit même pas la peine de la regarder.

– Ce qu'il dit est *tout* ce qui importe.

– **Et comme au commencement…**

Le Soleil perdu tendit la main de Serth vers son image d'autrefois. À peine l'eut-il effleuré que l'écho s'évanouit.

– **Tout s'achèvera**, termina le Soleil perdu en reprenant son chemin jusqu'à la Fontaine de Méres.

L'éclat de l'eau extrêmement pure du Torrent éclaira son visage et fit ressortir avec netteté les sillons noirs creusés par les larmes le long de ses joues. Ses yeux vides s'agrandirent avec avidité. Il leva la main et la tendit vers la Fontaine.

Finn ravala sa douleur, son désespoir. Il contempla Marrill, qui tenait doucement Ardent dans ses bras.

Si le Soleil perdu détruisait tout, plus jamais elle ne souffrirait.

Mais elle ne sourirait plus jamais non plus. La fin de la douleur signifiait aussi la fin du bonheur. Un monde sans peur était un monde sans rire. Un monde sans larmes était un monde sans amis.

Finn secoua la tête afin d'échapper à la paralysie qui avait pris possession de lui. Il fallait qu'il agisse. Il fallait qu'il arrête le Soleil perdu. Mais comment ? Il ne restait plus de temps !

La main levée de Serth commença à se craqueler et rougeoyer alors que le Soleil perdu rassemblait son pouvoir. La salle bourdonnait d'énergie. La lumière se concentra au bout de ses doigts, se préparant à jaillir.

– **Elles m'appellent encore**, entonna le Soleil perdu. **Les eaux pures du Torrent, leur chaos réclame l'ordre. Elles m'attirent à elles !**

Soudain, cette phrase déclencha quelque chose au fond du crâne de Finn. *Les eaux pures*. Le Soleil perdu n'arrêtait pas de le répéter, et c'est pour cela que c'était gravé dans sa mémoire. *Les eaux pures du Torrent Pirate. Elles m'appellent... elles m'attirent à elles*. Ce n'était pas la première fois que le garçon entendait cette expression.

Finn écarquilla les yeux en se rappelant le testament du magicien de l'Aube récité par la voix de Karnelius :

Au roi de Sel et de Sable, je lègue un souhait
non accordé, une ambition inassouvie,
une armée
sans chef...

– ... et un globe d'or, acheva Finn, aux eaux aussi pures et authentiques que les sources du Torrent lui-même !

Il palpa frénétiquement son manteau et finit par en sortir le globe.

La main du Soleil perdu luisait tel du métal chauffé à blanc et la lumière vive qui en émanait dissolvait les ombres de Méres. Toute son énergie semblait se vider du corps de Serth pour se concentrer dans sa paume.

À l'extérieur, le vent mugissait et le néant s'élargissait fiévreusement alors que le Soleil perdu allait connaître son triomphe. La fin était là.

C'était maintenant ou jamais.

Finn sauta sur ses pieds et brandit le globe au-dessus de sa tête. Son cœur cognait furieusement dans sa poitrine. Il ne savait absolument pas si ce qu'il s'apprêtait à faire était carrément génial ou profondément stupide.

Dans le second cas, au moins il ne serait pas là très longtemps pour le regretter.

– Eh, rayon de soleil, appela-t-il. Attrape !

Et alors, il lança de toutes ses forces le globe de souhaits à la figure de porcelaine du Soleil perdu.

L'énergie à peine contenue dans le corps de Serth fusa, jaillissant en avant vers la Fontaine de Méres. Mais sa dernière parcelle d'humanité réagit par réflexe. Juste avant d'être heurté, le Soleil perdu attrapa le globe au vol, d'une seule main.

Le Soleil perdu fut secoué d'un tremblement. La lumière aveuglante continua de se déverser et ne tarda pas à faiblir, aspirée par les eaux purifiées du globe de souhaits. L'essence du Soleil perdu quitta bien l'enveloppe de Serth, mais n'atteignit jamais la Fontaine de Méres. Le globe de souhaits l'intercepta et l'aspira avec avidité.

Serth fut pris de convulsions alors que les dernières parcelles d'énergie s'épanchaient de son corps. L'argent s'effaça des robes noires du magicien. Son visage pétrifié s'adoucit et redevint de chair pâle dès que l'Étoile de la destruction l'eut quitté.

– **Cette prison... ne me retiendra pas...**

La voix rauque du Soleil perdu, à peine audible, s'enfuyait avec son pouvoir.

– **Elle ne peut pas m'enfermer...**

Le corps de Serth tomba à genoux. Le souhait brillait d'une lumière intense dans sa main toujours levée, comme si c'était le globe qui le soutenait.

– **La fin... ne sera que... retardée**, hoqueta le Soleil perdu. **Bientôt, je... serai... libre...**

Une ultime lueur s'échappa de ses lèvres et de ses yeux. Puis le corps qui avait contenu le Soleil perdu de Dzannin, l'Étoile de la destruction, création la plus puissante du Dzane, s'écroula face contre terre.

30

Rose, la boussole

Marrill contempla le corps effondré.

– Est-ce que tu viens de…

Elle essaya de démêler ses pensées.

– Est-ce que tu viens de…

Elle rallongea doucement Ardent, toujours inconscient, et se mit debout. Ensemble, Finn et elle s'approchèrent de la Fontaine et du corps sans vie de Serth qui gisait à côté. La plainte du néant se calma au-dehors. Les lézardes cessèrent de s'étendre sur les murs. Le vide insondable qu'elles contenaient se dissipa pour n'être plus que de l'air.

Marrill secoua la tête.

– Est-ce qu'on vient juste de sauver le Torrent Pirate ?

– Oui ! répliqua Finn avec un haussement d'épaules.

Un rire en cascade jaillit de la bouche de Marrill. C'était tellement ahurissant de rigoler après tout ce qu'ils venaient de traverser.

– On a gagné ! dit-elle en se laissant submerger par l'excitation et le soulagement. On a sauvé le Torrent !

Ils se saisirent par les bras et sautèrent de joie.

– Une fois de plus, souligna Finn.

Marrill poussa un cri de joie aigu.

– *Une fois de plus*, répéta-t-elle.

Mais, un instant plus tard, elle se souvint d'Ardent et son exubérance se calma d'un coup. Le magicien avait beau être incroyablement résistant compte tenu de sa frêle stature, le Soleil perdu lui avait assené un sacré coup.

– On ferait mieux de sortir Ardent d'ici et de le ramener au *Kraken*.

– Tu parles ! dit Finn en tendant le doigt.

Le magicien n'était plus effondré par terre. Il s'était relevé et avançait vers le centre de la pièce, où il s'immobilisa sans un mot, le regard fixé sur l'entrée de la grande salle.

Ils se précipitèrent aussitôt vers lui.

– Ardent ? appela Marrill. Ardent, ça va ?

Elle se pencha pour tenter d'attirer son attention.

– Vous avez peut-être eu une commotion, avança-t-elle.

– Non, assura le vieil homme. Non, Marrill, je vais bien.

Elle poussa un soupir de soulagement.

– Bon, du coup, je peux vous dire que vous avez *tout* raté ! C'était carrément la fin du monde, et le Soleil perdu était tout WOUMP-woumpwoump-WOUMP, raconta-t-elle en tendant la main pour imiter le bruit du Soleil perdu rassemblant son énergie pour la déverser dans la Fontaine. Et alors, Finn, lui, il a fait : « Eh, attrape ! » et alors...

Mais le magicien ne l'écoutait pas. Il ne semblait même pas la voir. Ses yeux s'étaient fixés sur la porte.

– Annalessa, souffla-t-il.

Marrill se retourna. Un nouveau personnage faisait irruption à l'autre bout de la pièce. Annalessa était exactement telle que Marrill l'avait vue à Monerva : de longs cheveux noirs, une robe élégante, un visage doux aux pommettes hautes.

Marrill éprouva une bouffée de joie. Ils l'avaient retrouvée !

– Annalessa !

Mais la magicienne ne paraissait pas les entendre. En fait, elle avait l'air pressé, voire au bord de la panique. Elle traversa la pièce d'un pas précipité, comme si elle ne se rendait pas compte qu'ils l'observaient.

Marrill comprit soudain.

– C'est un écho, dit-elle à voix haute.

Tous les autres échos avaient disparu, brûlés par la lumière du Soleil perdu. Mais celui d'Annalessa était ici, aussi net et vivant que si elle se trouvait en personne dans la pièce.

– Il y a forcément quelqu'un ici pour se rappeler ce moment, poursuivit Marrill en se remémorant ce que lui avait expliqué Ardent à leur arrivée.

Ça signifie qu'Annalessa *est* peut-être présente dans la vraie vie.

Ardent acquiesça d'un bref signe de tête, mais sans quitter un instant des yeux l'image qui montait sur l'estrade et allait se placer derrière la Fontaine de Méres.

– Je sais que tu es là, chuchota Annalessa en fouillant la salle du regard. Rien ne me détournera de ma décision, ajouta-t-elle en levant la tête.

Marrill retint son souffle. La magicienne semblait si grave. Mais il n'y avait personne d'autre dans la salle. À qui Annalessa pouvait-elle bien parler ?

Ardent se déplaça alors pour aller se poster au pied de l'estrade. Il fit en sorte de se trouver pile en face de l'image, pour faire comme si elle lui parlait, comme si elle pouvait le voir. La souffrance peinte sur le visage du vieil homme était telle que Marrill en eut les larmes aux yeux.

Peut-être, se dit-elle, s'agissait-il vraiment d'un message destiné à Ardent. Peut-être Annalessa avait-elle su qu'il viendrait ici, qu'il écouterait et observerait ce qu'elle ferait. Peut-être était-ce sa façon à elle de les réunir dans le temps et l'espace et de lui parler alors même qu'elle ne pourrait pas être présente en chair et en os.

– Marrill, chuchota Finn en désignant l'entrée.

La silhouette qui se dressait là anéantit instantanément la théorie de Marrill. Grande, inexpressive et revêtue de la tête au pied d'une armure de métal, elle tenait une cage vide dans une main.

Le Maître du Vaisseau de Fer.

Marrill se sentit submergée par la panique. Elle recula en trébuchant, cherchant à mettre le plus de distance possible entre elle et le terrible personnage. Finn tendit le bras pour la calmer.

– Ce n'est pas réel, murmura-t-il. Encore un écho.

La jeune fille déglutit et hocha la tête. Elle s'en rendait compte à présent : la façon dont la lumière vacillait autour du Maître, l'éloignement temporel rendant son corps vaguement impalpable. Elle était soulagée qu'Ardent se soit trompé en pensant que le Maître serait présent lors de leur dernière confrontation avec le Soleil perdu. Mais que faisait ici cet écho avec la magicienne ?

– Nous avons eu tort, dit Annalessa au Maître d'une voix caverneuse, déformée et lointaine. Nous aurions dû essayer d'arrêter Serth à l'époque. Parce que la vérité, c'est que nous n'avons même pas essayé. Les magiciens de Méres voulaient le pouvoir du Dzane. Le pouvoir de la création. Et vois ce que nous avons trouvé : la destruction. Nous sommes aussi responsables que lui, et tu le sais.

Marrill en eut la gorge serrée. C'était donc vrai. Quoi qu'il se soit passé pour faire de lui ce qu'il était aujourd'hui – voyage dans le temps, pacte avec le diable ou un sortilège qui avait mal tourné – le Maître du Vaisseau de Fer avait bien été l'un des magiciens de Méres. Elle se gratta la tête tout en s'efforçant de comprendre ce qu'elle voyait.

– Tout nous ramène toujours au Maître, murmura-t-elle. Il était là quand Serth a ouvert le Portail sur le *Dragon noir*. Et c'est lui qui nous a conduits dans le tourbillon de Monerva.

– C'est lui aussi qui a rempli le globe de souhaits au Siphon, fit remarquer Finn.

Et, bien sûr, le Maître avait libéré le Soleil perdu au Jeu de Margaham. Et voilà qu'il revenait maintenant – enfin, pas exactement maintenant, mais dans un écho – avec Annalessa. Marrill secoua la tête.

Pourquoi ? Qu'est-ce qu'il *voulait* ?

Pendant qu'elle se posait ces questions, le reflet du Maître se dirigea vers le centre de la salle.

Celui d'Annalessa s'immobilisa.

– Tu ne pourras pas m'en empêcher, lança-t-elle. Tu le sais pertinemment.

Et elle sortit de sa robe une coupe de pierre. Marrill constata que c'était la réplique exacte de la coupe dans laquelle Serth avait bu l'eau du Torrent, longtemps auparavant.

– C'est moi qui ai fabriqué l'originale, tu te rappelles ? dit Annalessa avec un rire amer. Tu n'imaginais pas que je pourrais en fabriquer une autre ?

Elle s'avança vers la Fontaine, serrant le récipient dans ses doigts.

Ardent, qui, jusqu'à présent, avait observé la scène dans un silence figé, sortit soudain de sa transe.

– Oh, Anna, non !

Son cri parut aspirer la chaleur de la salle : Marrill recula d'un pas chancelant, grelottant de froid. Le magicien ne contrôlait plus ses émotions. Elles se répandaient dans le monde environnant !

Annalessa n'avait pas pu l'entendre, c'était impossible : elle n'était qu'un vestige d'un évènement qui s'était déjà produit. Mais elle releva tout de même la tête. Des larmes brillaient dans ses yeux.

Ardent s'avança vers l'estrade.

– Anna, je t'en prie, supplia-t-il.

Mais Annalessa, enfermée dans un autre temps, ne pouvait l'entendre. Elle sortit autre chose de sa robe : un curieux objet qui évoqua pour Marrill un croisement entre une cuiller et un pot, rond et creux à un bout, et s'amincissant au point de former une flèche à l'autre extrémité. Annalessa posa l'objet en équilibre sur sa paume, et celui-ci se mit à tourner tout seul tout en oscillant d'avant en arrière. Il montra une direction, puis une autre avant de revenir à la première puis de s'arrêter enfin en désignant la Fontaine devant Annalessa.

Ardent retint son souffle.

– La magnétite... c'est la Rose des Vents !

Marrill ne comprenait pas. Ce n'était pas du tout la Rose des Vents. Rose était la boussole, l'oiseau griffonné.

L'écho d'Annalessa fit tomber la magnétite dans la coupe de pierre.

Contrairement à Marrill, Ardent avait l'air de comprendre ce qui allait se passer.

– Non, Annalessa ! conjura-t-il dans un souffle en sautant sur l'estrade pour se placer à quelques centimètres de la magicienne. Non !

La souffrance et l'effroi irradiaient littéralement de lui, jaillissaient tel un torrent irrégulier d'énergie qui fouettait toute la salle. Marrill et Finn durent s'abriter le visage, de crainte d'être brûlés.

– Ardent, calmez-vous ! cria Marrill.

Mais si le magicien l'entendit, il n'en montra rien. De la même façon qu'Annalessa ne donnait pas le moindre signe qu'elle l'entendait *lui*.

La magicienne sourit tandis qu'une larme coulait sur sa joue.

– Je fais cela pour nous sauver tous, assura-t-elle avant de plonger la coupe dans la vasque.

Finn et Marrill poussèrent une exclamation quand ses doigts touchèrent l'eau du Torrent.

– Constatez que les eaux ne me font aucun mal, psalmodia-t-elle.

Marrill connaissait cette phrase. C'était celle que Serth avait prononcée juste avant de boire à cette même coupe. L'impression de malaise qu'elle éprouvait au creux de l'estomac se mua en peur.

Annalessa respira profondément.

– Mon amour pour toi, Ardent, est aussi vaste, profond et indomptable que le Torrent.

Elle porta la coupe à ses lèvres et but.

– Anna !

Ardent tendit les mains vers elle, mais ne rencontra que des échos et des ombres.

Marrill enfouit son visage dans l'épaule de Finn. Elle refusait de voir quel cauchemar le Torrent avait infligé à son amie. Mais en même temps, elle garda un œil à découvert ; elle n'osait pas non plus ne pas regarder du tout.

L'image d'Annalessa vacilla et se dissipa presque complètement. Puis elle réapparut, si pleine de vie qu'elle aurait pu se trouver en personne avec eux. Elle écarquilla les yeux.

– Je ne peux pas...

Elle laissa tomber la coupe, recula en titubant et tomba à genoux.

– Qu'est-ce que j'ai...

Ardent courut à elle, cherchant en vain à toucher son reflet alors qu'il se pliait en deux. L'écho secoua alors violemment la tête. Sa longue chevelure noire fouetta l'air et se tordit. Chaque cheveu semblait s'épaissir et s'allonger.

– Ardent ! hurla Annalessa d'une voix étranglée, proche de l'hystérie.

L'écho perdit en densité, à moins que ce ne fût Annalessa elle-même qui disparaissait ? Ses couleurs s'évaporèrent, ne laissant plus que les contours, à la façon d'un dessin soudain animé. Puis ceux-ci se modifièrent. Le corps de la magicienne ne fut soudain plus qu'un gribouillage dont les traits ne tardèrent pas à se réorganiser pour former des ailes, qui se déployèrent et battirent furieusement.

L'instant d'après, un oiseau familier s'envola, fit le tour de la salle et vint se poser sur la vasque.

C'était Rose.

Ou, plus exactement, c'était l'écho de Rose.

Marrill en resta bouche bée, ne sachant trop si elle pouvait se fier à ce qu'elle voyait.

– Je... elle..., bredouilla-t-elle en secouant la tête. Annalessa... est devenue Rose ?

Finn semblait à ses côtés tout aussi stupéfait.

– Donc, quand Rose nous a guidés vers les parties de la Carte à l'époque où on s'est rencontrés... en fait, c'était Annalessa ?

Marrill fronça les sourcils, incapable de comprendre ce qui s'était passé.

– C'est elle qui m'a amenée sur le Torrent au départ... et qui nous a fait nous croiser aux Quais Létemank.

Elle réfléchissait à toute vitesse. Annalessa les accompagnait depuis le tout début, ne faisant qu'une, d'une certaine façon, avec la Carte des mille mondes.

– Ardent ? appela-t-elle en espérant qu'il l'aiderait à y voir plus clair.

Mais le magicien ne tressaillit même pas. Il avait les yeux rivés sur l'oiseau, et ses lèvres affectaient une moue dédaigneuse.

– Ardent ! essaya-t-elle encore.

Sans même la regarder, il serra le poing. Les mots que Marrill s'apprêtait à formuler se coincèrent dans sa gorge, et elle se sentit étouffer. Elle chercha par tous les moyens à respirer, les yeux embués de larmes d'épouvante.

Finn se précipita vers elle.

– Ardent, qu'est-ce qui vous prend ? Laissez-la !

Ardent claqua des doigts, et la voix de Finn s'étrangla elle aussi. Pendant une fraction de seconde, on n'entendit plus que le râle des deux enfants en train d'étouffer. Marrill sentait sa poitrine se comprimer affreusement. Puis le magicien desserra les doigts, et dans une quinte de toux, l'air put à nouveau circuler. Marrill tomba à genoux en suffoquant.

Elle voulut dire à Finn que ça allait, mais elle était trop terrifiée pour oser parler. Trop terrifiée pour risquer une fois encore la colère du magicien.

Elle observa Ardent et se sentit transpercée par un sentiment de trahison si vif qu'il en était presque physique. *Ardent le Froid*, pensa-t-elle. Voilà donc à quoi l'expression faisait référence. Voilà comment il était avant la disparition d'Annalessa. Au temps où il était un magicien de Méres, bras droit de Serth, qui avait contribué à préparer – ou peut-être même organisé – la cérémonie qui allait donner la prophétie méressienne. Toutes les rumeurs selon lesquelles Ardent était égoïste et obstiné lui revinrent en mémoire. Marrill s'était jusque-là refusée à les croire, mais c'était pourtant la vérité.

Elle prit alors conscience d'une réalité révoltante : le déni ne servait à rien. Ce n'est pas parce qu'elle voulait que quelque chose soit vrai que ça le devenait. Marrill devait regarder la vérité en face : elle avait beau vouloir désespérément qu'il en soit autrement, Ardent n'était pas celui qu'elle croyait.

31
L'homme de fer

Finn s'accroupit près de Marrill et passa un bras autour de ses épaules tremblantes. Elle avait les yeux remplis de larmes. Finn, lui, était furieux. Personne ne pouvait traiter sa meilleure amie de cette façon, pas même un puissant magicien vieux de plusieurs siècles. Il se releva, prêt à en découdre avec Ardent.

Mais Marrill le retint par la main.

– Non, Finn, chuchota-t-elle. Il n'est pas lui-même.

Le garçon n'arrivait pas à croire qu'elle puisse lui trouver des excuses après ce qu'il lui avait fait.

– Marrill, tu veux rire ? Il vient de…

– Il pourrait te tuer, coupa-t-elle.

Ardent, qui semblait avoir oublié leur présence, tendit des doigts tremblants vers l'écho de Rose et esquissa dans le vide le contour de la petite forme à plumes.

– Tout est de ma faute, murmura-t-il. Je l'ai abandonnée.

Il enfouit son visage dans ses paumes et son dos fut secoué par des sanglots étouffés.

– Oh, Annalessa, mon amour. Pourquoi commettre quelque chose d'aussi stupide ?

Rose s'envola de la Fontaine et fit deux fois le tour de la salle. Pour la première fois depuis son apparition, le Maître du Vaisseau de Fer bougea. Il se précipita sur l'oiseau griffonné, et Rose échappa de justesse à sa main métallique. Ses ailes d'encre fouettèrent l'air, elle vira brusquement et quitta la salle.

L'écho du Maître se retourna pour la suivre du regard. Comme toujours, s'il éprouvait quelque émotion, elle demeurait profondément enfouie sous sa coque d'acier.

Finn comprit alors pourquoi il était arrivé avec une cage vide : le Maître venait chercher Rose. Pour l'attraper, de même qu'il l'avait fait au Jeu de Margaham. La différence, c'est que là-bas, il avait choisi le bon moment pour agir, comme s'il savait exactement quand Rose foncerait vers la porte, alors que cette fois, elle était restée insaisissable.

Finn secoua la tête. Si le Maître avait réussi à capturer Rose à la Fontaine de Méres, à l'instant où elle venait de se transformer, avant qu'elle ne rejoigne l'équipage du *Kraken*... Finn n'aurait jamais rencontré Marrill. Ils n'auraient jamais pu reconstituer la Carte ni empêcher Serth d'ouvrir le Portail sur le *Dragon noir*. Le Torrent lui-même aurait peut-être été anéanti, sans personne pour éviter la catastrophe. Cette pensée lui donna le frisson.

– Elle lui a échappé ici, déclara Marrill, dont les pensées suivaient visiblement le même fil que celles de Finn. Est-ce qu'il n'a fait tout le reste – couler le *Dragon noir*, démarrer la Machine à Souhaits, libérer le Soleil perdu – que pour avoir une autre chance de la capturer ?

Le garçon secoua la tête. Il ne savait même plus que penser. Mais une chose était claire : à chaque étape, le Maître avait eu un rôle à jouer. Même la brusque montée des eaux qui avait amené Marrill sur le Torrent au départ avait été de son fait.

– Il est l'architecte de tout, conclut-il. De tout ce qui s'est passé. Depuis le début.

Mais ils ne savaient toujours pas pourquoi.

Au bord de l'estrade, Ardent baissa les mains, releva la tête et se mit debout.

– J'aurais dû le prévoir, murmura-t-il. J'aurais dû pouvoir l'en empêcher.

Il se tourna vers les deux enfants. Le magicien paraissait sincèrement, profondément atteint.

Un bruit métallique retentit derrière eux. Finn fit volte-face. L'écho du Maître, la cage à la main, se tenait à l'endroit précis où il l'avait vu pour la dernière fois. Seulement, il y avait une différence : la cage s'agitait. Des traits noirs battaient et voletaient à l'intérieur.

– Ce n'est pas un écho, souffla Marrill.

– C'est le vrai Maître ! cria Finn.

Il se tourna vers Ardent. Il ne savait pas s'il pourrait un jour lui pardonner la brutalité dont il avait fait preuve avec eux un instant plus tôt. Mais, pour le moment, il semblait que mieux valait mettre cela en attente.

– C'est bon, Ardent, le pressa-t-il. On y va !

Mais le magicien ne bougea pas. Aucun éclair ne crépita au bout de ses doigts. Il ne semblait pas prêt à se battre. Il n'y pensait visiblement même pas. Il se contenta de baisser les yeux vers le Maître, qui, de son côté, leva les siens vers lui.

– Nous y voilà donc, dit enfin Ardent. De retour là où tout a commencé.

Le Maître hocha lentement la tête.

Finn croisa le regard de Marrill. L'inquiétude inscrite sur son visage indiquait clairement qu'elle brûlait de dire quelque chose, d'intervenir, mais qu'elle craignait d'éventuelles répercussions. Finn ne pouvait le lui reprocher : il éprouvait la même chose.

– Cette magie est trop puissante, murmura Ardent. On ne peut pas revenir en arrière. Annalessa et la Carte sont à présent indissociables... mais...

Il sauta au bas de l'estrade, tel un chat.

– On peut la sauver, ajouta-t-il. Il y a un moyen, je le sais ! Le Torrent ne touche pas seulement tous les territoires, mais toutes les époques aussi...

Il faisait furieusement les cent pas tout en parlant, contraignant Finn et Marrill à se déplacer sans cesse pour ne pas se trouver sur son passage.

– Mais tu le sais déjà, n'est-ce pas ? dit-il en pivotant vers le Maître. Tu as découvert le moyen de revenir à l'aube même du Torrent. Lequel ? Rien que l'énergie que cela demande...

Le Maître bougea. Lentement, il tendit la main et la retourna, paume en l'air. Dans ses serres de métal acérées, palpitant de lumière et d'ombre tel un cœur en mouvement, reposait le globe de souhaits.

Finn sentit son ventre se crisper. Il se maudit de ne pas avoir saisi le globe à la seconde où le Soleil perdu avait été aspiré à l'intérieur. Tout à la fois nouvelle prison de l'Étoile de la destruction, clef de la cage du roi de Sel et de Sable et barrière qui contenait la Marée de Fer, le globe donnait à présent pouvoir au Maître seul de contrôler le destin du Torrent Pirate.

Finn glissa sa main dans celle de Marrill et attendit que le Maître fasse le souhait de tout libérer. Mais la silhouette froide poussa le globe vers Ardent, comme si elle le lui offrait. À l'intérieur, des particules noires en ternissaient l'éclat doré.

Les deux magiciens se dressaient face à face, séparés par la sphère lumineuse. Ardent soutenait le regard du Maître comme s'il cherchait à sonder les yeux qui le scrutaient à travers la cruelle visière. Des yeux bleus, comme les siens.

Finn se demanda ce qu'il y voyait en se tenant aussi près. Y restait-il une parcelle d'humanité ? Ou bien le Maître n'était-il qu'un spectre ténébreux du Torrent, ainsi que l'avait un jour conjecturé Ardent ?

– Je sais qui tu es, déclara enfin Ardent, qui baissa la tête vers le globe pour regarder danser et tournoyer les particules noires. C'est une prison très fragile, hasarda-t-il. Elle ne retiendra pas le Soleil perdu très longtemps. Tant de pouvoir, et pourtant pas assez.

Il contempla Rose dans sa cage de fer. Son menton trembla, et il poussa un soupir en secouant la tête. Puis, presque avec précaution, il prit le globe des mains du Maître. Les flocons se mirent à tourbillonner à l'intérieur, striant la lumière dorée de traînées obscures. Ardent se retourna lentement et brandit la sphère devant lui, les yeux fixés sur son contenu de plus en plus agité. Les traînées sombres s'épaissirent et prirent une teinte grisée. Finn finit par se rendre compte qu'il ne s'agissait nullement d'*obscurité*.

C'était du métal.

– Je la sauverai, établit simplement Ardent. Dussé-je détruire le Torrent entier pour y arriver.

Et avant même que Finn puisse pousser un cri, le globe *fondit* dans la main d'Ardent. Le garçon fut saisi d'horreur en voyant le fer et l'or recouvrir les doigts du magicien, envahir son poignet et remonter le long de son bras.

– Oh, non, souffla Marrill. Ardent, arrêtez !

Le métal liquide prit possession d'Ardent, le consuma. Le recouvrit d'une gangue. Et, alors même que ce métal l'engloutissait, il durcissait et transformait ses doigts en serres acérées, gainant sa peau d'une armure infranchissable. Une ombre froide s'approcha de son visage et l'enferma dans un masque de fer forgé.

Finn recula en titubant et entraîna Marrill avec lui. Le choc et l'épouvante le faisaient trembler.

– Ce n'est pas possible, chuchota-t-il d'une voix tendue.

– Ardent ! hurla Marrill.

Qu'il l'entendît ou pas, peu importait. Le magicien était désormais prisonnier d'une enveloppe de fer qui ne laissait plus trace de l'homme qu'ils avaient connu. Plus aucune trace, sauf sa longue barbe blanche et ses yeux d'un bleu glacé.

Ardent avait disparu. À sa place se dressait la silhouette familière revêtue de métal.

Ardent était devenu le Maître du Vaisseau de Fer.

– Ça ne peut pas être réel, s'étrangla Finn.

Son esprit pédalait pour tenter de donner un sens à ce qui venait de se passer. Il y avait maintenant deux Maîtres en présence, exactement identiques. La même barbe blanche flottante. Le même regard glacé. La même posture. Leur seule différence était la cage qui se balançait à la main du premier Maître, Rose toujours cloîtrée à l'intérieur.

Dehors, le monde lui-même sembla émettre une plainte terrible, un son à la fois si perçant et profond que Finn sentit comme des griffes lui lacérer l'échine. Le nouveau Maître écarta les bras, et des éclairs rouges jaillirent de ses doigts. Les murs de la salle, déjà fissurés et fragilisés par le Soleil perdu, explosèrent en tous sens.

Marrill hurla et attrapa Finn pour le traîner vers l'estrade. Le garçon secoua la tête afin d'en chasser la confusion et de se concentrer sur leur survie. Tandis que le plafond se fracturait, faisant pleuvoir blocs de pierre et moellons tout autour d'eux, Finn et Marrill se précipitèrent vers le petit abri que constituait la Fontaine et poussèrent le corps sans vie de Serth pour se réfugier sous le bord de la vasque.

– Qu'est-ce qui se passe ? cria Finn pour couvrir la cacophonie de la destruction.

Des larmes de terreur et d'incrédulité mêlées brouillaient les yeux de la jeune fille.

– Ardent s'est servi du globe, sanglota-t-elle. Il a fait un *vœu*.

Dans la vasque au-dessus d'eux, Finn entendit l'eau du Torrent bouillonner. Au-dehors, des braises et des éclairs fusaient tandis que la salle s'effondrait. L'édifice fut bientôt réduit en miettes, et il ne subsista plus que l'estrade, la Fontaine et une portion de sol déchiqueté perchée au sommet de la tour.

Tout le reste avait disparu sauf le nouveau Maître et l'ancien, qui, côte à côte, observaient les ravages.

Finn embrassa du regard la totale dévastation qui les entourait. Dans l'abîme à leurs pieds, l'eau du

Torrent formait un courant qui se tordait et s'agitait en s'enroulant autour de la tour pour se précipiter en bas. Des vagues se soulevèrent et s'abattirent contre les falaises alors que le courant s'intensifiait – le tourbillon de Monerva ranimé par le pouvoir du souhait.

Au sud, le néant avait laissé un trou dans la réalité, occulté à présent par un épais brouillard qui semblait engloutir le Torrent. Au nord, un incendie ravageait la forêt de Méres. L'armée de la Source s'insinuait entre les troncs carbonisés et brisés, se précipitant vers le bord de la falaise où un nuage de braises rougeoyantes se rassemblait en une forme humaine.

Le roi de Sel et de Sable revenait prendre place à la tête de son armée invincible.

Finn fut secoué d'un frisson. Mais avant même qu'il puisse véritablement prendre la mesure du désastre qui les cernait, Marrill lui enfonça ses doigts dans le bras et ramena son attention sur le danger le plus immédiat.

Le nouveau Maître marchait vers eux sous le regard impassible de son jumeau. Finn tira Marrill derrière lui alors que le personnage de fer approchait. Le vent balaya leur minuscule perchoir et leur mugit aux oreilles. Il fouetta la barbe blanche du nouveau Maître qui s'agita telle une manche à air pendant que ce dernier enjambait le corps sans vie de Serth et s'approchait de la Fontaine.

Marrill battit en retraite, entraînant Finn avec elle. Mais le nouveau Maître ne semblait s'intéresser ni à l'un ni à l'autre. Sans ne fût-ce qu'un regard dans leur direction, il plongea la main dans les eaux magiques qui étaient la source du Torrent Pirate.

Il y avait dans cet acte même quelque chose de vicieux qui rappela à Finn Vell plongeant son couteau dans le dos de la Crête. C'était la même horrible brutalité, la même épouvantable finalité du geste. Une sorte de sifflement émana de la vasque de pierre lorsque l'eau qu'elle contenait, déjà très agitée, se mit à bouillonner dans un nuage d'écume. Un film terne recouvrit les bulles dorées.

Presque instantanément, un nouveau bruit se fit entendre dans l'abîme, en contrebas. Le rugissement des chutes d'eau s'intensifia, comme si elles coulaient avec plus de force encore. Finn risqua un coup d'œil par-dessus le bord de ce qui subsistait du sol de la salle.

Son cœur se figea d'horreur en découvrant le pied de la tour. Le métal altérait les cascades autrefois lumineuses qui charriaient l'eau magique de la Fontaine vers le Torrent. De sombres traînées d'acier striaient soudain le tourbillon qui s'était formé en bas.

La Marée de Fer montait.

Rose croassa et battit désespérément des ailes à l'intérieur de sa cage. Celui qui la tenait contempla son jumeau et désigna de sa main libre le tourbillon. Le nouveau Maître se dirigea vers le bord du plancher.

Finn serra Marrill contre lui, luttant pour qu'ils ne soient pas tous les deux emportés par la tempête qui s'intensifiait autour d'eux. Le monstre qui était encore quelques instants plus tôt leur ami se tourna une dernière fois vers eux. Mais s'il subsistait quoi que ce soit d'Ardent en lui, Finn ne parvint pas à le déceler.

Alors, sans prévenir, le nouveau Maître sauta dans le vide, tomba au cœur du tourbillon et disparut.

– Ardent ! cria Marrill, le visage baigné de larmes.

Le Maître restant se tourna vers eux, le regard fixe, sans esquisser d'autre mouvement. Maintenant qu'il savait à qui ils appartenaient, Finn se força à soutenir ces yeux bleus. Il ne comprenait pas comment la magie opérait, mais ce dont il était sûr, c'était que les deux maîtres n'en formaient en réalité qu'un seul. Que, d'une certaine façon, le Maître qui avait déjà failli leur coûter la vie était Ardent depuis le début.

Non, corrigea mentalement Finn, car il ne subsistait plus rien de leur ami dans cette créature. Ardent avait raison : le Maître du Vaisseau de Fer n'était plus qu'un spectre ténébreux du Torrent.

– Finn ! appela Marrill en désignant la Fontaine. Il faut qu'on sorte d'ici, maintenant !

Effectivement, le métal se répandait à travers la vasque de pierre et gagnait l'estrade. La Marée de Fer ne se contentait manifestement pas de se déverser par l'eau du Torrent. Si Marrill et lui voulaient avoir une chance de survivre, ils devaient quitter les lieux avant que la tour ne soit entièrement engloutie.

Pour autant que Finn puisse le savoir, il n'y avait qu'une seule fuite possible. Il saisit les liens de ses ailes de toile. Marrill écarquilla les yeux en suivant ses mouvements.

– Oh, non, protesta-t-elle. Ça ne pourra jamais nous porter tous les deux de l'autre côté du précipice !

Elle avait certainement raison, mais Finn était convaincu que mieux valait l'ignorer. Ils n'avaient pas le choix.

– Je te donne trois secondes pour trouver un meilleur plan, proposa-t-il.

Elle fronça les sourcils en contemplant la progression de la Marée de Fer.

– Euh...

– Un...

Marrill se mordilla la lèvre et se tourna vers le Maître. Il inclina légèrement la tête. Curieusement, même.

– Deux..., compta Finn.

Il chassa le Maître de son esprit et se prépara à sauter.

– Oh, vas-y ! lança-t-elle en l'attrapant par le cou pour monter sur son dos.

– C'est bon, dit Finn en prenant une longue inspiration. C'est parti !

Il courut aussi vite qu'il put avec Marrill accrochée à lui, tendit les bras de chaque côté et bondit par-dessus le bord de la plate-forme, priant pour qu'ils ne tombent pas comme une pierre ni ne soient pulvérisés par le Maître.

L'énorme tourbillon suscitait un courant ascendant assez puissant pour les porter instantanément. Marrill poussa un cri de victoire. Finn s'autorisa un instant d'euphorie.

Mais cela ne dura guère. Ils s'affaissèrent presque immédiatement. Marrill avait raison : ils n'y arriveraient jamais. Finn sentait son cœur cogner follement dans sa poitrine. Sous eux, le tourbillon béait telle la gueule d'un animal affamé.

Puis quelque chose les heurta et ils partirent en vrille.

– Finn ! hurla Marrill, dont la prise glissait sur les épaules de son ami.

Des doigts agrippèrent fermement une cheville de Finn, et une main les précipita plus vite encore vers leur perte. La gorge serrée, Finn baissa les yeux au moment où une autre main lui enserrait la jambe. Son sang se figea.

C'était Serth. Il était en vie. Ils étaient indubitablement, définitivement, perdus.

– *Lève*, fit Serth d'une voix rauque.

Soudain, le courant d'air les saisit et les souleva. Un vent soutenu souffla pile dans la bonne direction pour les stabiliser et les placer comme il fallait. Les ailes de toile de Finn se gonflèrent, et ils s'envolèrent. Le garçon émit une exclamation de soulagement lorsqu'ils eurent franchi le bord du tourbillon.

Quelques minutes plus tard, la rafale de vent les avait emportés par-dessus la forêt en feu, derrière l'armée de la Source qui se rassemblait, et jusqu'à la côte. Finn fut soulagé de voir que le *Kraken* les attendait, ancre levée et proue tournée vers le large. Il vira et descendit vers le navire.

Il était impossible de réussir un atterrissage gracieux, aussi roulèrent-ils sur le pont en un fouillis de bras et de jambes pour s'immobiliser devant les marches du gaillard d'arrière. Remy se pencha par-dessus la rambarde bouche ouverte, stupéfaite.

– Eh bien, en voilà une surprise ! s'exclama-t-elle en posant les yeux sur Serth. Qu'est-ce… ?

Finn balaya la question d'un geste tout en aidant Marrill à se relever.

– Plein de choses, dit-il en se tournant vivement vers Serth, prêt à devoir affronter l'oracle méressien qui venait de les sauver.

Mais le magicien gisait en tas, à nouveau inerte et sans vie. Quel que fût le pouvoir dont il s'était servi pour les secourir, celui-ci semblait dissipé. Pour le moment, ils n'avaient donc rien à craindre de sa part.

– Je répète, insista Remy. Qu'est-ce… ?

Finn croisa le regard de Marrill. Elle se contenta de secouer la tête, comme si les mots lui manquaient. Il se tourna vers le rivage. Fiz se tenait à l'arrière du bateau, les doigts glissés dans les lianes à rumeurs enroulées autour du bastingage, l'air égaré et vaincu. Derrière elle, un panache de fumée s'élevait dans le ciel. Le tourbillon grondait sourdement au loin, sur le point de lancer la Marée de Fer à l'assaut du Torrent.

Finn reporta son attention sur Remy. Les traces de larmes récentes ne lui échappèrent pas. La baby-sitter n'avait peut-être pas besoin de découvrir tout de suite l'ampleur du désastre.

Il leva les bras en un mouvement fataliste.

– Mission accomplie ?

Épilogue

Marrill s'appuya contre la rambarde arrière, les yeux fixés sur le chaos qu'ils laissaient derrière eux tandis que le *Kraken* louvoyait entre les rochers de Méres pour gagner le large. Avec un profond soupir, elle serra Karnelius contre elle, la douceur de son ventre soyeux demeurant son seul réconfort. Les lianes à rumeurs faisaient écho aux ronronnements satisfaits du chat.

D'une certaine façon, ils avaient quand même réussi quelque chose. Ils étaient venus empêcher le Soleil perdu de détruire le Torrent et ils avaient réussi. Mais cela leur avait coûté pratiquement tout le reste.

Coll n'était plus là, piégé éternellement par les tentacules du Chichisech. Ils savaient maintenant qu'Annalessa avait renoncé volontairement à son humanité pour faire partie intégrante de la Carte des mille mondes. Rose, puisque telle était devenue la magicienne, se trouvait à présent enfermée dans la cage du Maître du Vaisseau de Fer.

Finn avait retrouvé sa mère, mais elle était morte aussitôt. Ses semblables étaient les esclaves de leurs propres jumeaux, et la rébellion qu'il avait déclenchée avait tourné court dès que le roi de Sel et de Sable était revenu de son exil millénaire à Monerva.

Quant à Marrill elle-même, elle avait toujours cru que l'équipage du *Kraken* saurait trouver le moyen de la ramener chez elle, une fois qu'ils auraient découvert comment soigner sa mère, bien sûr. Mais sans magicien ni navigateur, elle avait désormais perdu espoir d'obtenir l'un et l'autre. Et évidemment, aucun d'entre eux n'était en mesure d'arrêter la Marée de Fer. Ils n'avaient pas d'armes pour combattre le roi de Sel et de Sable et son armée invincible. Aucun moyen de repousser le Maître...

– Oh, Ardent, murmura-t-elle.

ohardentohardentohardentohardentohardent

– Bon, le Rabat-joie a tâté Serth une ou deux fois, et on dirait bien qu'il a son compte, annonça Finn en se glissant près d'elle. J'ai pas voulu prendre son pouls, de crainte que le seul fait de le toucher ne suffise à me geler. Ou à me brûler ou je ne sais pas quoi d'autre.

Sa voix se perdit et son regard s'attarda sur ce qu'ils laissaient derrière eux. Le feu faisait rage dans les bois sombres de Méres, et Marrill parvenait tout juste à distinguer les silhouettes de la Source sur le rivage, qui sautaient et poussaient des cris de joie en regagnant leurs navires. Au moins le *Kraken* avait-il une avance suffisante pour ne pas être rattrapé. D'après Remy, de toute façon, à l'instant où l'incendie s'était déclaré, la Source n'avait plus pensé qu'à accueillir son roi et s'était complètement désintéressée du *Kraken*.

– Je me demande comment Vell se débrouille en tant que Crête de la Source, avança Finn.

Il sourit, cherchant de toute évidence à tourner la chose à la plaisanterie.

Mais Marrill n'avait pas envie de rire.

– Tout est affreux, lâcha-t-elle à mi-voix, les mots tombant de sa bouche comme autant de larmes.

toutestaffreuxaffreuxaffreuxaffreux

Finn passa un bras autour de ses épaules.

– Eh, on a encore des trucs cool ! On a Karny, ajouta-t-il en passant l'autre main sur le dos du matou. On a le *Kraken*. On a Remy. On a Fiz.

Marrill haussa un sourcil à l'évocation de ce nom inconnu.

– Tu la connais. Elle est très bien. Je t'assure. Et on a le *Rabat-joie*, ajouta-t-il.

Marrill gémit.

– Alors, là, c'est non, le taquina-t-elle.

Mais elle dut reconnaître que cette simple évocation la faisait *presque* sourire.

– Et puis on est là l'un pour l'autre, poursuivit Finn.

– Ouais, convint-elle en s'appuyant contre lui. On est là l'un pour l'autre. Et je crois qu'il n'y a personne d'autre que toi avec qui je voudrais voir le monde être détruit de quatre manières différentes.

– Merci, répliqua Finn avec un rire.

Marrill ne put s'empêcher de l'imiter. Puis ils demeurèrent silencieux un long moment, à contempler le cœur en ruines du Torrent s'éloigner de plus en plus.

Finn finit par se racler la gorge.

– D'après toi, qu'est-ce qui s'est passé, là-bas, en fait ? Avec Ardent ?

Marrill serra les lèvres en s'efforçant de repousser les émotions contradictoires qui ne manqueraient pas de la submerger.

– Je n'en sais rien, répondit-elle avant de secouer la tête pour chasser les larmes qui coulaient sur ses joues.

Elle n'arrivait même pas à envisager tout ce qu'ils avaient perdu avec Ardent. Ce qu'il avait représenté pour elle. La façon dont il les avait tous trahis. Elle ne pouvait même pas imaginer *pourquoi*. Elle étreignit Karny pour se donner la force de repousser ces idées noires.

Il y avait cependant une pensée qu'elle ne pouvait éviter. Une vérité qu'elle était bien obligée d'affronter. Tous les ravages qui s'accomplissaient sous leurs yeux

– la libération du roi de Sel et de Sable, la Marée de Fer et peut-être même le retour à la prophétie méressienne –, absolument tout, les ramenaient au Maître du Vaisseau de Fer. Elle ne savait pas ce qu'Ardent avait déclenché, mais elle était sûre d'une chose : ils devaient arrêter ça.

Marrill respira à fond et sentit sa résolution s'affirmer.

– Mais on va devoir le découvrir, annonça-t-elle d'une voix brève.

– Génial, commenta Finn avec un petit ricanement. Et comment on procède, exactement ?

Toute la volonté de la jeune fille se réduisit soudain à un soupir.

– Euhh...

– Vous le suivez, répondit une voix derrière eux.

Finn et Marrill firent volte-face. Serth se tenait appuyé contre la fenêtre de la cabine d'Ardent. Le soleil couchant brillait par la porte ouverte sur le mur opposé, éclairant sa haute silhouette à contre-jour.

– Le tourbillon l'a ramené en arrière dans le temps.

Il s'avança vers eux, sa robe sombre flottant autour de lui au rythme de ses pas. Les étoiles blanches étincelèrent dès qu'il fut assez près.

– À la naissance même du Torrent, précisa-t-il.

Marrill eut un mouvement instinctif de recul en voyant le magicien cruel les dominer de toute sa hauteur. Des traînées noires marquaient encore la trace des larmes qu'il avait versées pendant des siècles. Mais son regard était calme, concentré, intense.

Marrill se tourna vers Finn. Celui-ci lui adressa un coup d'œil interrogateur. Alors, ensemble, ils scrutèrent le visage de l'homme qui avait été le pire ennemi que l'un et l'autre eussent jamais connu.

– Et pour le suivre là-bas, poursuivit Serth, vous aurez besoin d'un guide.

Sa peau, qui avait été d'un blanc de porcelaine, prenait à présent les couleurs de la vie.

– De quelqu'un qui y est déjà allé, dit-il avant qu'un sourire ne fasse frémir ses lèvres. Ce qui est mon cas.

Remerciements

On pourrait croire qu'en naviguant droit vers le soleil, la route serait toute tracée, mais en réalité, quand l'eau s'illumine comme le ciel, tout ne tarde pas à se ressembler et vous êtes aveuglé, pour ne pas dire affolé. Nos remerciements éternels vont à notre éditrice, Deirdre Jones, pour avoir été la visière qui a abrité nos yeux et nous a aidés à trouver notre route.

Merci aussi à Jenny Choy, Sherri Schmidt, Rosanne Lauer, Annie McDonnell, Sasha Illingworth, Angela Taldone, Virginia Lawther, Kristina Pisciotta, Amilie Polster, Kheryn Callender ainsi qu'à toute l'équipe de Little, Brown Books for Young Readers, et celle d'Orion's Children's Book pour avoir prévenu les avaries et permis au bateau d'avancer pendant que nous gardions le cap sur l'astre lointain. Et bien sûr, jamais nous n'oublierons l'extraordinaire magicienne en chef Victoria Stapleton, qui semble entretenir d'excellentes relations avec le vent dans la mesure où elle a fait en sorte qu'il nous pousse sans arrêt et garde nos voiles gonflées.

Aussi, comme toujours, merci à Merrilee Heifetz et au bon peuple de Writer's House grâce à qui nous avons pu rester calmes et sereins quand la lumière devenait trop ardente. Un merci tout spécial à Cecilia de la Campa pour s'être précipitée sur le gouvernail quand la mer a soudain grossi, et nous avoir sauvés du tourbillon qui s'était ouvert à notre insu juste devant notre navire.

L'œil acéré de Todd Harris et sa vision sans faille ont réussi à dessiner les formes étranges révélées par le Soleil perdu, aussi bizarres et terrifiantes qu'elles puissent être. Sans lui, le Torrent serait véritablement informe. Red@28th et le Flying Biscuit Café nous ont donné un endroit où nous reposer à l'ombre, et Sarah MacLean, Beth Revis, Diana Peterfreund, Ally Carter, Rose Brock, Brendan Reichs, Renee Ahdieh, tous ceux de Bat Cave, Phillip, Lewis, Ross Richardson, et ceux de FDWNC nous ont aidés à comprendre la signification des ombres que nous avons vues là-bas.

Nos familles, comme toujours, ont été du baume pour nos lèvres desséchées ; sans elles, nous n'aurions même pas eu envie de faire le voyage. Un merci tout particulier à Corey Sell pour avoir exigé un chat qui parle – même si nous n'avons pas vraiment pu lui en donner un qui vole.

Mais, plus que n'importe qui, nous voudrions remercier nos lecteurs d'avoir marché vers le soleil avec nous. Un grand coucou à Rachel Hester, que nous n'avons jamais rencontrée, mais dont le courage et l'humour sont visibles bien au-delà de l'horizon. Salut aussi à Jacki Altmeyer et à son club de lecture à l'école élémentaire St Patrick de Dilworth, qui nous ont montré des endroits du Torrent que nous n'avions pas imaginés (même si Ardent, bien entendu, les a tous explorés).

Enfin, nous ne saurions terminer ce voyage sans un mot pour l'amie que nous avons perdue en route. Merci à Heather Heady, pour tout ce que tu as fait, pour le soutien que tu nous as apporté, et surtout, pour ton attention. Tu nous manques. Puisse ta lumière durer toujours.

Tome 1

Où que tu veuilles aller, la Carte t'y mènera...

Finn, un orphelin, et Marill, qui a grandi dans un foyer aimant, ont embarqué à bord d'un voilier gigantesque, sur les eaux magiques du Torrent pirate.

Tous deux n'ont qu'un rêve : retrouver leur famille. Selon Ardent, le vieux magicien qui vit sur le bateau, seule la Carte des mille mondes a le pouvoir de les conduire auprès de leurs parents, où qu'ils soient. Mais les deux enfants doivent réunir les fragments de cette Carte, disséminés dans les différents mondes que traverse le Torrent pirate.

Cependant, Serth, un mage maléfique, est aussi sur la piste de la Carte...

Tome 2

Ne laisse pas ce navire partir sans toi !

De nouveau réunis à bord du majestueux voilier le Kraken, Marrill et son ami Finn naviguent sur les eaux magiques du Torrent Pirate. Grâce à la Carte des mille mondes, ils espèrent retrouver la mystérieuse Machine à Souhaits. Celle-ci pourrait exaucer leurs vœux les plus fous, guérir la mère de Marrill, offrir une famille à Finn... Mais elle est l'objet de nombreuses convoitises, et se trouve dans l'un des mondes les plus fascinants et les plus dangereux du Torrent Pirate. Sa quête ébranlera ce que Marrill et Finn ont de plus cher : leur amitié.

Dragon Park : L’académie Saint-Hydre

de Thomas Verdois

Sur une île au beau milieu de la mer du nord vivent des créatures légendaires qui attirent des visiteurs du monde entier : les dragons. Bienvenue à Dragon Park !

En combinant différents ADN d’insectes et d’animaux, Lucas Belrêve, un généticien, a réussi l’impossible : il a donné vie aux dragons !

Aujourd’hui, Dragon Park fête ses 10 ans ! L’arène est pleine à craquer de visiteurs venus assister à la grande parade des dragons. Tandis que Louison Belrêve exécute des loopings sur le dos de Néphryte, son petit frère Nino rêve de faire sa rentrée à l’académie Saint-Hydre, l’école d’apprentis dragonnautes.

Soudain, une gigantesque explosion retentit dans le parc. Le Volcan de Cristal est pris d’assaut par de terrifiantes créatures ailées. En essayant de protéger la reine Volcaon, Nino est transpercé par le dard d’un des monstres. Ces derniers prennent la fuite avec deux œufs de dragons...

Tout au bout du monde
(Jacques et les génies)
de Bill Nye & Gregory Mone

Traduit de l'anglais (Etats-Unis) par Camille Kholer

Jack, Ava et Matt sont des génies ! Enfin, surtout Matt et Ava. Matt est un astronome hors pair et un surdoué en maths. Ava parle plusieurs langues et se distrait en construisant des robots. Quant à Jack, il a bien du mal à trouver sa place, entouré par deux cerveaux pareils !

Un jour, alors qu'ils explorent un étonnant immeuble sans porte, ils découvrent le laboratoire de l'excentrique Dr Hank Witherspoon. Ce dernier, impressionné par leur talent, les embauche illico comme assistants. Ils partent ensemble au pôle Sud, où Hank doit décerner un prix d'un million de dollars au meilleur système de dessalinisation d'eau de mer. Mais une fois sur place, ils apprennent qu'Anna, une amie chercheuse de Hank, a disparu... Jack, Ava et Matt décident de mener l'enquête !

Une aventure ébouriffante pleine d'inventions scientifiques géniales... et très utiles !

Marabel et le livre du Destin

de Tracy Barrett

Traduit de l'anglais (États-Unis) par Manu Causse

Marabel n'est pas une princesse comme les autres. Elle n'a ni boucles blondes ni méchante belle-mère et peu de risques d'être capturée par un dragon et délivrée par un prince charmant. Elle ne figure même pas dans le Livre du Destin, dont les prophéties régissent le royaume.

Son frère jumeau Marco, lui, est l'Élu. Selon le Livre, il succèdera à son père sur le trône de Magikos. Mais sa tante Mab l'enlève le jour de son treizième anniversaire ! Marabel se lance aussitôt à sa recherche. Elle a treize jours pour retrouver son frère...

Cet ouvrage a été mis en pages
par DV Arts Graphiques à La Rochelle

Imprimé par La Tipografica Varese Srl, Varese – Italie
en septembre 2018
pour le compte des Éditions Bayard